《读者》签约美文作家丛书

小鲍鱼的爱情秘密

◎宁 子 著

哈尔滨出版社
HARBIN PUBLISHING HOUSE

图书在版编目(CIP)数据

小鲍鱼的爱情秘密/宁子著.—哈尔滨:哈尔滨出版社,2011.5
(《读者》签约美文作家丛书)
ISBN 978-7-5484-0508-5

Ⅰ.①小...　Ⅱ.①宁...　Ⅲ.①散文集－中国－当代
Ⅳ.①I267

中国版本图书馆CIP数据核字(2011)第037677号

书　　名:小鲍鱼的爱情秘密

作　　者: 宁　子　著
责任编辑: 张凤涛
责任审校: 陈大霞
装帧设计: 恒润设计

出版发行: 哈尔滨出版社(Harbin Publishing House)
社　　址: 哈尔滨市香坊区泰山路82－9号　**邮编:** 150090
经　　销: 全国新华书店
印　　刷: 黑龙江省文化印刷厂
网　　址: www.hrbcbs.com　www.mifengniao.com
E－mail: hrbcbs@yeah.net
编辑版权热线: (0451)87900272　87900273
邮购热线: (0451)87900345　87900299　87900220(传真)　或登录**蜜蜂鸟**网站购买
销售热线: (0451)87900201　87900202　87900203

开　　本: 787×1092　1/16　**印张:** 15　**字数:** 200千字
版　　次: 2011年5月第1版
印　　次: 2012年3月第2次印刷
书　　号: ISBN 978-7-5484-0508-5
定　　价: 21.80元

凡购本社图书发现印装错误,请与本社印制部联系调换。　**服务热线:** (0451)87900278
本社法律顾问: 黑龙江佳鹏律师事务所

目录

第二辑　爱情正在装修

目录

目录

第三辑　你爱我，我知道

目录

第四辑　人人都爱颜如玉

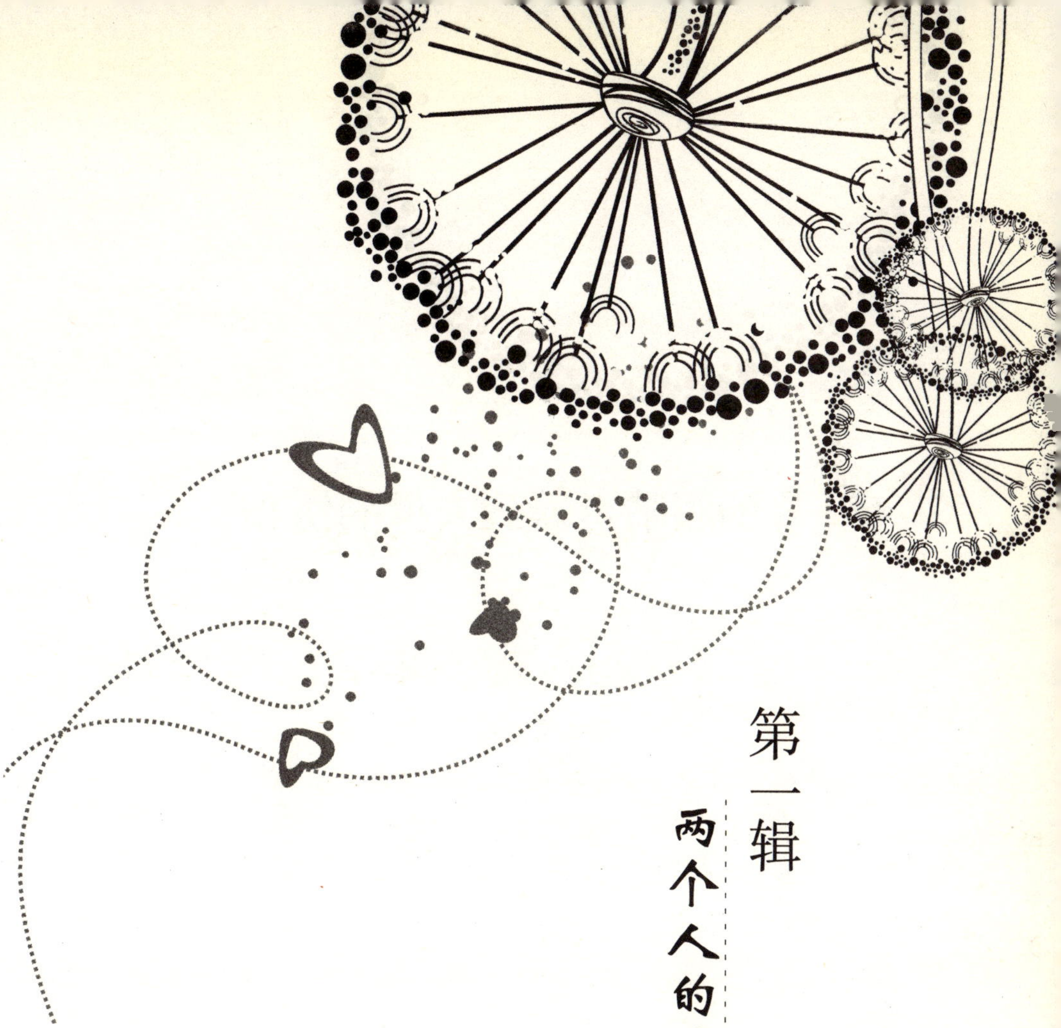

第一辑

两个人的旋转木马

不让你的眼睛再看到人世的伤心

第一次独自带着两岁多的小侄儿贝迪去广场玩，就碰到了一个尴尬的问题。

广场不远的街边，一个衣衫褴褛的老妇人正趴在路边乞讨。

应该是过了六旬的年纪了，瘦弱的身体整个蜷曲着，一张脸深深埋下，半白的头发凌乱地在风中拂动。

这是在城市里常见的画面，也是在人生中常见的画面。

路人走过，大多无动于衷，也有人掏出一枚硬币匆忙丢进老妇人面前的碗中，快步离开。

兜里刚好有乘车找回的零钱，于是我也顺手丢下一枚硬币，扯了小贝迪走。却不想孩子忽然将手从我的手中抽出来，从一侧绕到乞讨的老妇人面前，蹲下来喊："奶奶！"

贝迪的喊声瞬间吸引了旁人的目光，我略觉尴尬，一把将小孩子拉起来，说："走了，贝迪。"

他却拖着我不肯站起来，看着我认真地说："是奶奶！"

孩子原本清脆的声音又高了许多。我只得用力将他拉起来，朝旁边拉了几步，蹲下来小声跟他说："贝迪，这不是奶奶，奶奶在家里呢！"

"这就是奶奶，"小孩子嘴巴嘟着，眼神坚定，说，"妈妈说，白头发的就是奶奶。"

我哑然，一时竟不知拿哪种道理说服他。原来在一个两岁多的孩子的心里，奶奶的概念是这样的。我只能将话题转开，哄他："贝迪不是要去公园坐快乐椅吗？快走啦。"边说边抱他起来，想小孩子贪玩的心重，眼前的事马上就会忘了。谁知小家伙却无比固执，在我怀里用力朝外挣脱，喊道："找奶奶，找奶奶！"

他挣脱得厉害，我只得将他放下来，一松手，小家伙就跑到了老妇人面前，竟然伸手去扯她的胳膊，边扯边喊："奶奶起来，奶奶起来！"

这四个字，让我的心一顿。刚才一路上，也遇见相仿年纪的老人，很近的时候，小贝迪也会主动乖巧地叫一声"奶奶"，但并没有过多打扰别人。而这一次他不肯罢休的原因，是因为面前的老妇人这种卑微的姿态。原来一个孩子的心是能够分辨人生各种姿态的，他不能容忍老人这样蜷缩着，这样卑微地蜷缩着。他要她起来，用他弱小的力量将她拉起来。

我拉拉贝迪，他固执地不肯松手，僵持中，一直蜷缩不动的老妇人终于慢慢抬起头来。

那是怎样一张苍老而沧桑的脸啊！整个面目污浊不堪，却就在那张污浊的脸上，早已有眼泪滑进了一道道深色的皱纹里。老人泪眼婆娑地看着面前这个对她来说完全陌生的孩子，似乎想伸手抚摩孩子的脸，又颤抖着将手缩回去，抖动着唇，颤颤地说："奶奶起来。"

老人就这样颤巍巍地站了起来，擦了擦眼睛，努力朝小贝迪笑了笑，蹒跚着离开了。

小贝迪似乎满足了，看着老人站起来，兀自晃动着小手，嘟着小嘴巴说："奶奶，再见！"

我弯下身，重新将孩子抱在怀中，目睹着老人蹒跚地朝远处走去。我不知道她要去什么地方，会在哪里停下脚步，重新卑微地蜷缩起她苍老的身体；也不知道从此以后，小贝迪还会有多少次看到这样的情形，为改变这样一种人生姿态而坚持自己。也许有一天，他会同我和许多人一样，在长大后渐渐熟悉并认可了人生的这幅画面，能做的，只是一点微薄的施舍……但那一刻，我的心是潮湿的，抱着这个小小的善良的孩子，想起多年前的一首歌："不让你的眼睛再看到人世的伤心……"

这是我此刻对一个孩子的心愿，我想有一天，这个世界会真正美好起来，我的心愿一定能够实现。

不要用眼睛伤害他

当初选择做幼儿园老师，是因为总觉得，孩子将会给我带来快乐的生活。他们天真、单纯，他们的心干净而透明——那正是我所向往的。

毕业后，应聘到一家很大的幼儿园做老师，满心欢喜。想，从此以后可以过梦想中的生活了，每天守候在一群快乐的小天使身边，不看世事纷争，不问人间繁杂，简单而快乐。却不想，这种简单而快乐的生活，却只持续了很短的时间。一直以来我忽略了，原来孩子的世界也充满了纷乱和烦恼，孩子也会有许多的事端。他们会为自己做错的事撒一些小谎，会因为好胜心制造某些假象，会为了争夺某种东西争吵甚至打架……那些小小的心里，也藏着属于孩子的自私和偏激。一段时间下来，我开始对我选择的职业充满了质疑，也渐渐开始不再信任那些可爱的面孔，那些纯真的眼神和天使般玲珑的声音。因此对这份工作由衷地热爱，也开始变成了一种职业性的敷衍，我所接受的教育告诉我，应该怎样去做一个幼儿老师，但是我能感觉到，应该的背后，我的热爱已经一点点消退了。

那天如往常，给孩子上完音乐课，我坐在办公室休息。课堂上，两个孩子为争谁当领唱吵了起来，所有的孩子都跟着起哄，乱成一团，让人头疼。连教育带哄，好不容易把事情处理完了，一堂课也过去了。这些孩子，也真是够烦人的。

正想着，听到敲门声。说了请进，门开了，却看到园长走了进来，她的身后，跟着刚刚在课堂上为当领唱吵得最凶的男孩子林嘉文。孩子怯怯地跟在园长后面，却又狡黠地探出身来偷看我。不晓得发生了什么，我只得礼貌地赶紧站起来和园长打招呼。

这个 50 多岁，有着和蔼面容的老妇人朝我微笑，说："小从，有点事情，我想问你。这个叫林嘉文的小朋友说，刚才上音乐课的时候，你骂他了，是吗？”

我的脑子“嗡”的一声，园长的声音是温和的、试探性的。在我听来，却像爆炸一般。一个幼儿园老师，最忌讳的就是打骂孩子，纵然这份工作已经让我有了疲惫感，但这点素质我还是有的，绝对不会那样对待孩子。而林嘉文，这个白白的、虎头虎脑、有着一双大眼睛的五岁男孩，竟公然撒谎，并告状告到了园长那里，不过一个五岁的孩子，这太可怕了。

一边气愤，一边着急地辩解：“园长，我没有骂林嘉文，我真的没有……”说话间，眼泪都快掉下来了。

“别着急小从，你先别着急，”园长依旧和颜悦色，“那你能把课堂上发生的事告诉我吗？”

此时的林嘉文，好像也意识到自己闯了祸，小小的身体整个躲在了园长后面。

我将刚刚课堂上发生的事简单地讲述了一下，说：“当时我只是批评了他，我说林嘉文，请不要用那种态度对待其他小朋友，不要用那样大的声音……我没有骂他！”

我再度强调。

园长点点头，转回身来问林嘉文：“林嘉文，从老师是这样说的吗？”

躲在后面的林嘉文被园长牵着手牵了出来，偷偷看了看我，我以为这个小孩子又会耍花招撒谎，不想，他却用力点了点头，说：“是的，从老师就是这样说的。”

我悬着的心“咕咚”掉了下来，刚刚松了口气，却又听到他用再清晰不过的声音，一个字一个字地说：“可是，老师用眼睛骂我了。”说完，他忽然“哇”的一声哭了。

我的心一下震颤了。

整个屋里寂静下来。林嘉文最后的那句话，好像一下穿透了我已经不再热爱他们的心。它穿透我的心，让我看懂了真相。而我从来都不曾想，我，一个24岁的成熟女子，一个学过三年幼儿教育的专业老师，内心的那丝微妙的变化，却逃不过一个孩子的眼睛。像他说的，我用眼睛骂他了，当时因为气愤，虽然我压着没有发脾气，可是我狠狠地瞪了他。这在一个孩子心里，原来是比语言更重的伤害。原来纵使一颗幼小的心灵，也是不允许淡漠和轻蔑的。

园长看着我，始终温和地看着，没有说话。不知怎么，眼泪在这一刻忽然就冲进了我的眼睛，不是委屈，而是自责。这个五岁的孩子，让我不得不重新审视自己的心灵。一颗一直向往着纯净和爱，却已不再纯净、不再爱的心灵。

园长说："孩子的内心也有和大人一样完整的世界，他们很多时候不懂事、顽皮，甚至叛逆，所以他们需要更多的宽容，我相信，你会是孩子们最信赖的好老师。"说完，园长走了出去，将我和林嘉文留在了屋里。

弯下身，我将正在大声哭泣的林嘉文抱在怀里，我说："嘉文，老师错了，你能原谅老师吗？以后，老师再也不会骂你们了。"

林嘉文紧紧拥着我，一边抽泣着，一边伸出小手擦我眼角的泪。

我将牢牢记住这个五岁孩子的话，以后，不会再用眼睛伤害他们、伤害任何人。

活给自己看

她是个很成功的女子，不到30岁的年纪，有诸多小说出版，虽然没有给她带来太多名气，却带来了足够的财富——那些小说，大多被影视公司选中，然后她自己改编成剧本，三年的时间，她就在那个美丽的城市，拥有了足够优越的生活。

也许是性格的缘故，她却并不为此张扬，不太爱说话，穿平常的衣衫，不化妆、不戴首饰。那次，报社决定在由她的一部小说改编的电视剧播出时，为她做个专访。

记者过去，她却显得羞涩，不知道应该答对什么。后来记者说："干脆，你该做什么做什么，让我以旁观者的角度，看看你的生活吧。"

她这才放松下来，笑笑，打开电脑，不再为无法应对记者的问题而为难。

那天的她，穿了件再平常不过的纯棉T恤、牛仔裤，头发扎成松松的马尾。她打开电脑回了两个邮件，关闭，然后说："今天，我原本是打算去逛街的。"

记者欣然愿意同往。

她逛街的习惯，看起来更似小女孩，喜欢那些琳琅满目的小饰品店，但只是逛，并不买什么。最后，她走进一家纯正的品牌首饰店。

进了店里，店员却并不热情，那天的她也是再寻常不过的装扮，T恤和平底鞋，打眼看过去，是个处境太过寻常的女子。但她，的确不是。记者在她的玻璃书柜中看到一些物品，价值是不菲的。她喜欢这些精致的小首饰，只要她想要，是完全买得起的。但她不是为了佩戴，只为喜欢收藏。

对店员略略冷落的态度，她似乎并未留意到。很快，在展示柜内看中一条细细的镶嵌了一圈精巧钻石的手链。记者下意识地贴近去看价格，而她，只微笑着对离得最近的店员说："请取这条手链看一下，好吗？"

店员的眼神明显带着不屑，自她们进门，已用那种不屑的眼光将她们从上到下打量过了，现在听她这样一说，店员挑挑眉毛："那条手链现在打8折，折后价是3800元。一分都不能少了，你确定要看吗？"

记者一下气愤起来。明显地，店员在歧视她。刚要对此提出异议，她却拉拉记者的衣袖，笑笑说："既然这样，我们走吧。"然后依旧微笑着，牵着记者离开了那家首饰店。

走出门来，记者还在为此忿忿不平，一是为对方这种以貌取人的态度，再是为她委屈，她实在算是有钱的女子，本不必受这份委屈。但看上去，她却真的不在意，心平气和地离开了。

随后，她在另外一家店里买到了更好的手链。

回去后，记者还记得她被冷落的那一幕，忍不住说："当时，你为什么不指责那个小店员？"

"指责她什么呢？指责她态度不好，还是没有看出我是个有钱人？"她笑，"生活不是过给别人看的，而是过给我们自己看的，自己知道就好。"

记者一怔，却忽然在那一刻找到了自己采访的亮点，也终于知道了她成功的根源，一个活给自己看的女子，不为诸多的虚名和浮华所累，她注定会活得更简单、更好。

来不及想

他是一个军官。那天，在青岛出差。

冬日寂静的海边，游客稀少。冷寂的黄昏，他沿着海边步行赶往轮渡口，打算乘坐去黄岛的渡轮。

快到渡口时，前面不远，一个正在慢慢行走的年轻女子，忽然出人意料地自堤岸翻身跳入海中。

有人发出惊呼，有人开始拨打110、120。而他，几乎是在女子落水的瞬间，就跟随着一起跃入大海——军人的敏锐让他在跳入前还来得及抓到堤岸上一个备用的救生圈。

2010年1月7日的青岛，最低温度零下九度，这个海边城市正经历着多年来最寒冷的冬天。他抱着救生圈整整在海水里抗争了10分钟，才终于将女子救上岸。

赶到的120将他和女子一起送到医院。两个小时后，轻生女子脱离危险。他还躺在病床上打吊瓶。

当记者问他跳进海中的那一刻心里想什么时，他憨厚地笑笑，说："什么都没想，哪来得及想啊，如果想了，可能就不会跳下去了。"

他是一个刚刚毕业、正在省城石家庄找工作的大学生，那天，他刚从一家公司面试出来。被聘用的希望渺茫，所以他脚步匆匆赶往下一处。

后面有人喊抓小偷。他听到的同时，看见一个比他高大的男人正从他身边飞快跑过，后面，一个年迈的大爷正在气喘吁吁地追赶。

不假思索，他迅速追上那个男人将他拉住，并让男人将钱包放下。

男人一只手摸出刀子，刀子在太阳底下闪着寒光，突然一刀刺向他，他顺势抱住男人的手臂死死不放。

赶到的群众和警察将男人擒下。他血流如注，被送到医院。医生说，如果刀子偏半寸，他的命就没了。

记者问因失血过多而脸色苍白的他，看到小偷掏出刀子的那一刻心里想的是什么，他羞涩地笑笑，说："什么都没想，哪来得及想，如果想了，不就松手了吗？"

她是一个正在恋爱的女孩。那天，在县城的一条商业街上闲逛，打算买件礼物送给即将过生日的男友。

忽然听到有人惊呼。

她本能地仰头，看到自己正前方，一个身体正从上空坠落下来。

所有人都在躲闪，她却不顾一切冲向前去。

坠落的身体砸中她，是个和她年纪相仿的健壮的男孩。男孩正在粉刷一栋楼的墙壁，大意地忘记系安全带，又不小心失足，于是从四层高的楼上跌下。

强烈的冲撞让她和男孩同时晕倒，送到医院后，很快检查结果出来，男孩的双腿骨折；而她，从腰到腿都受到重创，也许以后再也站不起来了。

躺在病床上，当记者问她冲过去用自己的身体承接那个男孩的一刻心里想什么时，她抿了抿唇，忽然哭了。她哭着说："什么都没想，哪来得及想，如果想了，我才不敢呢。"

……

这样的时候，他们想的是什么呢？

是的，什么都没有想，因为根本来不及想，只要想了，也许就迈不出去那让人震撼的一步，就不会受伤甚至还可能葬送生命。

想了之后不再去做，是人对自己本能的爱护，对危险本能的躲避。无可厚非。而不想，来不及想，却是生命最本能的善良。

来不及想就勇敢担当的人，他们是这个世界的灵魂。

两个人的旋转木马

周日，带女儿宝宝去儿童乐园，三岁的小孩子，乐此不疲地乘坐旋转木马。无奈，只得陪她一圈圈坐下去。

很简单的游戏——旋转，升腾，降落，单调的圆圈、单调的音乐重复播放，是那首连孩子也会唱的《生日快乐》。

身边的人换了一次又一次，小丫头还是不肯下来。坐在旋转的木马上咯咯地笑个不停，蓬蓬裙随着木马的起伏飘飘绕绕，像个幸福的小公主。索性由了她。

不知什么时候，前面的木马上再度换了主人，竟是一个白发苍苍的老奶奶，满头的发全白了，想必，会是七十几岁的年纪，该是带着孙子或外孙来玩的。可找过去，老人身边并没有小孩子。或者小孩子顽皮，独自跑去了另外的木马上，故意和老人捉迷藏吧……

木马如此转了一圈又一圈，音乐重复停顿又重复开始，前面的老奶奶竟然也同宝宝一样，一圈一圈地坐了下来，身边的人来了走，走了又来，老奶奶坐在那里旋转着、起伏着，一头白发在午后的阳光下竟也生动无比。许久，并不见小孩子跑来找她，也不见她四处张望寻找。心底渐渐游移起来，这是个奇怪的老人啊。旋转木马，到底也是小孩子的游戏，几乎从未见过这样年纪的老人来玩，如此兴致勃勃地玩……

宝宝终于坐够了，在音乐又一次停顿的空当，伸出手要我抱她下来。也终于看到了老人苍老而和善的面容，随着木马的旋转起伏，带着孩子一样简单快乐的笑。算来，她已经在木马上旋转了几十分钟。好奇心驱使，我决定等老人下来。

终于，老人慢慢下了木马，下了旋转的圆盘，却似乎意犹未尽，又回头，用向往的眼神，看着木马载着更多孩子慢慢旋转起来。

我走过去，装着随意，问："奶奶，带孩子出来玩啊？"

她转过头，看着我，忽然笑了，摇头，说："不是带孩子来玩，是我自己来玩。"

这个奇怪的老太太。我笑笑，不好再问什么，低头去逗宝宝。老人却拉着宝宝，主动跟着我的话题说："想坐坐旋转木马，想了好多年了。我年轻的时候看过一个电影，是国外的片子，里面一个漂亮的女孩子，在过生日的时候，被自己的男朋友带着去坐旋转木马，她穿那么好看的裙子，好像要飞起来……那时候他说，等有旋转木马了，等我过生日的时候，一定带我去坐。可是有了木马的时候，他却站不起来了。后来他说，等到他病好了，一定带我去坐旋转木马……就这样说着说着，我们都老了，他到底也没有站起来，去年，他走了……今天是我 70 岁生日，昨天晚上我做梦，梦到他说，要带我去坐旋转木马。我知道，他心里还惦记着呢，所以我就跟他说，今天我一定来坐旋转木马，带着他，高高兴兴的……"

我转了一下身，掩饰着已经漫过眼帘的泪。然后蹲下身来抱起宝宝，我说："宝宝，现在咱们去陪奶奶再坐一次旋转木马，好吗？"

小丫头张大眼睛看看我，又看看老人，用力点了点她的小脑袋。

那个周日的午后，并排的旋转木马上，我和宝宝一起，陪着满头白发的奶奶，一圈一圈地坐着旋转木马，和着音乐，唱着那首古老的生日歌，像一家人。但是我知道，那天的旋转木马，只属于两个人，相亲相爱的两个人，即使他们之间隔着人间与天堂。

我想从此以后，我将懂得如何告诉自己、告诉我的孩子——人生，需要用怎样的爱去珍惜。

三张饼的分配与温暖有关

对他来说，那场灾难发生得不仅突然，根本就是一场命定的不幸。他不是矿工，只是一名刚刚毕业分配到矿物局的大学生，去那家小煤矿体验生活时，遭遇了矿井几十年来的第一次塌方——巷道因塌方被堵塞，虽没有将人埋进去，但靠自己的力量出去，已经不可能。

惊魂未定，明白了眼前的处境后，他蹲在地上绝望地大哭起来，好像已经看到了死亡。一同被埋在井下的，还有其他三个矿工，他在下井后短短的时间已简单了解到，其中两个矿工都是四十来岁的年纪，是连襟，应该是很亲的亲戚了。另外一个，年轻一些，也应该有三十多了，姓陈，和连襟中的大哥刚刚打过一架。从下井到干了近两个小时的活，两个人没有说话。

因为工作的特殊性，矿工的脾气都有些火暴，这很容易理解。

然后就是他了，和他们三个人完全陌生的他，共同面对了灾难的降临。

三个矿工虽然同样惊慌，但毕竟有多年井下作业的经验了，并没有表现出他那样的绝望，或者说，他们没有选择哭泣，而是不约而同地用沉默对抗了心底的绝望。可以想象井上是怎样的情形，正在展开怎样的营救行动，但结果难以预料。

他终于哭得没有力气了，瘫坐在地上。从头到尾，没有人劝他，矿工好像都有着冷硬的脾性，像他们挖出的煤炭。在他的嗓子完全哭哑了的时候，小陈把水壶递给了他，说："喝口水吧。"

他几乎是机械地把水壶接了过来，刚递到唇边喝了一口，就被连襟中的大哥何师傅一把夺了过去，说："够了。"

小陈劈手去夺水，瞪何师傅："我的水，不用你管。"

这样的境况下，小陈没有忽略掉两人刚结的怨。

何师傅的手却攥得很紧，水壶没有被夺回去，他瞪着小陈，说："从现在起，没有你的我的，这是大家的水，你懂吗？"

小陈还要争执，却在何师傅凌厉的眼神下顿住了。似乎明白了什么，垂下手，颓然蹲在了地上。

他更加感觉到气息的紧迫，眼泪又落了下来。却没有谁再管他，三个人都蹲下来，巷道那个小空间，死一般沉寂。

那一刻开始，时间变得不尽人意地漫长。他随身带的水早已经喝完了，没有带任何粮食，塌方的时候，他刚想上去吃午饭。只有那三个矿工带着午饭，并不丰盛，不过是三张油饼和一些菜。他不知道他们会怎样分配那三张饼，水已经被何师傅收集到了一处，命令般地说："不到最后关头，水不能动。"

他是几个人中年龄最长也最有经验的矿工，这样的时候，没有谁再反驳。可是饼却只有三张，是他们带来的，和他无关。他看着那三张饼，绝望也阻挡不了饥饿的侵袭，因为饥饿，他的绝望有了更加实质的内容，他几乎要撞墙了。他知道他们完全可以不管他，只不过是三张饼，他们尚且自顾不暇——纵然只是三张饼，也是此时救命的稻草。

再度沉默，依旧没有谁看他，事实上，谁都没有看对方。好半天，连襟中的小弟闷闷地说："有什么好分的，谁带来的属于谁，哥，咱们都有一大家子人呢。"

他别过脸去，他能说什么呢？

又是半天没有人回答，也没有人说话，他知道，他们心里都有这样的想法，他只是个陌生人，是他自己闯入了这场灾难。下井前，何师傅还说他们这些大学生纯粹吃饱了撑的没事找事，对他很是不屑。

他确实没事找事，找的还不是一般的事。

因为绝望，他的心木木的，快要失去感觉了。

何师傅却说话了，说得很慢，却极有分量。"不行！"他说，"必须分成四份。"并没有看他，只是把饼拿过去，掏出随身带的一把小刀，说："我来把饼分了，我想好怎么分了。"

所有的目光都投到那三张饼上，包括他。他们看着何师傅把三张饼叠在一起，放在他的腿上，然后用刀子均匀地切割成了十二份。很小很小的十二份。再将重叠的十二份，散成三十六份。一份，只有很小很小的一块，比手指头大不了多少。

何师傅说："这三十六块饼，刚好每个人九块，每天每人分三块，可以坚持三天。从现在起，谁都不要说话不要动，保持体力。饼放在我这里，该吃饭的时候我来分给你们。"

又是沉默，半天，另外两个矿工点了点头。他已经干涸的眼睛，再度潮湿了。

三个半壶水，三十六份小得不能再小的饼，维持着漫长的等待被解救的时光。一分钟，一小时，一天……第三天的黄昏，他们得救了，就在被救出去的半个小时前，何师傅不顾另外两个人的反对，将自己最后剩余的三块饼递到了他面前。干裂的唇挤出一句："你是大学生，你活着比我更有用。"

何师傅在说完那句话后，就昏了过去……

事情已经过去五年了，现在，他是一家煤矿负责安全的小领导，也常常有在校或刚刚毕业的大学生像当年的他一样，去矿井体验生活。每次，他都会对他们讲一个故事，讲三张饼分给四个人的一种分配方法。他说，那是世界上最伟大的数学家的分配法，不仅伟大，还需要一颗善良博爱的心。

谁给了孩子天使的翅膀

做了两个多月的“孩子王”之后，我喜欢上了班里那个叫点点的孩子。

点点是个三岁半的小姑娘，苹果脸，大眼睛，卷卷的头发，像洋娃娃一样可爱。我喜欢她并不是因为她有这样可爱的面容，现在的小孩子个个看上去都是可爱漂亮的。点点打动我的，是一个小孩子的纯真善良。

不过三岁多的点点，已经懂得照顾别人，懂得谦让和宽容，不自私——和这个年代很多被娇纵惯了的小孩子有些不一样。比如每次分玩具，她从来不跟别的小孩子抢，而是很耐心地等他们都挑完了，她才在剩余的里面找一个自己比较喜欢的；很多小孩子会乱丢垃圾，而她从来不会，甚至常常会跟在别的小朋友身后，把他们乱丢的垃圾拣起来放进垃圾箱；她懂得照顾别人，有一天屋里暖气坏了，她把自己带的另外一件厚衣服穿在一个比她更小的小女孩身上；外出郊游，她会像个小大人一样，去搀扶那些看上去行动不便的老人……

常常看点点在那么自然地做一些好的事情，觉得小小的她定然是生性善良纯真，兴许她就是个小天使吧。

那一次，点点把午餐时分给她的一块奶糖拿出来，去哄一个被自己的鞋带绊倒后哭泣的男孩子。我看到了，忍不住走过去帮她一起哄好了小男孩，然后我蹲下来，把点点拉到跟前，很认真地跟她说：“点点，你是个好孩子。”

她看着我，似乎不明白我为什么突然那样说。

我说：“因为你总是做好事，老师都看到了，老师喜欢你。”

“哦，”她奶声奶气地应了一声，同样很认真地看着我，然后认真地对我说，“因为我必须做好孩子，这样以后我才能去找爸爸，才能永远跟爸爸、妈妈在一起，不分开。”

“爸爸去了哪里？”我有些意外，因为她的回答。

“爸爸呀！爸爸飞走了，”点点奶声奶气地说着，张开两只小手臂来回摆动着做出飞翔的姿势，“妈妈说了，爸爸是最好的人，所以上帝给了他一双翅膀，让他飞去了一个叫天堂的地方。妈妈说，她也会一直做一个好人，以后，上帝也会给她一双翅膀，让她去天堂找爸爸。妈妈说只有好人才会长出翅膀飞去天堂。而不好的人，上帝就不会给他们翅膀，也不会让他们去天堂。他们会住在另一个地方，那里没有玩具、没有苹果、没有阳光，没有好听的歌和好看的动画片……所以，我必须要做好孩子呀，要帮助别人，要有爱心。这样，上帝才会给我翅膀，让我长大以后去找爸爸……”

那样柔软的声音，像在讲述一个最生动的童话，那样纯真的目光，充满世间最美好的向往。而我，她的老师，却在此时说不出任何话来，只是那样深深地被感动了，因为一个母亲对孩子童话般的引导，和一个孩子对童话的信任。

后来我才知道，点点的爸爸在去年夏天因为救一个落水的女子，付出了自己年仅30岁的生命。他是一名普通的公交车司机，是这个城市的“平民英雄”。

我也终于知道了，是谁给了这个小孩子天使的翅膀。

撕掉你的优越标签

周末，同事多蓝让我陪她去商场，天冷了，她要给远在乡下的家人买些冬衣。

选了一些新款的羽绒服，每件都三四百元。给父母的，给兄嫂和小侄子的，还有给姐姐的……五六件，花掉两千多块钱。

多蓝是个很孝顺的女孩子，在家中排行最小，也是家里唯一走出来的大学生。读完大学，找了份不错的工作，因工作出色，如今成为了公司的主管，收入颇丰，在广州算是个地地道道的、生活优越的小白领。

常见她给家人买东西，去邮局寄回去，从衣服到营养品、药物等等，一年要邮寄好几回。这次，因为买的东西太多，才拉了我去帮忙。

两个人大包小包地拎到邮局，找了三只大号的箱子才把那些羽绒服放进去。打包时，她忽然想起什么，慌忙拦下工作人员，说："等等，差点忘了。"然后，把箱子打开，将每件衣服都拿出来，找到上面的价格签，一份份地撕去。

我不解，觉得她多此一举，是给家人的，价钱放在上面也是无所谓的。他们看到，不是会更感知这个女孩子的好吗?

疑惑，所以便问了她。

她笑而不答，仔细地把所有价格签都撕掉，又检查了一遍，然后将衣服重新放好交给工作人员，处理完毕，我们一同离开了邮局。在路上，她讲了一个故事给我听。

一个自小在大山里长大的女孩，18 岁时考上了大学，是家里唯一一个走出大山的孩子，她的走出也带走了家里这些年全部的积蓄。而这些积蓄中，除去一年的学费，只剩下一千多点，便是她一年的生活费了……

学校很大很美，城市更大更美，女孩欣喜而略有不安，那天晚上，她和五个同龄的女孩被分到了同一间宿舍。也是那天晚上，看着室友们华丽的衣衫，高档的化妆品，款式各异的手机，她叫不上名字的随身听、MP3……女孩18年平静的心瞬间被撕碎了。

她第一次感觉到了深刻的自卑；第一次感觉到了命运的不公正，第一次因这不公正品尝了怨恨的苦涩。

大学四年，在对同学优越生活的仰望中，女孩一直处于深深的自卑之中，一天都不曾快乐过。她暗暗发誓要改变这种生活，并为此加倍努力学习。

18岁到22岁，一个女孩最美丽的光阴，她却连一场恋爱都没有过，她把所有的时间都交给了学业。

毕业后，她以优异的成绩被一家大公司录用。工作中，她依旧加倍努力，职位一步步高升，待遇随着职位的改变不断改变。几年后，她终于从一个贫穷的农村女孩，变成了一个生活优越的都市女子。从18岁到26岁，她为此付出了整整八年的努力。

在得到自己想要的生活后，她回过头来重新审视这些年自己走过的路，感伤，更多的却是感慨。渐渐成熟的她，在安逸生活中心灵重新恢复了平静，却深刻地知道仰望他人优越生活的苦楚，所以她决定，永远不用自己的优越波及任何人，无论亲人、朋友，还是陌生人。

这个女孩，就是多蓝。

她说："如果让爸妈看到我花那么多钱买这些衣服，会很心疼的。他们一辈子穷惯了，也节俭惯了。而哥哥姐姐他们，虽然生活要好一点点，但毕竟农村的好和城里的好是没法比的。他们一年的收入，也不过是我们一个月的工资吧。恐怕永远不会舍得拿几百块钱买件衣服。我知道这差不多是一亩地一年的纯收入，他们更不知道，这几百块钱，对于城里的有钱人来说，太过微不足道，不过是一顿简单的午餐、一瓶酒、几场电影……可是这些年，他们一直生活得快乐知足，因为没有比较。如果了解了我现在的生活，他们会因此自卑，然后会抱怨，抱怨命运的不公，像我当初那样，更会失去他们的快乐……而他们不是我，他们没有能力来改变这种生活的差距，所以他们不需要知道别人在怎么生活，只要知足地生活在自己的生活里，就好。我不能去做他们平静生活的缺口，你明白吗？”

站在广州繁华的街头，看着她，我无言，想起不久前，她一个小时候的朋友来广州打工时，在她那里住了一段时间。那段时间，她穿普通的衣衫，不再化精致的妆。带朋友去批发城逛服装市场买廉价的衣服，讨价还价，一起吃便宜的小吃，挤公交车……那时觉得不解，甚至觉得一向对家人毫无吝啬的她，对自己家乡来的朋友却那么小气……这一刻忽然明白了，她这样做，不过是要隐藏起自己优越的生活，不让生活的光亮，刺伤那个乡下姑娘平静知足的心灵。至少，她不会让朋友在她这里，为彼此在生活上的巨大差距而自卑。

在别人可能会因面对你的优越而自卑时，撕掉你生活的优越标签，一个小小的动作，表达的亦是一份人性的善良吧。

为谁募捐

周日一大早，还在睡梦里，忽然被门铃声吵醒。睡眼惺忪地走到门前，从门镜里朝外看是谁如此不解人意。门外却空空的，没有人。心里有些气恼，不知是谁按错了门铃还是恶作剧。可刚转身回卧室，门铃又响起来，火气不由得上来了，几步走到门边把门拉开。门外，竟站着一个没有门镜高的小男孩。七八岁的样子，脑袋大大的，眼睛大大的，有点营养不良的那种瘦，个子也矮。他的怀里，抱着一个小小的纸盒子，盒子底下是一张报纸。

忽然想起来见过这个孩子，他住在一楼，应该是租的房子吧，他的父母看起来都是乡下人，在小区门外开了个几平方的小店，卖青菜、干果。有时候下班回来顺路过去买菜，会看到他坐在店外的树底下写作业，很认真的样子。有时不太忙，他的父亲会在旁边看打扑克的，碰巧女店主也不在，他就会招呼一下生意。他认得电子称，不用计算机，小账算得也准，是个很聪明的孩子。只是不知道这么一大早，他为什么来敲我的门。

“有事吗？小朋友，”因为认出他来，我的气消了下去，好脾气地问了他一声。

“阿姨，”他眨眨眼睛，“我是来募捐的。”说着，晃了晃手里的盒子，里面传来硬币碰撞的声音。

募捐？我有些不解地看着他，这么小的孩子，给谁募捐？是家里人出了什么事吗？

正疑惑着，他俯身将盒子放到脚边，然后把手里的报纸熟练地展开递给我看：“阿姨，是给他募捐的。”

那页报纸的整版，报道了被父母丢在一家医院的弃婴，婴孩患有先天性心脏病及其他多种病症……

是前一天的晚报，这个报道我看到过，现在类似这样的报道非常多，当时跟同事感慨了几句，就没有再去留意，然后也就忘记了。相比，大多数人对这种事，也都是这样的寻常态度吧。却没想到，一个七八岁的小男孩，竟然为此到处募捐。

下意识地，我问他："你认识他吗？"

他摇头，说："不认识。"

"那是学校里组织的吗？"我又问。

他又摇头，说："不是，是我和爸爸妈妈，我们一家组织的。我们比赛呢，看谁收得多。"

为什么？我有些纳闷起来。非亲非故，甚至根本不认识，一个孩子为什么要这么做？

"阿姨，你不知道吧？我刚出生的时候也有病，送到医院做手术，爸爸妈妈又没有钱，后来，有一个奶奶知道了，为我到处募捐，找不认识的人，还去广场挂条幅……是许多不认识的人给我捐钱，爸爸妈妈才有了手术费给我做手术，我才活了下来。妈妈说，没有那些陌生人的帮助，就没有我了。她说，以后要努力去帮助那些需要帮助的人。"然后他指着照片上瘦小的婴孩说，"阿姨你看他多可怜，要是我们都不管他，他就会死的……还有啊，今天是儿童节，老师让我们做件有意义的事，我觉得这件事最有意义，你说呢？阿姨……"

我不等他继续说下去，回去拿出钱包里不多却是所有的钱塞到了他的小纸箱里。他看着我，张着嘴巴，因为激动和欣喜，小脸都红了，连声说："谢谢阿姨，谢谢阿姨……"

我蹲下去，帮他把报纸重新叠好，放回他手里，认真地说："是阿姨应该谢谢你，你让阿姨分享了你节日的意义。"有句话我没有对他说，怕他听不懂，他还让我分享了爱的意义，这种爱来自陌生人和陌生人之间，没有理由，不需回报，只是付出。有时候并不多，只是那么一点点，却让这个世界越来越温暖。

我们的那些不体面的亲人

一上班，人都到齐后，坐在我对面的小从站起来说："中午请大家赏光一起吃顿饭。"

爱开玩笑的男同事嬉笑着追问缘由："是不是有什么喜事了？"

小从笑笑，说："那是当然，我娘来了，算不算喜事？"

那位男同事愣了半天，才不停点着头说："算！算！"

难怪他会发愣，想来，这还是第一次有同事因为母亲的到来而请客。小从家在偏远的山村，小姑娘倒是争气，读了大学，毕业后在城里找了这份说起来还算体面的工作，但从来没有掩饰过自己的来历，喜欢说自己小时候生活在农村的快乐往事，最爱说的人，是她的娘。

在小从生活的山村里，时至今日，还是将母亲唤做娘的。起初小从说的时候，还总是被人取笑，慢慢地，大家也都习惯了她的称谓。

但到底还是有些好奇，快下班时，我小声问她："为什么妈妈来了要请大家吃饭啊？"

她还是笑，说："我一直让我娘来，她终于肯来了，我想让你们见见她啊，我娘那么好，谁见了都会喜欢的。"

竟然是这样的缘由。

下班后，一行人便去了公司附近的一家饭店。是家很小的饭店，但干净整洁。等了十几分钟，小从把她母亲从住处接了过来。

很土气、很难看的一个农村妇人，皮肤粗糙，眼神浑浊，身形微微佝偻，一条腿微微跛着，看上去似乎很老了。衣服明显是新的，穿在身上却显得非常别扭，看到我们，咧开嘴笑起来，笑得很难看……

出于礼貌，我们一起跟她打招呼，喊伯母。

她笑着，口中不知道喃喃说着什么，地方口音实在重，听不太明白。

小从却像服侍皇后一样，搀着母亲的胳膊，把她安排到最中间的正位上，说："娘，这都是我同事，不用太客气，都当是咱家孩子。"

我们跟着附和地笑。

然后小从点菜，边点边说："其实没啥好吃的，娘，比你做得差远了，委屈你凑合着吃吧。我在这里都饿瘦了，咱家那饭才叫好吃。"又冲我们说："我娘最棒了，什么都会做，她做的葱油饼，比大饭店的强多了……"平常，小从就爱把自己的娘挂在嘴边，这次更是收不住口了，絮絮叨叨地说起娘的好来。比如娘手巧，会绣花会自己做衣服。娘聪明能干，供了两个大学生。还有，娘好看，是村里最好看的女人……

说到这儿，小从的母亲打断她，说："这丫头，又瞎说，也不怕你的同事们笑话。"

"谁瞎说了，我就觉得你好看，再说，他们有什么可笑话的，你是我娘，他们不对你好都不行呢。"说完转着圈看听得一愣一愣的我们，问道："你们说我娘不好看吗？"

"好看，好看。"我们连声应和着。

小从笑起来："就是嘛。"然后开始一样样地给母亲盘子里夹菜，面对着这样一个母亲，脸上带着无比骄傲的笑容。

这顿饭，在小从对母亲的嬉闹间吃得别有感觉。看年轻美丽的小从，拥着那个老而丑陋的农村女人，那种无所顾及的亲近、亲密、亲热，心里忽然泛起一丝赧颜的羞愧。和小从的家庭相比，我这个来自小县城的身份要好许多，可是尽管如此，我还是一直没有邀请我的父母来这个繁华的大城市。他们都是普通的工厂工人，没有读过多少书，不太会说话，母亲还下岗了，有时去给人做钟点保姆……说实话，他们这样的身份，因为不够体面，让我不想摆到我今天的生活中。而小从，她在面对自己这样身份的母亲时，却是那样骄傲，她的骄傲是不容置疑的。

而那个中午，我看到渐渐沉默下来的，并不只是我自己。我知道开始起哄的那个男同事，一直羞于承认自己有个智力低下的双胞胎的哥哥。而那个刚分过来上班不久的女孩，有天介绍来投奔她的落魄的姐姐说是个邻居，眼神里的闪躲让人不忍揭穿。但那么相似的面貌，谁都能看出来，那是她的姐姐……只有小从，她是那么骄傲她有个大字不识，从来没有走出过那个山村的娘，她不隐瞒她母亲的存在，更不介意让她出现，还把那个丑丑的娘介绍给我们认识，如果可以，我不怀疑她会把这个娘骄傲地介绍给全世界。而因为这样，那个太过平凡的、有着并不体面身份的娘，在我们眼中，也真的变得可敬可爱和美丽起来。这样的一份感情，让人羡慕，让人敬仰。

我们也许各自都有着不体面的亲人，在很多时候，因为他们的不体面，我们遮遮掩掩，不想把他们带到生活中来，甚至连他们的爱都抹去。原来这是我们自己内心的卑微，是我们把自己生命中最宝贵和最值得骄傲的情感委屈了。

原来不体面的，是我们自己！

那天晚上，回去以后，我打电话给远在四川某个小县城的爸妈，说："我想你们了，来看看我和我的生活，好吗？"

一百分的谎言

我看着那篇作文发呆。

作文是杜卡卡写的，题目是《我的爸爸》，她这样写道：我的爸爸，他是一名科学家，他高高的个子，穿漂亮的西装、戴着眼镜，他还戴着金子做的手表。他非常了不起，因为他发明了许许多多的东西。他常常坐飞机去许多地方，每次回来，都给我买最漂亮的衣服。他有许多许多钱，多得能买一百栋房子……我的爸爸，他是个伟大的人。

杜卡卡，一个10岁的小姑娘，比同龄的孩子矮一些，瘦瘦的，身上的衣服好像从来没有合身过，一看就知道是拣了大孩子穿剩的。她是个很自卑的孩子，上课从来不回答问题，如果提问她，她就会低着头一直不说话，两只手不停搅缠着，慢慢地，我已经习惯了不再提问她……可是，就是这样一个孩子，竟然写了这样一篇作文。一看就知道是假的，假得简直离谱。若换了别的学生，我可以理解，小孩子都虚荣，但杜卡卡实在不像那种爱撒谎的孩子。而且在作文中，她说了很多遍，爸爸有很多很多钱。说他的手表是金子做的，好像在她小小的心里，钱和金子，才是伟大的、了不起的。我不知道这个小孩子到底在想什么。突然，我决定去杜卡卡家看一看，去做一次家访，在她上课的时间。

来到这个村里的小学校快三个月了，我还从来没有做过一次家访。首先，我只在这里待一年的时间，并不想付出太多的辛劳。其次，这个村里的家长，几乎都是不识字的，我不知道能和他们交谈什么，如果不是因为这里有所希望小学，学费全部减免，连书费都不用拿，我相信他们不会让自己的孩子读书的。

但是杜卡卡，引起了我的好奇，这篇作文，她几乎发挥了对有钱人所有的想象力，她甚至只能单纯地认为，科学家是最有钱的，因此她没有给他的爸爸安排另外的身份。

很容易就打听到了她的家，在村子最西头。两间简陋的房子，院子有一半是敞开的，没有封闭完整。这并不意外，贫穷在这个村里是一种很普遍的生活特征。

我走进半敞的院子，屋门是开着的，里面光线并不太好，看不清楚什么。我站在门边问了一声："家里有人吗？"

半天，听到屋里有人应了一声，随后，一个瘦弱的中年妇女走出来，看到我，愣了一下，然后神情就慌乱起来，说："小何老师，你，你怎么来了……"

显然，她是认得我的，虽然我并不认识她。想必，她便是杜卡卡的母亲了。

"我做家访，"我说，"过来看看。"

她慌忙让我进屋，说完了，又懊悔起来，语无伦次地说："不进了不进了，屋里暗着呢，又，又脏，你等着，我拿凳子给你坐……"然后不等我有任何举动，飞快进屋拿出一个凳子放在门口。又说："我给你倒水。"转身又进了屋。进进出出忙活半天，她才在我的劝说下，拿了把凳子坐在我对面。眼神，依旧是慌乱的，说："卡卡，卡卡这孩子是不是在学校惹事了？"

"没有，"我笑笑，"我就是来看看，卡卡什么事都没有。"

她好像松下一口气来，说："那就好，那就好。我平时也没空管她，让你们老师多操心了。"

和我想的不同，这个衣衫比杜卡卡更简陋的农村女人，看起来是通情达理的，至少，对我这个比她小许多的老师，是存着一份敬畏的。

我同她说了几句，转到了想说的话题上，我说："卡卡的爸爸没在家？"

女人又是一愣，眼神黯了下去，片刻，低下头说："卡卡没爸爸，她还没出生，她爸就死了。"

这次，愣住的是我。在我猜想的多种缘由中，却没有想到杜卡卡是没有爸爸的。我来，只是想知道她庞大的虚荣心来自哪里，却没想到，竟是这样的情形。

沉默片刻，女人说："这些年，我也想给卡卡找个爸爸，可是，没找到合适的。家里穷得厉害，卡卡是穿着百家衣长大的，我也不知道怎么跟孩子说，我不识几个字，不会教育她，有时候没办法就告诉她，要好好学习，长大当科学家，就会有很多钱，很多新衣服……这孩子，她学习用功吗？"

我的眼睛忽然潮湿了，在这个10岁孩子的心里，对生活有着多大的梦想呢？她在作文中描述的那种生活梦想将会怎样实现？而她还那么小，小得要过很多年才能去试着实现梦想，所以在她小小的心里，更愿意把梦想寄托给她从未见过的天堂里的爸爸。那是她心目中的爸爸，是她梦想中的生活。

第二天，我在课堂上朗读了杜卡卡的作文，我改掉了作文中的一些词句，比如金子做的手表，比如很多很多钱……改成，他有很多很多爱，他把这些爱给了很多很多人……在我朗读这些话的时候，我看到杜卡卡慢慢抬起了她一直习惯低着的头。

我说："这是一篇非常非常好的作文，所以老师给这篇作文打了一百分。老师也相信，卡卡有个非常了不起的爸爸，等她长大了，会像爸爸一样了不起。"

杜卡卡仰着她小小的头颅，抿着唇，眼泪扑簌簌地挂满了那张瘦瘦的小脸。可是她的唇角，却慢慢绽出了两朵小花来。

这是一个谎言，我给了它一百分，因为我知道有一天，这个谎言会成真、会实现。

一盘棋的寂寞等待

大学毕业后，犹豫了好几天，他还是告诉父亲，想去上海或广州这样的大城市闯一闯。比起发展相对缓慢的北方的一个中等城市来说，毕竟那样的工业大都市机会要多一些。而他，也对外面的世界有太多向往，觉得生活了这些年的城市太小，已经放不下他的梦想。

父亲沉思片刻，问他，是否下定了决心。

他点点头。

“那就去吧。”父亲笑笑，拍拍他的肩。这是父亲支持和鼓励他时的习惯性动作。

就这样他去了南方，先是上海，然后广州，最后到了深圳，离家越来越远。大都市的机会的确多一些，但竞争也更加激烈。他很努力，为事业打拼，在外三年，一次都没有回过家。

起初也常常在忙碌之余惦记父亲。他毕业那年，刚好父亲退休，而几年前母亲因病去世，他这一走，家里也就剩下父亲一个人了。最初的犹豫，也是怕他走了之后父亲会孤单。

好在父亲把生活安置得不错。每次他打电话回去，父亲不是在老年活动中心和老友打扑克，就是在打门球，还迷上了书法，甚至有次参加了市里的中老年交谊舞大赛……总是很忙碌很热闹，有时候还没说几句，父亲就会催他挂电话，说忙着呢，要他别惦记。

如此，他也就放下心来，一心扑在事业上。三年后，他终于在深圳一家不错的公司站稳了脚跟。

2010 年春节，他终于可以放松一下，回家过年了。

早早定好了机票，把要回去的消息告诉父亲。父亲并不显得特别激动和欣喜，问他回来住几天，说他年后还有个书法比赛，不一定有时间陪他哦……

他笑，觉得退休后独自生活的父亲，日子过得比他还热闹。

除夕，他回到了家。说不一定有时间陪他的父亲，早已经把家里收拾得干净整洁，准备好了丰盛饭菜。

他带了好酒，父子俩聊得尽兴。他聊他这些年打拼的经历——当然，只说成功的。而父亲，亦是滔滔不绝地描述他无限热闹的老年生活……聊着喝着，不觉，两人都有了酒意。

吃完年夜饭，父亲显得有些疲倦了，坐在电视机前打瞌睡。他让父亲去睡，父亲又不肯，后来，竟然在沙发上睡着了。最后，还是他坚决把父亲送进了卧室，安置父亲睡下了。

父亲睡了，他自己坐在电视机前，觉得有些索然无味，干脆，也回房睡觉。

他的房间一切都没有变，好像还是他离开那天的样子。以前看书的桌子上，依然摆着曾经他学习之余和父亲对弈的棋盘。

他笑笑，在桌前坐下来，却忽然感觉有什么不对。眼前的棋盘上，俨然是一副走了一半的旗局。桌面很清洁，但灯光下的棋盘和棋子上，却都落满了灰尘。

下意识地，他拿起一枚棋子，棋子的灰尘沾到手上。猛然地，他的心就是那样不可抑制地紧紧收缩了一下。他想起来了，这是他离开家前和父亲下过的一局棋，当时因为他悔棋，父亲不肯，结果父子俩僵在那里。后来父亲说，先不下了，等到他想好了再接着下。

然后他忙着离开，那盘棋，最终也没有下完。只是他没有想到，三年后，这盘没有下完的棋，竟然还好好地摆在那里，任凭上面落满灰尘，父亲也不曾舍得收拾。

那一刻，醍醐灌顶般，他看到了父亲生活的真相——父亲是孤单寂寞的，那些缤纷热闹，那些忙碌喧嚣，不过是为了让他在外面安心而制造的假象。父亲不是爱热闹的人，母亲走后，父亲所有精力和情感都放在了他身上。甚至口口声声说要参加书法比赛的父亲，都不曾在家里备下笔墨……

窗外，新年的钟声已经敲响，他的眼泪，就那样一滴滴落在棋盘上。他在那一刻作了决定:过完年,不走了。以后,再也不走了。不管外面的世界多么大,他都不再离开父亲、不再离开家。对于他来说,人生的各种机遇会有很多次,可是父亲,只有一个。他要留下来好好地陪父亲下完这盘棋。

用一辈子的时间。

一元钱，两份温暖

每天早上，女孩都来他的窗口买一元钱的煎包。

那时物价还没有开始上涨，一元钱可以买六个小巧的煎包。女孩看起来也很娇小，饭量应该不大，用来做早餐，足够了。可每次，他还是会刻意地挑选个头大一点的，小心地放入纸袋里。

因为，女孩和别的孩子不一样，虽然都是对面中学的学生，可是他能看出来，女孩的家境不太好，穿的衣服虽然很干净，但都很旧了，料子也差。女孩的手里总是拎着一个装满水的小水壶。不像其他孩子，穿时尚的衣服，手里爱拿着可乐、牛奶或者纯净水等。而且每天早上，女孩是步行来上学的。路一定不是很近，有时候时间紧了，他会看到女孩光洁的额头有亮闪闪的汗珠。

这样的时候，他总会爱怜地责备女孩："丫头，别睡懒觉，早起两分钟，路上慢点。大清早迎着风跑那么快，要肚子疼的。"

女孩总是笑，有点羞涩，也有点欢快，然后习惯地说声"谢谢叔叔"，便一溜烟地朝对面的学校跑去。

他也总在这个时候喊一嗓子："慢点，看着点车。"

女孩娇小的身影就在他的叮嘱声里闪进校门。

春天的时候，物价涨得厉害，面、菜、肉、油……包括房租，都涨钱了。他本来就是小本生意，利润很薄，每个月的收入，也仅仅够维持一家人的生活，这样算下来，六个煎包卖一元钱，几乎没有任何利润了。旁边那些小店的人也提议他适当地涨点价。算来算去，他决定将煎包价格定在一元钱四个，这样，利润基本能和过去持平。

那天早上，他在一张硬纸壳上用黑笔写了新的价格：一元四个。然后将它摆在窗口。

七点多，不爱在家里吃早餐的孩子一双一对地挤在他的小店窗口。有个孩子念了他纸上的通告，转头对同伴说："煎包涨钱了，我算一下，六个要一块五了，多拿五毛。"

后面的孩子开始翻包往外拿钱，并没有谁因为涨钱了而提出质疑。

他松下一口气，利落地干起活来。

女孩走到窗口的时候，几个孩子刚刚离开。那天女孩穿了件红色的毛衣，很鲜艳，忽然映入他的眼帘。

他先是愣了一下，然后忽然想起什么，一把将放在窗口的纸板拿了回来。

女孩肯定又在路上跑了，额头上有晶莹的汗珠，她站在窗口前，用手背抹了一把，然后笑着递过一元钱硬币。

女孩每次递给他的都是硬币，他猜测，女孩的父母也许跟他一样，是做小本生意的，收取的零钱多。

他又照例爱怜地责备女孩："又跑，那么热的天。"然后利落地夹起六个个头大点的煎包放在纸袋里，递给她。

女孩接过来，也照例说声"谢谢叔叔"，转头朝学校跑去。而那寻常的一刻，看着女孩的背影，不知为什么，他的心却有些不寻常的感动。那是这些年平淡到近乎麻木的生活里，他第一次感觉到的一种带着暖意的感动，似乎是为自己。

那一整天，他的心就一直是暖暖地被什么感动着。

之后的一小段时间，每天早上，他都会在一边做生意，一边留意着女孩的身影，只要远远看到女孩，他就会把那张纸板收起来。依旧收着女孩的一元钱，给她六个煎包。

大约一个月后，所有的顾客都熟悉了新的价格，他就彻底地将纸板收回了。只有女孩，一直被蒙在鼓里。那是每天都让他感觉到暖意的秘密。

可是有天早上，他却没有看到女孩那张笑盈盈的脸，一直到学校的大门关闭。他的心里竟然有些失落。一整天，朝着对面张望了许多次。

第二天，女孩也没有来，第三天，第四天……他的心从失落到担忧，他想女孩是不是出什么事了？那些天，他有些心神不宁，不是数错了煎包的个数，就是数错了钱……

又一天早上，他把侄子叫过来帮忙卖煎包，自己干脆跑到学校门口等着。

大概半个小时，他看到了女孩，还是穿那天的红毛衣，还是一路小跑着从他面前经过，却没有看到他，径直跑进了校门。

他松下一口气，然后又有些失落起来。他想，一定是女孩吃厌了他做的煎包，改吃别的东西了，虽然当初女孩说："叔叔，你做的煎包是世界上最好吃的……"可是每天都吃，一定会厌的，附近卖早点的那么多。然后他又安慰自己，这么大的孩子，正是长身体的时候，是该换着花样吃东西，营养均衡，女孩太瘦了……再然后又开始有些心疼起来，因为他再也不能偷着给她两个煎包的照顾了，一元钱，在别的地方，能吃饱吗……

他就这样翻来覆去地想着，还是期盼着能在某一天早上看到女孩。可是春天快过去了，女孩都没有再到他的窗口来。

然后到了夏天，天气很热的时候，一批孩子参加了中考。他想，兴许以后女孩不会再来了，她该读高中了吧，或者会换个学校的。

可他没想到，那一天，女孩又出现在了他的窗口前。

女孩唤他叔叔并递上一枚硬币的时候，他愣了好半天才醒悟过来，接过硬币的手指竟然抖了一下。然后他一边连声答应着，一边飞快地挑选了六个个头大的煎包放入纸袋。

女孩笑起来："叔叔，你给多了，应该是四个。"

他又是一愣，拿着纸袋的手停在半空，怔怔地好半天才说，"没，没有多，丫头，是六个啊。"

女孩狡黠地笑："叔叔，您的煎包早就涨钱了，我知道的。这段时间，一直是同学帮我带的。四个就够了，您的煎包大，我能吃饱。"

他张着嘴巴，手还在那里停着，心里却被重新涌入心底的暖意噎住了，把他这个四十多岁的男人一下噎出了眼泪，他赶快转过头去。他根本想不到，一个十几岁的孩子，竟然把他所给予的爱，这样悄悄地还给了他。

女孩还在说："叔叔，我考上高中可能就不在这里读了，等以后有空，我还来吃您的煎包……”他背对女孩应着，却终于掩饰不住，任眼泪落了下来。十年前，他带着妻子和儿子从农村来到这个陌生的城市谋生。十年中，他饱尝生活的艰辛疾苦，早已忘记了人间温暖。那时候，因为怜惜，他只是想偷偷地照顾一下这个生活背景和他相仿的孩子，却没想到，她也在以同样的心来呵护他。

一元钱就这样被分成两份温暖，他知道从此以后，不管生活还将怎样艰辛，他和这个孩子，他们都会勇敢地面对，并努力地给予这个世间，能够付出的爱和温暖。

友情无需鉴定

他是个收藏爱好者，从很小的时候开始就喜欢收藏，虽然不专业，可是很用心。到中年时，大大小小的物件，已经收藏了上百件。其中他最喜欢的是一个瓷碗，貌似年代久远的青花瓷，小巧精致，是他十几年前出差时在一个古城的旧玩市场淘来的。

因为收藏，他也认识了爱好相同的朋友，并因情趣相投，他和一个年纪相仿的男人成为莫逆之交。

朋友也收藏了许多物件，有个瓷瓶，也是无意中淘来的。那瓷瓶，形若美貌女子般窈窕，瓷质细腻、通透，深得朋友喜爱。

有次，两人无意中聊起心爱物件，说得兴起，都忍不住想要去观赏对方的爱物。于是他带着心爱的瓷碗去了朋友家。在朋友家里，看到了朋友的漂亮瓷瓶。也许是收藏人有共同的眼光，对彼此心爱的物件，都爱不释手。

后来，朋友忽然半开玩笑地提议："干脆，咱俩把这两样瓷器交换一下吧？咱们遇见，它们遇见，都是缘分呢。"

他先愣了一下，然后笑起来，因为刚刚，其实他也忽然间生出了和朋友同样的想法。他和朋友的确情趣相投，甚至彼此最心爱的都是瓷器。虽然两样物件款式和瓷质不同，但看上去都那么精致美好，就像他们这十几年的友情。所以朋友一提，他才因这同感发了片刻呆。这就是心有灵犀吧。

于是就交换了，各自重新珍藏了对方的心爱之物。

没想半年后，2010年夏天，央视"鉴宝"栏目走进了他们所在的城市，很多收藏爱好者蜂拥到电视台进行藏品的海选。自然，他也得到了这个消息，而家人和朋友更是都劝他去参加"鉴宝"，至少应该去鉴定一下和那个朋友交换的瓷瓶。甚至那几天，热心鼓动他的人几乎挤破了家门。

他一直沉默，不管别人怎么劝都没有点头。过了好几天，直到海选快结束的时候，他才说了两个字：不去。

他果然就没去，只守在电视机前，等候看当时"鉴宝"的转播。妻子在旁边嘟哝他："为什么不去找专家鉴定一下呢？没准，他会去呢。到底是交换来的，谁知道真的假的……"

他知道妻子口中的"他"，是和他交换藏品的那个朋友。那几天，他和那个朋友没有见面，只打过两个电话，但是谁都没有提"鉴宝"的事，他不知道朋友是否会去，也没有问。

很快，中央二台转播了那期"鉴宝"实况，因为"鉴宝"的人众多，节目连续两天晚上才播完。其中也有几个鉴宝人，是他认识的藏友，但直到节目结束，他都没有看到朋友出现——和他一样，朋友也没有去。

他的心，在那一刻有一种轻松的温暖的感觉。他知道，朋友的想法一定和自己的一样：事实上，他并非不想去，相反，他真的很想去参加这次难得的"鉴宝"活动，因为虽然喜欢收藏，可是他知道自己也就是业余水平，所有收藏的东西是真品还是赝品，当然是专家的话更有权威。作为一个收藏爱好者，他心里很盼望自己收藏的物品能得到专家的肯定，也更希望有这样的机会跟专家学习和交流一下。但最后，他还是忍住了，决定不去。因为他最想鉴定的，其实是和朋友换的那个瓷瓶，因为那是他最看重也最喜欢的。如果那个瓷瓶真的是宝贝，那么必定价值连城。但既然两人交换了，再珍贵，朋友也不会索回，可是朋友心里，必定会有不舍和惋惜；而如果那个瓷瓶只是个普通的工艺品，他和朋友都难免会非常失望，甚至，他会觉得当初不该交换，因为自己的那件藏品，有可能是真品。如此不管怎样，都会影响他和朋友的感情。藏品的真伪固然重要，可是他觉得，友情同样重要，他不想用这种方式，把自己的友情摆到专家面前去"鉴定"……只是他并不知朋友怎么想又怎么做，现在他知道了，朋友的想法和他的一样。他们的友情不需要鉴定，或者，他们的友情已经通过了鉴定。

随着那期"鉴宝"节目的结束，他轻轻笑起来。妻子不明所以，问他笑什么，他不看妻子，自言自语地说："友情无需鉴定。"

总有一次哭泣让我们瞬间长大

第一次撒谎跟家里要钱时，他已读到大二。之前，他一直依赖父亲每月寄来的300块钱生活费度日，虽然略有拮据，但对一个从小在贫困家庭中长大的农村孩子来说，还可以应对。他知道父母靠着几亩地赚钱的不易，而且母亲身体一直不好……但这次，他还是决定跟家里张口了，因为一个女孩子。

对于他来说，恋爱本身就是件奢侈的事，偏偏他喜欢上的是个来自城里、家境优越的漂亮女孩。在她面前，他自然是卑微的、羞涩的，但喜欢的感觉却难以控制和抵挡。即使不敢表白，爱情依旧在他心底蓬蓬勃勃地成长起来。为了能多一点时间看到她，他甚至开始去以前从未去过的小餐厅吃午饭。

小餐厅的饭菜比大食堂贵一些，不是他这样的孩子可以去得起的，但为了她，他还是开始迈进了装修漂亮的小餐厅。为此，他不得不把晚饭省掉了。小餐厅一顿最便宜的饭菜，几乎就是他一天的生活费了。但对他所做的一切，女孩根本无动于衷，她不会留意这样一个衣衫朴素，言行羞涩的农村男生，不会留意为了看到她，他在半个月的时间里瘦了一圈。

而他追逐的心却越发迫切。那天，他在她身后的饭桌上小口小口吞咽着一份简单的饭菜，听到她和女友嬉笑着说："瑞泽今天可真帅，他都快成'阿迪'的代言人了。"

他不知道瑞泽是谁，但来城里两年，"阿迪"他是知道的，也曾经在电视上看过许多运动员穿那个牌子的运动装。他的心一动。

周末，他找到了"阿迪达斯"专卖店，犹豫着，还是拿过一件T恤开看，自然，他先看的是价钱。紧接着，标价牌上几个小小的数字飞快地把他打倒了，就是那件不起眼的小T恤，竟然超过了他每个月的生活费。他立刻将衣服放下，逃一般地离开了。

可是爱是多么容易让一个20岁的青年冲动和盲目，那次慌乱的逃跑并没有打消他的念头，相反，那天晚上他失眠了，满脑子都是她说的话，她的神情，和那件昂贵的T恤。

最终还是跟家里撒了谎。第一次撒谎，他有些不安，却决定了要做。

借口很简单，学校收取教材费用。反正父母也不明白。他想，就这一次，就一次。

信寄回去，他在忐忑中等了半个月，竟然真的收到了父亲寄来的400元钱。他把钱取出来，没有一刻停留，飞快跑去了那家专卖店，买回了一件白色的"阿迪"T恤衫……穿着它出现在她面前时，第一次，他觉得自己可以仰起头来和她平视了，虽然对于他的改变，她的目光依旧没有做任何停留。他哪里知道，其实她的喜欢与否，和"阿迪"根本无关。

他却为自己的感觉着魔了，时隔不久，他再次给家里写了信，要钱的信。然后是第三次，第四次……

父亲特殊的回寄，是在他第六次要钱之后。这次，他没有收到父亲的汇款单，收到的却是一个不厚不薄的信件。

父亲用了挂号寄来，信封上，是极不工整的字，父亲识字不是太多，他不知道，在这封并不单薄的信里，父亲能跟他说些什么。

他把信封打开，猝不及防地，一沓碎纸在他手中散落下去。他愣了一下，然后蹲下去一张张地拣，于是他弯曲的身体便这样定格住了——他一张张拣起的，都是带着复写纸蓝色痕迹的纸张。确切地说，是带着复写纸蓝色痕迹的欠条。欠条上的名字，有些他知道，有些他不知道，但后面的签名却是他再熟悉不过的，张德发。那是父亲的名字。

一共56张欠条，所欠数额不等，最多的600元，最少的，只有18元。欠条时间，从他接到录取通知书，到一个月前。除此之外，父亲没有多写一个字。而蹲在地上的他却已经什么都明白了。

那个黄昏，许多人听到了这所大学一栋宿舍楼内传出的一个男孩的哭声。哭声响亮，无所顾忌。它代表着成长。

他把那些欠条留下了。那以后，他没有再跟家里要过一分钱，相反，他开始一次次对应着欠条，把钱寄回去，是他利用课余时间打工赚来的钱。他终于知道了有些事情，他还没有权利去做。有些快乐，他还没有权利去享受。而有些责任，他必须去承担。

360 支香烟都说我爱你

那时候，他并不曾为她动过任何心思。他们只是同事，她新来不久，坐在他对面，每天有几个小时要两两相对。偶尔也说些什么，因为工作中的事情。照顾也是有的，多是她照顾他，早上来了，收拾一下他的桌子，顺便给他接杯水。中午会捎带给带份午餐。他也会帮她修理一下电脑，处理一下单据。其他，就再无来往了。更多的时候，他沉默，她也沉默。

她是个过于平常的女子，相貌平平，气质平平，家境平平。相比起来，他的条件要出色许多。他毕业于名牌大学，家境优越，样貌也好。公司里，不乏女孩喜欢。本也到了谈婚论嫁的年纪，他却有些犹豫，不知道选择谁才会幸福，所以对那些女孩，也始终若即若离。

他有抽烟的习惯，过上半个小时左右，就会去休息室抽支烟。有一次，她似乎无意地问："你每天要抽多少支烟啊？"

他想了想，笑道："我也不太知道，反正是两天一包，每天平均半包的样子吧。"

她也笑笑，不再说什么，继续低头处理自己的事情。

日子波澜不惊，就这样过了小半年。

那天，他又拿了烟去休息室时，她忽然在他身后说："其实，你可以把烟戒了的，抽烟对身体很不好呢。"

他一怔，回过头。他们之间，从来不曾有过这样的对白。竟然有些不好意思，他笑着说："已经成了习惯了，不好改。每天少抽一支都觉得不舒服。"

"可以改的，"她说，"只是一个心理习惯罢了，这些天，你少抽了许多，不还是一样？"

少抽了？他下意识把手里的烟拿起来看。是前一天打开的一包烟，抽了一些，还剩一些，和往常并无不同，他不明白她的话。

她笑了，“对不起，”她说，“这段时间，我每天都会在你出去的时候，偷着从你的烟盒里拿出一支来，一开始每天拿 1 支，后来拿 2 支，3 支……昨天，我从你的烟盒里拿出了 4 支烟，到今天为止，我一共拿了你 360 支烟，你都不曾发觉。所以，抽烟只是你的心理习惯，你离得开它的。”

说着，她伸手拉开自己的一只抽屉。他吃惊地发现，抽屉里，装满了散落的香烟，没有烟盒，它们并排整齐地躺在里面，像打了败仗的士兵，再也燃不起一点的骄傲。

他拿着手里的烟，竟然一时说不出话来。他无论如何也没想到她会这样做，而这么长时间，他怎么就没发觉呢？难道真如她所说，他可以把烟戒掉的，只是一个心理习惯？

“可是，你为什么要这样做呢？”他怔怔地看着她。

“因为我想让你把烟戒掉，想你能永远健健康康地生活。而这样做，就算你真的戒不掉，至少，你少抽了 360 支，少受了 360 支香烟的损害。我调走了，明天就不过来了，以后也不能再偷你的烟了。我想你能自己戒了它吧。”

她把抽屉关闭，又笑道：“不过这些烟我不会还给你的，会当做垃圾都带走……”

他站在那里听着，烟盒不觉已在手里捏扁了。那么长时间，她从来没有说过这么多的话，他也从来没有发觉，她的笑容，是他一直梦想的温柔。

一年后，他娶她为妻。那些她从他的烟盒里偷出的 360 支烟，被他们放进了一个漂亮的玻璃罐里储存。烟，他自然已戒掉了。他说：“一个女人，为让我少抽一支烟费尽心机，不爱她，上天都不会原谅我。”而她说：“喜欢他，一直说不出口，是 360 支香烟替我说了我爱他。”

爱情长廊

终于赚到足够的钱，可以随意在这个城市的任何地段挑选房子了。他说要将新房子当做他们结婚20周年的礼物送给她。

那些天，带着她到处看房子。不同的地段，不同的建筑结构和风格，不同的空间……看了许多，任售楼小姐说得天花乱坠，她也只是笑，不说不好，也不说好。

他也不问，就这样不厌其烦地带着她到处看房。几乎这个城市所有的楼盘都看了，她总说不着急，再看看。

他就真的不着急，继续他们的看房之路。

那天中午，有朋友约他吃饭，他无意间发现饭店对面是个新建好的小区，售楼中心的电子广告显示其中一栋楼还有几套现房出售。他有些诧异，这么好的环境，房子外观看着也不错，怎么还会有剩余呢？再说，相比之下，价格也是稍低一些的。

吃过饭，他决定去看看。于是知道了房子没有售完的原因，那栋楼房的格局有些奇怪，每一层六家住户，但不是门对门的，而是所有的门都并排着，门前是一个长长的宽敞的走廊。朝南，阳光充足。但是这阳光并不是自家的，包括这宽阔的空间，都是要公摊的……可是他却几乎立刻就对带着他们看房子的女孩说："我们要一套，最大面积的。"

女孩愣住了，然后说："先生，还没进去看呢。"

"没关系，反正这里的房子，我们要定了。"然后才看了房子。只是简单看了格局，就去办理了购房手续。

回去，他告诉她房子买了。她愣了一下，还没开口，他又说："你先别去看，等到装修好再去，你一定会喜欢。"她看着他很确定的眼神，片刻，笑着点了点头。

果然在房子装好后，他才带她去。还不曾进门，只是看到那长廊，还有放在长廊上的那一张小巧精致的藤椅，她的喜悦便已流露出来。他选的房子是尽头的一间，门前的长廊，可以放心使用，不会影响别人。

陆续有好朋友过去庆贺乔迁，只是去的人都问同一个问题：怎么买了这样的房子，多吃亏啊。

是啊，这房子虽然标价看上去低一些，可是因为这长廊，共摊面积比一般的住房多一倍，算起来，房子反倒是贵了。100多平方米的房子，家里的空间反倒显得小了许多。他却呵呵地笑，只说觉得有个长廊挺别致的，反正家里也就三口人，房子够住就行，其他不去多解释。

这样的时候，她就在那里笑着看他，眼神里是欣喜和温柔。她知道，他是为她选了这样的房子。20年前，他们刚刚结婚的时候，穷，租了一套老式的筒子楼。楼房很简陋，但是门前也有这样的长廊。那时候，家家户户是将这段长廊做了充分利用，放杂物，摆几盆花或者干脆放个灶台……那是他们过得最贫穷却又最温暖的一段光阴，因为那条共同使用的长廊，邻居之间很熟悉很亲近。老人会坐在长廊里聊天，调皮的孩子跑来跑去。而那时候，他也对她格外呵护和疼爱，从来不跟她拌嘴，因为如果哪家的夫妻闹矛盾，一个楼道的人就都会知道了。他要大家都看见她的幸福，因为那时，他那么爱她。

后来搬了家，一层两户，门对门却不相识。城市里好像再也没有了那种带着长廊的房子。而这样严实地关上门来，日子又越来越平淡现实，他们都渐渐不再顾及彼此的情绪，动辄会争几句，有时他会把她气哭，可是哭，也是关着门别人听不见，也要过好半天，等他情绪平静了才去哄她。

她知道他不是不爱了，只是爱情在渐渐给生活让路。她自然不会真的怨他，可是心里，始终深深怀念着那段最初的贫穷却甜蜜的时光。

当他们开始看房子，她心里，其实就有了新家的画面，可是她知道，寸土寸金的城市，这样的房子，应该已经绝版了。没想到竟然让他找到了。她更没想到的是，她一次都没有说，可是他知道她心里想要的是怎样的房子。原来他最初的爱始终都在，只是常常被生活的琐碎蒙上了一层尘。现在她知道了，他一直懂得她。而懂得，才是爱至深处最好的形态吧。

爱是裸体的

他第一次遇见她的时候，她正带着小侄子在公园喂鸽子，穿那种宽松的背带裤，白球鞋，头发短短的像个男孩子，素面朝天的一张脸，说不上漂亮，看上去却很阳光。

那时候的她，真的像个孩子，跟那个小男生追鸽子玩，脸上弄脏了一块也浑然不觉，笑得前仰后合——那是他初次遇见她的时候，决不是她最美的时候，却是她最真实的时候，正是那样一个她，令他怦然心动。

那天之后，他心里一直想着她。

没想到会再遇见，两家公司有业务往来，一次谈判桌上，他们又见面了。

他再次见到的她，看起来神情严肃了那么一点，可是依然带着本真的孩子气的表情，他甚至留意到虽然穿了小领口收身的上衣，下面，她还是配了牛仔裤，平底的小皮鞋，依然素面朝天。那么严肃的场合，一双眼睛左顾右盼，像等待下课的贪玩的孩子。

那次，婉转地，他要了她的电话。

之后不久，他们恋爱了。

只是他没有想到，她却在恋爱后慢慢改变了。她先是把头发留了起来，然后开始穿很高的高跟鞋，窄口的裙子，素色的衬衣，手中拎很亮的那种皮质的包，并且开始化妆，很淡的妆，散发着女性的优柔和妩媚……

每个人都说，是爱情让她美丽了。说原来一个女子在爱情中，可以让自己变得那么美。

她真的美丽了、优雅了。他再也没有听过她那天追鸽子时尽情的笑声，她连笑容都变得优雅了，总是轻轻地，小口吃饭，轻声说话。她迅速脱离了孩子气，变得认真而专注。

没错，她变了，是为他而变的。最初他打电话给她的时候，她是意外的，因为那时候的她太平凡，作为一个年轻女子，她甚至有些粗糙和简陋。而他太精致太优秀，无论相貌，还是谈吐、气质，她都觉得自己根本配不上他。知道他们恋爱后，同事也说，她是现实版灰姑娘，交了好运。

她想向他靠近，下决心把自己从灰姑娘变成公主。于是一点点收敛起个性里的随意、天真和微微的任性，开始学着做一个优雅美丽的成熟女子。她觉得只有那样，才能和他相配。

她终于成功地改变了自己，也一天比一天自信，觉得在爱情的天平中，她终于有了和他对等的分量。却无论如何都没有想到，正是这样的时候，他向她提出了分手。

她愕然、诧异、茫然，她必须要弄清楚原因，她说："为了你，我几乎完全改变了自己。"

可是他却不肯回答，只是无奈地摇头，他不想直接告诉她，正是她的改变，让他失去了爱她的热情和愿望。他知道她已经彻底丢失了从前的自己，现在的她，不是他想要的，他只好离开。

而她，也只能面对这个伤心的结局，面对他的离去，她看着镜中的自己——一个几乎完美的女子百思不得其解。她不明白为什么当初他可以喜欢那个灰姑娘，而当她变成了白雪公主，他却要离她而去。因为她不明白，是她丢失了爱情最初的样子。她不明白爱是裸体的，它本真而自由，不需要任何华丽的外衣。

爱在前，怨在后

慢慢地，她觉得他们之间的抱怨和争执不知怎么越来越多了，多得日子好像都快要过不下去了。

他也有同样的感觉吧。

恋爱的时候，真是想不出来婚姻会繁琐到这样的程度，两个人所有真实的生活习惯、爱好、个性……渐渐都浮出水面，还有各自的家庭、各自的社会关系……起初还是互相迁就着，慢慢就开始疲惫开始抱怨，然后是争执。

恋爱时也争执，但争执和争执不一样，那时候，即使吵架，也有甜蜜的味道，有一种柔柔的委屈和期待和好的迫切。大多是他先妥协，看不得她的眼泪和委屈，立刻就会认错会道歉会千方百计地哄她。

当然，她也有妥协的时候，她并非任性到是非不分，适当的时候，会给他台阶，给他面子。

那时候，都觉得好爱好爱，连吵架都是爱。所以有了婚姻。

但怎么到了婚姻里味道就变了呢？之前，他们也探讨过结婚后可能出现的种种麻烦，也各自安慰对方给对方打气“一起好好面对”，可真的面临了那些问题，曾经说好的防备方案就全都不管用了。

比如那天晚上，说好了去他家吃饭，于是去了。他的父母对她是疼爱的，虽然那疼爱里有刻意的爱屋及乌的成分。她理解这种关系，处得也算好。

可是吃饭时，他的母亲不知怎么说起了孩子的事，忽然问了声：“你们怎么还不要孩子？这都结婚两年了。”

她一口饭停在口中，不说话，抬头看他。他正低着头大口吃饭，想都不想就回了一句“她不想要”。

她就被那口饭噎住了。

没错，她不想要，但是他并没有说明白，她只是现在不想要。她才 26 岁，在她的计划中，孩子是 30 岁甚至 33 岁以后的事。结婚前就和他商量好的，他也赞成。现在，怎么就成了她不想要？

婆婆的脸色就暗了暗，嘀咕一句："反正我得抱孙子，你们可不能学人家不要孩子。"

她不得已解释了一句："我们想晚点儿要。"

"早要晚要都得要，早要早利索。"婆婆阐明自己的观点。

这样的时候，她等着他来替她解围，毕竟他和母亲的关系是最近的，只要把责任拉到他身上，她就不会为难。

可是他却说了句："也对啊。"

她气得差点把剩下的半碗饭扣到他头上。

那顿饭，她吃得无比艰难，终于收拾完出了门，不管他在后面怎么喊，她理也不理，丢下他，独自先打了车回家。

他很快跟回来，还怪她为什么要生那么大气。

这次，她连吵都懒得跟他吵，刚刚发生的事有点像压在她往日情绪中的最后一根稻草，让她终于悲哀起来，觉得真的是不爱了，不像以前那样爱了，怨已经慢慢把爱覆盖和替代，不管他对她，还是她对他。

想到这里，她哭了。

因为她的沉默，因为她繁多的眼泪，他终于开始有点慌了手脚，分明想哄她，却又不得要领，曾经那些招数，恋爱时都用过，现在，哪一样都不新鲜了。

她伤心地说："再也不想看见你了！"说完，心里不禁难受了一下，这句话，结婚后好像说得太多了，越来越多了。

他叹口气，终于还是弯下身蹲在她面前，说："乖，是我不好，我刚才不是故意的。"

但是，她感觉到他道歉的无力。

他们都沉默了。

后来，她终于不再哭了，抬起头。看到他就在她对面坐着，也在用同样的有点难过的眼神看着她。

他们的眼神似乎在问同一个问题：真的不爱了吗？

然后，又是沉默。良久，他先开了口，说的话题却让她感觉有些匪夷所思。他问她："我们现在来想一想，结婚后，我们对对方说得最多的话是什么，好吗？"她愣了一下，依稀有些明白他的意思，点了点头。

他也点点头，站起来去书房，拿出纸和笔递给她，然后，他又进了书房。

她坐在那里，开始想这两年他们的生活，彼此之间常常说的那些话，说得最多最频繁的，过了一会儿，她俯下身在纸上认真地写了起来。

她写完时，他也拿着一张纸走了出来，然后坐在她身边，把写了几行字的纸递给她，她接过来，看到这样的话：

这两年，我对你说得最多的是"乖，宝贝，宝宝，亲爱的，小笨蛋，大坏蛋"等；然后是"走路看红绿灯，下楼梯时不许发信息，这几天少吃凉东西"等；再然后是"过来抱抱，听话，这次你说了算吧"等；再再然后是"说够了没有，别唠叨了，你怎么越来越不讲理，你能不能给我点面子"……

她看着看着，刚刚止住的眼泪又掉了下来，而她分明看到他的视线也模糊了。在她的纸上，写的是这样的话：

这两年，我对你说得最多的是"猪，猪头，大笨蛋，狗熊，帅老公，亲爱的饭票"等；其次是"少喝酒，不许抽烟，打完球不许洗凉水澡"等；再然后是"亲亲我，背我上楼，你去洗碗"等；再再然后是"你怎么变成这样了，再也不想看见你了，你以前都是装的吧，我就知道你说爱我是假的"……

他的字方方正正，她的字小小圆圆，写着看上去不一样的内容，却表达了同样的含义：在他们之间，怨是存在的，但一直都排在最后面，始终排在第一的，依然是爱，是比怨多出来很多倍很多倍的爱，只是年轻倔犟的他们都把那怨放大了，任由放大的怨将那么深刻的爱掩埋。

现在，他们知道了，也在那一刻对他们的婚姻充满了崭新的勇气，因为只要爱在前面，怨在后面，他们就永远能够好好地走下去。

而明白这一点，其实是如此简单！

衣贴身，爱贴心

他是个出色的男子，年轻、英俊、家境优越、受过高等教育、前途正好。自然身边会吸引一些女孩子，这个年代，爱情不再虚荣，女人早已学会主动出击，以各种方式，表现对他的爱慕。

这其中，就有她。

她是她们中间最不起眼的一个了吧？不太爱说话，容貌寻常，却爱笑，笑容可爱。

女孩的心思都是细腻的，她们喜欢送他名牌的领带、香水、打火机之类的礼物，当然也会有衣服，包装整齐，价格鲜明，展示着她们对他爱的程度。

她是例外。他后来无意中发现，她送他的，都是衬衣、T恤……这些贴身穿的衣服。只是她送的衣服，看起来总像是穿过似的，既没有外包装，也没有标牌之类的东西，并且不是新衣服的那种平整，好像是洗过的，领子处的商标，也都被拆了去。

他觉得奇怪，却又无法去问，毕竟是她的好意。因为她可爱的笑容，他心里也是对她有好感的，虽然好感的程度还无法确定。但是她给了，他会收下，自然也会穿给她看。

后来慢慢发觉，她送的衣服，虽然怎么看都不像新的，可穿上身却要比崭新的舒适一些，有旧衣服的那种柔软妥帖，而且他一直就对领子处的商标过敏，这样，倒省去了自己笨手笨脚地去拆。

后来他终于知道了，那些衣服竟然真的是被她洗过的。那次他要出差，她匆匆跑来送了他一件格子的棉衬衣，袖口竟然还是湿的。她起初没发觉，他穿的时候被她看见了，“呀”了一声，说：“袖子还没干呢！”他顺口就问：“怎么，洗过了吗？"

她没有丝毫的不安，看着他说："是啊，洗过的。就怕你走的时候不干，结果还是没干。"说着，要他脱下来。

他摆手，说："没事没事，就袖口这一处，暖暖就干了。"

她笑起来。他越发喜欢她的笑，像孩子的笑容一样纯净柔暖。

那次他知道了，她送他的那些贴身的衣服，买来后，总要用手仔细地洗一遍，然后晾干。因为他是个在生活中有些粗心的男子，新衣服总是买回就穿，那样是对身体不好的。她无意间得知他对领子里面的商标过敏，所以她只在比朋友更深一层的关系中，合时宜地送他一些贴身的衣服，洗过，拆掉商标再给他……

那次他出差回来后，就向她求婚了。不久，他们结婚了。因为他知道了，把贴身的新衣服洗过了再送给他的人，才会和他贴心。

情　　话

恋爱以后，忽然开始留意平常父母之间的对话。据说当初父母是自由恋爱的，是那个年代的爱情前卫代表。情形大抵也如现在的我和他。

而我不知道许多年后，曾经热恋过的男女，是否还有许多灼热的情话，是否会平淡到枯燥无聊，甚至厌倦。

许多年后，父母之间的对话，是最俗气的。每天无非是菜涨了几毛，鸡蛋降了几分，油要涨价了，多买点备着……真的很平淡，真的有点枯燥。

有一天，却听到了新鲜内容。

那天，爸从外面晨练回来，兴冲冲地对妈说："今天跑步多跑了二里路，一点没觉得累，比一个小青年跑得还快。"

妈面带喜悦，说道："在我眼里，你就是个小青年，跟当年一样，比他们都棒多了。"

我正睡眼蒙眬地从卧室出来，听到这样的对话，新鲜不已，而两个人对视的眼神，分明有恋爱中男女的那种羞涩、默契和欢喜。

原来，还是会有情话的。

后来用心留意，发现父母之间还是有属于他们的情话的。比如，有次爸对妈说："你今天做的面，让我想起咱们结婚那天晚上吃的面，又细又筋道……"还有次，爸说："我就喜欢看着你织毛衣，手指跟跳舞似的……"这话，连我都心动，比喻得真好，又有浪漫情调。而爸这样说的时候，妈也有话："我就喜欢看你吃我做的面条，吃好几碗也不够，就跟没吃过饭一样……"还会说："记得不？有天晚上你看我织毛衣，看了大半个晚上，后来说眼睛都看花了……"

这样新鲜的情话，会让两个人满含爱意地微笑。也令我对情感的未来渐渐有了信心。

可慢慢又发觉，父母的情话是有的，但是一点都不新鲜，因为时间不长我就发现：爸早晨多跑二里地，妈夸他在她眼里的完美形象，几乎隔几天就重复一遍。还有面条的味道和织毛衣时手指像跳舞的样子，包括其他。那情话，就是复读机，每隔一小段时间就复读一次。而最令我奇怪的是，每次他们说这话的时候，都像是第一次，那表情，那喜悦……

这情话，也真是老套了。

终于有一次，爸又跟妈说她那会跳舞的手指的时候，我忍不住说："爸，这话你都跟我妈说了好几十遍了吧？再好听也不能老说啊！"

爸正喜滋滋的，听我一说，抬起头看着妈，问："是吗，我说过吗？"

妈也抬起头来，回答道："我怎么不记得了？"

两个人一致的表情，好像真的不记得了，倒是我诧异不已，他们不过才五十多岁，不会都开始健忘了吧?

真弄不懂他们。

于是关于他们的情话，我终于不再关心，只享受属于我的爱情。

热恋的情话动听而新颖，真是感觉每天的太阳都不一样。只是，热恋期是很短暂的，一年多也就过去了。某一天，他对我说"亲爱的你今天真漂亮，眼睛那么亮"的时候，我心里微微顿了一下，因为这句话，我觉得耳熟，是什么时候呢？他似乎对我说过。

可还是感觉到很快乐，自然，我愿意在他眼中，一辈子都漂亮。

后来，我喜欢的情话，新颖的渐少，甚至平常聊天，也很难再找到话题，我们已经太熟悉彼此的生活。可是，我们依然喜欢在一起说话。

暖煦的午后，在公园青葱的草坪上，他坐着，我躺在他腿上看着蓝天，慢悠悠地说："你知道不?我小时候经常逃课去学校的一块小草坪上躺着，那块小草坪有点隐蔽，不太容易被发现。有次，老师还以为我失踪了，把我妈都找来了……"想起小时候那个扎着朝天辫的淘气丫头，我忍不住笑起来。

他刮了下我的鼻子，说道："你这个淘气鬼，长大了还淘气，大概到老了还得淘气。"

"那你喜不喜欢? "我仰着头问他。

他装模作样地想了半天,然后说道:"嗯,喜欢。"

心里就装满了甜蜜,为这情话。可是……等等,脑子里忽然一闪,这话,我分明说过的,也是类似的春暖艳阳天,也是在青葱的草坪上,也是我躺在他腿上眯着眼睛看蓝天的姿势,而当时,他也是这样回答的,也是刮了我的鼻子。我亦是接下去问的,他也装模作样地想了半天……

一刹那,我明白了父母那些大概重复了半辈子又百说不厌,谁都不去拆穿的情话。

原来,爱从来不是靠着新鲜取胜,而是靠着不断重复并从不厌烦。

舍不得让你输

都以为，她的人生会很不如意，因为当初，她嫁他既没有祝福，也不被看好。

他是她的同事，在装酒车间的流水线上，两个人每天上班面对着面，她有时候会看着他走神。他有张好看而略略颓废的脸，不像个车间里的工人，倒像是外面美发厅的那些男孩子，眉眼好似会飞出朵朵桃花。

看得多了，他注意到她，便跟她开玩笑。她低下头，脸就红了。

很快，周围的同事也窥测出她的心事，频繁开起他们的玩笑来，这样一来二去，她和他竟真的成了恋人。

她有时候摸不透他的心思，他像个贪玩的大男孩，恋爱的话也如玩笑般。但她是完完全全当真的。患得患失地拿他当了宝贝，好好地照看着。

这样过了两年，两个人都到了结婚的年纪。一天，他们一起吃饭，她犹豫着提到了婚事。当时他愣了一下，没有作答。半天，嗫嚅着说："只怕，只怕以后，你跟着我，会吃苦。"

"不怕的。"她小声说。

他不再说话，但轻轻叹了口气，在她看来，他算是答应了。

回到家，她把事情告诉了父母，却遭到他们强烈反对。父亲是酒厂老职工，认识他，对他的印象一直不好，一直就反对他们交往。理由是，他是个不上进的男人，懒散，没事业心，还跟外面社会上一些不务正业的年轻人来往，女儿跟了他，绝对没有好日子过。尤其现在，酒厂效益每况愈下，有能力的人，都自己出去单干了，他还在流水线上混着一个月几百块钱的工资……这样的男人，没前途的。

不仅是父母反对，当初开他们玩笑的同事中，和她关系走得近的，也反对她嫁他，理由和父母的一样，说这样的男人，喜欢可以，绝对不能当丈夫的……

她的朋友也劝她不能和他结婚。唯恐她一冲动，掉进了人生的苦难中。

她却铁了心一般，不管谁劝，一句话“我就要跟他”。

父母失望至极，母亲冲她嚷道：“你这是拿自己的幸福赌博，你知道不？”

她抬起头，说：“就算是赌博，就算会输，我认了！”

声音不大，却很坚定。

所有人的阻止最后都无济于事，24岁，她嫁他为妻。租了个很旧的小房子，从家里搬了出去。

但出乎所有人意料，结婚后的他，像换了一个人似的，分外刻苦努力起来。他先是离开了半死不活的厂子，与外面那帮乱七八糟的朋友断了联系，去了一家私人的企业跑业务。开始是没有底薪的，他又是外行，不知道走了多少弯路，费了多少心思，竟然在那家公司站住了脚。那一年，她亲眼看着他变得又黑又瘦，大夏天顶着大太阳走在快被晒化的柏油马路上，汗都顾不上擦。晚上几乎没有在十点前回来过，每天回来，倒在床上，衣服都不脱就睡着了……

一年后，他的工作上了路子，业务提成渐渐多起来，而她却下岗了。索性，他不让她再出去工作了，就让她待在家里安心地等着做母亲。

孩子出生的时候，他当上了业务经理，手里有大把的客户，还在业余时间重新学了英语和日语，公司给他配了一辆二手车，他自己按揭买了新房子，每个人都看见了他的大好前途。

而这时的她，因为生了孩子，胖了许多，又总不出门，穿衣服随意起来，和他站在一起，竟然是不相配的感觉。此时，当初替她担忧过的人又开始有了新的担忧，担心长着一对桃花眼的男人，会在这样的时候抛弃她。这个年头，这样的事数不胜数……

但大家又看错了他，在他的人生和事业不断攀升的日子，他爱她始终如一。那爱，比恋爱时不知扎实了多少倍，是贴心贴肺地呵护，从衣食住行的大事，到心情喜好的小事，他面面俱到，从来没有忽略过。她坐月子的时候，每天晚上，都是他给她洗脚……他从来不隐瞒对她的情感，有时同事和朋友开他玩笑，说："什么都换了，现在该换老婆了吧。"他摇头，认真地说："这辈子，就是她了。"

她的幸福，让所有人渐渐无话可说。其实当初她也不确定会拥有这样的幸福，当初她只是爱这个男人，舍不得离开他。哪怕跟着他吃苦，像她说的，她认了。

那天晚上，他又给她洗脚，温暖的水中，他如以往爱惜地把她的脚丫握在掌心……她忽然笑着问他："怎么会对我这么好？"

这个问题，其实已在她心里存了很久，她甚至还想问，为何会在结婚后像变了一个人？只是觉得不妥，所以只问了这一句，用半开玩笑的口吻。

他依旧蹲在她面前，握着她的脚丫，抬起头来，看了她片刻，然后认真地说："因为当初，你拿了自己一生的幸福做赌注，要跟着我，你是这个世上唯一一个这样信任我的人，我舍不得让你输。如果没有你，也就没有我的今天……"

她看见，向来爱开玩笑的他，红了眼圈。

谁都没有你重要

春节临近，他早早就作好了打算：今年，一定和她一起回家过个真正的年。虽然城里很繁华，过年也很热闹，可是，在城里过年，总有一种孤独的漂泊感。他想念在家乡和村里的亲戚、邻居一起过年时特有的、他所熟悉的温暖味道。只是为了多赚些钱，他们已经整整在外面过了两个春节了。今年，他们说好了，不管少赚多少钱都不在乎了，都要回家过年。

预售票那天，他便开始去排队，可是因为工地上忙，接连几天，他都只能有半个小时时间，结果，都没有排上。后来他急了，干脆请了半天假，就在售票口前的长龙里耗着。

终于排到了窗口，却被告知，路过家乡的那个车次，直到除夕前，只剩了一张硬座票了。

他有些失落，后面排队的人在催他，售票员也在不耐烦地询问："要还是不要？"

他顿一顿，要。递过钱去买了最后的那张票。他想了，不管怎样，能让她回去也是好的。他知道她想回家过年，比他还想。她早就开始念叨家里母亲蒸的年糕、剪的窗花，念叨家里热热的火炕，念叨镇上的大戏，念叨和她玩得好的那些年轻的媳妇……她那双好看的眼睛里，满满的都是对家乡的想念和回家过年的渴望。

票是腊月二十九的，十几个小时的车，回去，刚好赶上除夕。路上，他去了趟超市，第一次大方到几乎奢侈地买了许多吃的用的，让她带着回家。

她已经等得急切，看到他大包小包地回来，赶紧迎上去，一边接东西一边迫不及待地问："买到票了？"

他不答，直到放下东西喝了口水才告诉她，票只有一张。他说："没事，你好好回去过年，明年咱们再一起走，早早就走，不等到年尾了。"

她的神情明显有些失落，刚才的喜悦一点点淡去，那些她曾经说过喜欢的东西，也没有心思再去翻看。他知道，她是想和他一起走。

他又何尝不想？可是，没有票又有什么办法呢？

他努力安慰她，说："没关系，老板说了，今年我如果还守摊的话，给我三倍的工资，不回去过年可以多赚一千块钱呢。一千块，都能买一个大彩电了。"

她低着头，没有说话。要是以往，多赚一千块钱她会很高兴。可是现在，一千块钱不能带给她丝毫快乐。可是事已至此，也只有遗憾。

那几天，她的话很少，只是不停地给他准备吃的，炸了丸子，蒸了馒头，煮了肉，收拾了房间，还洗了衣服、床单，买了对联贴在简陋的出租屋的门上……

转眼到了腊月二十九，晚上9点的火车，7点钟他就送她去了车站。他们一起在拥挤的候车室等了一个多小时，他一直叮嘱她路上要注意，下车别忘了东西，回去要去哪些亲戚家……她只点头应着，眼圈红红的。

终于听到车次检票的广播，他把她送到检票口，一直看着她跟着人流进了通道才离开。

回去的路很远，他没有坐公交车，而是一个人寂寞地朝回走，心里感到孤单。不管怎样，以前过年，虽然也想家，可毕竟还有她陪着。现在她走了，他的孤单变得立体起来。其实他真想把她留下来，可是他不能那么自私，她在外面陪他过了两个年，想家忍着不说，他何尝不知道呢……就这样一路胡乱想着，走了近两个小时才走回了出租屋。

拿了钥匙开门时，他忽然听到屋里有声音。他先愣了一下，心立刻提了起来，第一感觉是家里进了贼。他倒不是害怕，家里还有她走时执意留给他的几百块钱，他担心被贼偷去。

四下看了看，他找到一根在工地随手带回来的木棍握在手里，一脚把门踹开了。

屋里发出一声惊叫。竟然是她，应该坐在回家列车上的她。

他一头雾水，张了张口没说出话。她正在那里和面，两手都沾着面粉，问他:“怎么现在才回来?蜗牛啊你。”

“你,你怎么没走?”他诧异,明明看着她进了站台的。

“噢,我要上车时却发现车票竟然丢了,”她脸红红的,“没有票,人家就是不让我上,我只好又回来了。”

他一听就急了,说:“你怎么那么笨?检票时票不是还在手里呢吗?怎么就丢了,排了好几天才买张票,你倒好,竟然给丢了,你说你……”

“丢了有什么办法?”她口气也急了,“难不成大过年的你还打我一顿。”

他被噎住了,一屁股坐在凳子上,闷声不语。

她走过来踢他一脚,说:“别闲着,帮我干活。”

他不搭理她,转开身去。她不依不饶,伸手把面粉抹了他一脸,咯咯地笑起来,说:“跟你说实话吧,票没丢,让我给扔了。”

“你——”他忽地站起来,“你疯了?!”

“我没疯,也没傻,”她歪着脑袋,“我就是不想把你自己丢在这里,不想你自己吃饺子自己喝酒自己放鞭炮……”

她的声音带着娇嗔,眼神也跟着妩媚起来。

他怔怔地看着她,喃喃地问:“那你,不想他们了?不想吃妈做的年糕,不想回去贴窗花、看大戏了?不想走亲戚、睡热炕了?”

“想啊,”她眨眨眼睛,“可是,什么都没有你重要。我就是舍不得你一个人,你说过了,还有明年呢,还有后年大后年呢,早晚我们会回家过年的,但是不管在哪里,我都要和你在一起。”说完,她猛扑进他的怀里。

他抱住她,紧紧地,嗅到她发间淡淡的清香。窗外,美丽的焰火正腾空而起,绚烂无比。

第二辑

爱情正在装修

他的心看得见

结婚第三年的时候，一场突来的疾病导致了他双目失明。谁都想，碰上这样的事，她的天塌了。原本她就没有工作，一家靠着他开摩托车修理店在这个小镇上生活。现在，他看不见了，孩子刚刚半岁，以后的日子，不知道该怎么过。

她背着人哭了几天，当然，也背着他。许多人背地里偷偷看着她，猜测她也许很快会离婚，也猜测即使不离婚，她也会被命运压得很不堪。然而，几天后，她光鲜鲜地出现在了众人面前。穿着艳丽的连衣裙，头发精心梳理过，眉也画了，嘴唇上还涂了淡淡的口红，脸上带着平淡的笑容。在人前走过，散发出淡淡的香水味。

她原本就是个有些姿色的女子，以前，男人赚到多余的钱，就喜欢打扮她，带她去城里买衣服，还买镇上女人都没有用过的香水。不过那时候，那些好看的衣服，她很少穿，香水更是几乎没用过，她总觉得在小镇上生活，平淡些才好。只是有男人的这份宠，她心里就快乐而知足了。

人们先是为她的样子吃惊，非议便接踵而至。以前男人看得见，她不穿给他看，现在男人看不见了，她倒打扮起来。她的心思很明显，要为自己以后的日子作打算了。公公、婆婆更为她的举动气愤，丈夫失明了，没看她怎么难过，倒是热烈烈地招摇过市。

男人的店关门了，被她改成了一家代销店，她把那些配件工具都低价处理后，进了一些物品。柜台是玻璃的，店门也扩大了，小店开张后，她就开始每天站在玻璃柜台内，吆喝卖货。男人大多时候不同她一起，而是在后院的家里哄着孩子。

孩子小，放在小车里，男人虽然看不见，但能摸索着抱孩子哄孩子。

两天，三天……以后日日，她都是这样彩衣飘飘地站在柜台前，脸上带着一种说不清的笑容。很快，就引得一些不规矩的男人上门来。他们借口买烟买酒买瓜子，站在店里不走，跟她聊来聊去，话渐渐说得过分。她也不恼，只是不会给男人动手动脚的机会，关键时候，总巧妙抵挡，还顺势要男人走时又多买上一件两件的东西。

那些男人并不死心，看她越发不像良家妇女，她这样打扮，不外是为了招蜂引蝶，而推托拒绝，也不过是吊男人胃口，年纪轻轻地守着一个瞎子，能安分才怪。所以，男人们照旧去，心里也照旧打着她的主意。

邻居们都开始觉得她的丈夫可怜，“看不见了，女人就在他眼前这样欺负他”。

终于，婆婆忍不下了，话里话外地又是埋怨又是提点，要她穿着朴素些规矩些，要不，干脆把小店关了在家里待着。

她也不急，反问：“妈，关了店，你养活我们一家三口啊？他现在什么也做不了，还要花那么多钱治病。”

婆婆也无话可说，以后，敢怒不敢言，只感叹儿子命苦，年纪轻轻看不见了，又摊上个不安分的媳妇。没准哪天勾上哪个男人，就跟着走了……

日子就这样一天天过下来，一晃，他们的孩子会走路了会跑了……女人还是那样守着男人，仍旧每天穿彩衣化浓妆。那些男人，到底也没有谁占到她的便宜，可是也奇怪了，越因为这样，去得就更勤了。看起来，她和男人的关系很好，却一直没有要离婚的打算。

那日，女人曾经的一个女伴过去找她。店还没有开门，她径直去了女人家，进门，愣住了，看到女人正对着镜子，拿着男人的手给自己画眉毛，一不小心画偏了，她“哎呀”一声，嗔怪地打男人的手，男人笑，她也笑。随后，她又拿起男人的手，小心地给自己画起了眉毛……

男人被孩子拉着去了院里，女人依旧在镜前涂着唇，女伴说：“你何苦，他也看不见。”

女人笑笑，仔细地把唇画好，回头说：“他的心看得见。”

忽然，镜子里，女人的泪就流了一脸。

他们爱了

一向只爱看韩剧从不关心篮球的她，忽然开始每天锁定体育频道的篮球赛事，从NBA到CBA，看得津津有味。不仅观看，还收集关于篮球赛事和球星的各种信息……很快，她成了真正的铁杆球迷，球赛日程，比赛进度，国内外球星的名字、经历、爱好，甚至家庭背景等等，了然于胸。

爱好的改变有些突然，也有些让人觉得不可思议，原因却很简单，她喜欢上一个男子，那男子是篮球迷。她付出那么多努力，只是为了和他拥有共同的话题。

她的改变，是因为她爱了。

一年四季穿休闲装的他，忽然让朋友陪他去买了中规中矩的西装、白衬衣、领带和皮鞋。只是他还不会打领带，笨拙地跟着朋友学了好多遍才学会。然后，他把毛刺刺的板寸留长，修剪成整齐的短发。

他这个样子很好看很文气，甚至有几分优雅，只是有点不像他。为了适应这装扮，他走路时自觉放慢脚步，吃饭时不再吆三喝四、推杯换盏……连笑容都收敛了，像变了一个人。

他的改变不是无端，是因为他喜欢的女孩说过的一句话，她说她更喜欢穿西装的优雅男了。因为这句话，他改变了自己多年的生活习惯。

他的改变，是因为他爱了。

她从小爱睡懒觉，上学时，要家人喊很多遍才爬起来。上班了，自己住公寓，为了不迟到买了三个闹钟，每天早晨此起彼伏地叫个不停……用她自己的话说，从来没有看见过7点半以前的太阳。

可是从某一天起，她忽然成了一个早起的人，每天6点钟准时起床，甚至无须那些闹钟来唤醒。起床后，她便去离住处不远的学校操场跑步——用同事的话说，她哪根神经错乱了。

她却面带欢喜，她无意中知道自己喜欢的男子每天早晨去那个学校的操场跑步，她毅然改掉了这么多年贪睡的习惯，只是为了在每天早晨碰到他，说一声你好，一同跑上一段距离，期待那个美好故事的发生。

她的改变，是因为她爱了。

他是南方人，吃米饭长大，对面食从无兴趣，他觉得吃面食根本吃不饱，也不好吃。却忽然有一天，他的餐桌上开始出现馒头、花卷、水饺、面条……反倒是他吃了近30年的米饭消失不见了。没听他说吃不饱，每一顿也都吃得津津有味——他的女友是陕西人，不爱吃米饭，热衷各种各样的面食。她喜欢吃的，他就让自己跟着喜欢，然后好像真的就喜欢上了。

他的改变，是因为他爱了。

……

没错，她爱了，他爱了，他们爱了。爱情从来就有些不可理喻，会让一个人心甘情愿地改变，放弃一些属于自己的习惯，向心爱的人靠近。他们爱了，他们不再是从前的他们；他们爱了，他们慢慢变成另外一个人，变成他们所爱的人。

这样的改变，叫爱情。

唯一的答案

那时候，她还年轻，有颗善良的心，在感情上却也微微骄傲。他追她追得辛苦却甘愿，说就看中了她眼底那抹遮不住的善良。

他给她最美好誓言的时候，她只是笑，忽然心头一转，动了逗逗他的心思，狡黠地问："要是我和你妈妈都掉进水里，你先救谁？"

"我妈！"他想都没想，这两个字便脱口而出。说完了，才意识到什么，有些紧张地看她。

她装出生气的样子，暗示他："知道吗，你这个答案最笨了，聪明的人会说，谁离我最近我就先救谁。"

他绞着手指，似乎在用心思考着，可是三分钟后，他依旧认真地回答："不管谁远谁近，我都会先救我妈！"

她好看的脸故意板了起来，说："你还是不爱我。"

他着急地解释："不是的不是的，我爱你，可是我妈最爱我，我不能不救她，我妈对我太好了，我十岁时爸爸就没了，这么多年她只顾得爱我了，都顾不上爱她自己，她把什么好东西都给我了，她……"

他有些语无伦次，因为着急脸都红了。她忍不住笑起来，说："逗你呢。第一，我和你妈不可能同时落水；第二，我游泳的水平比你还高呢，真是那样，咱俩一起救她。"

他不好意思地笑了，像个孩子似的挠挠头。

那刻起，她决定了要嫁给这个懂得爱和感恩的男人。

转眼间，他和她已经一起走过了二十年的光阴，日子一直平和美好。他的母亲几年前过世了。二十年来老人一直和他们一起生活，走得很安详。二十年后，他们的小女儿也已经18岁了，有她当年的那份俏丽，只是比她多了一份调皮，深深被他们宠爱着。

阳光明媚的春日，他们一家三口去湖中划船，调皮的小女儿忽然歪着头问他："爸，要是我和我妈都掉进水里了，你先救谁啊？"

她不由得笑了，女儿真像她，连问题都是一样的，虽然比较的对象不同。她笑着想，这次，他会如何说呢？

"当然是你妈！"如同二十年前一样，他不假思索地脱口而出。

女儿的小嘴巴翘了起来，说："还说你最爱我，骗人的吧。你可真笨，聪明的人会说，当然会救离我最近的那个。"

他和她都笑了，女儿的话和她如出一辙。只是二十年后，过了中年的他，却已经不再似当年那样因女儿的质问而紧张慌乱。他微笑地看着小女儿，片刻，认真地说："因为这些年，你妈爱我最多，为我付出得最多，我当然要先救那个爱我最多的人。丫头，人要懂得感恩，知道吗？你妈在我心里，可是第一位的。"

小女儿依旧冲他嘟着嘴巴，转头，却朝她笑起来，说："妈，还是你厉害。"又"哼"一声，说："我才不要你救呢，总有一天，我会成为一个人心里的第一。"

她抚摩女儿毛茸茸的发，欣慰地笑了。然后她抬起头来看着他，他也看着她，彼此默契地看着。二十年，她终于成为了最爱他的那个人，成为任何境况下，他都选择先去救护的人。她用她二十年的爱，赢得了他的答案，成了他心里的第一。那是他唯一的答案，在他心里，最重要的，是最爱他的那个人。曾经的他的母亲，和现在的她。

她相信女儿的话，相信总有一天，女儿也会像她一样，用她自己的爱去换取那个人心里的第一。

相　配

当初，他决定追她的时候，被很多人取笑。不为别的，他们的条件实在是悬殊。

她是城里长大的女孩，家境优越，受过良好的教育，人漂亮，工作也体面。而他，从农村读了技校出来的毛头小子，在车间干钳工，每个月原本不高的收入，还要补贴家里一部分，人虽然算是好看，但和她比起来，他是土气的……

连要好的朋友都劝他，别做梦了，她那样高傲优秀的城里女孩，哪是他能够追得上的。

可他偏不听，他就是喜欢她，就是要追她。他选择了最古老的方式，给她写了一封信，并且勇敢地直接送到了她的办公室。

她有很好的修养，在看了他的信后，并没有让他尴尬，只是很礼貌地回复他："我想，我们可能不是太合适，我并不了解你，而且，我有男朋友了。"

他却并不气馁，跟朋友说，只要她没有结婚，他就还有机会。然后，他打听到了她的男友，竟是个有名的公子哥，条件不知比他好多少倍。可是他却更加不放心，担心地说："如果她嫁给他，以后会受欺负的，不行，我一定得追她。"

朋友笑他喜欢一个人喜欢傻了，她和那个公子哥，无论家境、学历、相貌，何等相配。倒是他，的确没有一处配得上她。

他却足够倔强，丢下一句话"我会努力让自己配得上她"。

说了，他就开始行动，他报了自考，然后还去学英语、学营销学，甚至学礼仪。工作更加努力，很快从最平凡的小学徒升到带班班长……依旧给她写信，不放弃对她的追求。

一年后，她和那个公子哥分手了，但不是因为他，是因为她受不了公子哥的多情，一边守着她，一边不肯放下其他的女子。

他知道后，仿佛看到了自己的机会，更加努力起来，考上了本科，英语过了级，取得了营销证书，学会了讲最正规的普通话，学会了穿衣之道，学会了举止优雅……职务也升到了车间主任，只有给她的信，每周一封，从未改变。

但还不等她接受他，他的追求，又遭到了她家人的阻拦。她的母亲找到他，明确地告诉他，女儿不可能嫁给他，婚姻是讲究门当户对的。她的母亲说："如果你真的爱她，就应该不要打扰她，让她去拥有更好的生活，因为那样的生活，你给不了她。她跟着你，只能吃苦……"

都以为这次他该知难而退了，可他再次倔强地抬起头，坚定地说："我一定会让她过好日子，不会让她吃苦，我会努力配得上她。"

然后，他辞职了，靠着手中的积蓄，又贷了一笔款下海经商。他能吃苦，对人诚恳，有头脑……很快抓到商机，不到一年半的时间，还清了贷款，还在这个城市不错的地段买了房子。这个时候的他，是个大有前途的青年才俊。

前前后后，不过四年时间，为了配得上她，他付出了艰辛的努力，每个人都看得见他的成功，只有他自己知道成功背后的付出。

这一次，他再来向她求爱，还不等她开口，她的母亲，已经微笑着将他迎进门去。而她，也已经被他的坚持打动。情缘辗转之后，她明白了，这个男子是真的爱她。

订婚那天，他将赚到第一笔钱后就买下的戒指套到她的手上时，她低声问他："为什么你会那么坚持？"

他笑道："因为我不舍得让你做别人的妻子，我怕他待你不够好。虽然每个人都对我说，如果真的喜欢你，就应该离你远一点，不去打扰你，因为那时的我，真的配不上你。可是我想，如果放弃你，让你选择另外的生活，那么会有两种可能，幸福和不幸福。那么我不如努力配得上你，然后拥有你，这样，结局才可能只有一个，那就是幸福。"

这是他的理论，和别的人不一样，她想了许久才明白。原来真正爱的人，即使艰辛也不放弃，他会一直去努力，带着她，朝着幸福的方向飞去，而不是以爱的名义放手。

有一种温度叫爱情

边洗脚边看书的习惯，是她在大学时养成的，那时候的学校宿舍，晚上是按时停电的。她喜欢在宿舍熄灯前半个小时倒上一盆热水，坐在床边，把脚放在里面。然后胳膊撑在面前的桌子上，手里拿本书来看。

大学了，有充分的时间来读许多心仪的，曾经没有时间看的书。脚在温和的水里轻轻动着，心在美丽的文字中自由穿梭，是她的快乐。一分一秒中，盆里的水渐渐凉了下来，她对眼前的文字却越发迷恋，让她忽视了水的温度。灯忽然熄了，放下书，她才感觉到放在水里的脚也已经和水一起凉了，便笑笑，摸索着找出蜡烛来点上，借着那点跳跃的光在书页里放上书签，把盆里凉了的水端起来去倒掉。

起初也提醒自己，水凉的时候把脚拿出来，却总是看着看着书就忘掉了温度。结果洗了半天的脚放到被子里依然是凉，拿自己很没办法。

大三的时候她认识了另外一所院校的他，和大学里许多男生不同，他很安静，不爱说话。读文科的男孩，写得一手好文章，不爱高谈阔论，不爱卖弄才情，让她欢喜。

于是恋爱了结婚了有孩子了，生活渐渐寻常起来。

结婚后她依然有边洗脚边看书的习惯，家的环境要舒适得多，可以坐在柔软的沙发上，靠着靠背。灯光也柔和，并且再无时间限制，可以一直看到不想看的时候为止。

起初他有些不太习惯她这个样子洗脚，那次说她："水都凉了，不能洗完再看啊？"她头也不抬："喜欢。"他就不再说什么了，他本来话就不多，只是到厨房拿了只暖水瓶过来，一声不响地放在脚盆边，叮嘱她："凉了就加点热的。"她应着，依旧不抬头。

书一页页翻下去，水渐渐凉了，暖瓶却纹丝未动。当然不会动，如果她能记得加热水，那么她早就把脚从凉的水中拿出来了。习惯有好有坏，好坏都很难改变。

提醒了几次之后，他索性不说了，而是主动过去给她加热水。他加热水的时候她依旧不抬头，眼睛盯在书上。无奈，他只得用手轻轻移动她的脚，由着她像个看书的木偶。

慢慢地，她也习惯了洗脚水恒温的状态，即使一本书看到结尾，脚依旧是暖的。那种感觉，很舒服。她并不知道她洗一次脚他会添几次水，有时候他会把暖瓶里的水添光，有时候盆里的水也会溢出来。

她照旧不管，由他慌忙找了拖把来拖，然后又用抹布来擦。

她已经不想在意这些了，她已经不想再在意他。

做了父亲的他依旧不善言辞，在一家报社做副刊编辑，闲暇时写写小说，文字依旧出色，但因为性格的低调，并没有什么名气，也没有换来多少物质。她虽不是个贪慕虚荣的女子，可生活到底也现实，别人家的孩子喝进口雀巢，自己的女儿喝国产奶粉；同事们用 SK-II 的眼霜，她却只能用最普通的……最初的爱过去了，生活就这样一点点在细节里被现实覆盖。覆盖到了某种程度时，她清楚地看到了裂痕。

她开始觉得委屈，而带给她这种生活的男人，她想，她好像已经不爱了，彼此之间已经没有爱了，只有最最平淡的生活。她已经记不清楚他最后一次给她送花是什么时候了，也记不起自己最后一次吻他的时间。如果生活的匮乏她能够容忍，那么没有了爱情的匮乏生活，她问自己：我还要容忍下去吗？

心里说了：不！

“我们，分开吧。”于是这句话，在那天晚上他倒掉了洗脚水以后，她提了出来。

她不需要谁为她倒洗脚水，她需要的是一个能让她感觉到爱的男人。

他手里的空盆掉到了地上。“不！”他说，“我不同意。”

然后他再不说话，走到阳台上一支接一支地抽烟。她没有走过去继续争辩什么，和一个习惯了沉默的男人她无从争辩，却觉心意已定，回到卧室，抱了枕头去女儿房间。

那晚他没有过去打扰她，早上照旧做好了她和女儿的早餐，在女儿专注吃早餐的空隙，他低声说："我们可以先分开一段时间，我搬出去。"

她没有反对，在他送女儿去幼儿园的时候，收拾好了他的衣物。然后他离开了，什么都没有说。那天晚上，她去接了女儿。没有了他的家虽然似乎少了点什么，但并不明显，反正他在的时候，也大多是沉默的。

哄了女儿睡下，然后她习惯地接了盆热水，卷起裤管把脚放进去，摸过沙发上前一天没有看完的书看起来。可是只翻了几页，她便觉得有点不对劲，书上的字变得恍惚跳跃，怎样都无法专心读下去。后来她索性把书放下了，左顾右盼地寻找出了什么问题，后来发觉竟然是自己的脚不舒服。原来已经习惯了在温暖的水中浸泡的脚，如今在敏感地抗拒着盆里渐渐凉了的水。她无奈地摇摇头，把脚拿出来胡乱擦干不再洗了。这么多年，她第一次用了短短几分钟结束了洗脚。

第二天晚上，她预先把装满开水的暖瓶放在脚盆边，作好了准备。当水再次渐渐凉了时，她拿过暖瓶添热水，顺手一倒，水温骤然升到了过高的温度，因为烫，她的脚猛然一抬，忘记了手里的暖瓶没有盖盖子，撒出的热水溅到了脚背上。

盆子翻了，暖瓶打了，水四下流去，她的脚被烫红了一大片……竟然让她站在那里一时间无所适从，只是给盆里添点热水的事，会让她弄成这样，让她有些愤怒，她不明白为什么他就会做得那么简单呢？甚至能够让水永远保持在最舒服的温度而让她毫无感觉。

脚一阵紧一阵地疼起来，她忍着疼痛去洗手间把脚放到凉水里，感觉好了一点后，拿着拖把回去拖地板。拖把还没有落下，电话响了。她接起来，听到他说："忘了告诉你了，洗脚加热水的时候，要记住慢点倒，少倒。要不就先把脚拿出来，用手试着水温倒，手对温度敏感。千万小心别烫着……"

她终于明白了为什么他会知道她的洗脚水凉了，为什么每次他给她加热水时，她会感觉不到。原来是他一次次用手试着水温，才让她的脚始终在温暖的恒温里。

爱情，她看过很多种听过很多种，可是从来不知道有一种爱，是用温度来证明的。

他还在说着什么，他从来没有一次说过这么多的话，她却没有任何回答，她已经泪流满面。

最好的爱和最美味的早餐

记忆中很多年，家里每天的早餐内容都是一致的：鸡蛋面条。从来没有更换过。

鸡蛋就是普通鸡蛋，面条是外面买的成把的挂面，不粗不细的那种。

母亲似乎只会做这一种早餐，葱花爆锅，放入水，开了以后放入挂面，再打进去整个鸡蛋，鸡蛋不多不少，一人一个。

小时候，不太会分辨是否喜欢，只知道大人做什么吃什么，所以每天早上，一家人便吃着这样千篇一律的早餐。并曾以为所有人家早餐都是这样的模式，直到中学的时候，住校，无意发现学校略为简陋的小食堂里，竟然有稀饭、咸菜、油条、油饼——其实也并不是很多，却已经丰盛到让我吃惊。一下子，就颠覆了我十几年来对早餐的概念。从此，我早餐时的渴望彻底被唤醒，周末再回家，母亲煮的面条吃在口中再无味道。

于是中学后，我开始拒绝吃母亲做的早餐，理由是天天早上吃，吃够了。然后跟母亲要了钱去外面的街上吃。

当然也知道了街上的早餐五花八门，其丰盛程度，远远胜过学校食堂。

就很少再吃过母亲做的早餐，除非是自己懒惰，不想出去，会勉强吃几口，权当果腹。

后来读了大学，放假回去，发现早上母亲竟然还是在做鸡蛋面条，同样的做法同样的程序，同样的面条，和父亲一人一碗，碗里盛着一只荷包蛋，上面飘着几粒小葱花。

那天早上我用微波炉热了牛奶，打开前一天超市买的夹心面包，坐在他们旁边边吃边开玩笑，“妈，真服了你了，二十年如一日……”又跟父亲说：“爸，这么多年，你没吃烦啊？”

长大后，已经可以很随意跟父母说笑了。

“吃烦了能怎样？你妈就会做这一样。”父亲笑说，“你妈当姑娘时娇气得很，什么饭都不会做，就这鸡蛋面条，还是结婚前临时抱佛脚，你姥姥现教的呢。”

父亲说着，挑起面条低下头吃起来——我倒没觉出他吃烦的样子。

母亲拿筷子抽我一下，“小白眼狼，你就吃这个长大的，现在反倒一口不吃了，鸡蛋面条怎么了？你也长到了一米八，也健康结实。”

母亲说得倒是事实。但，“这是我天资好。”我喝一口牛奶，“如果每天喝牛奶不吃面条，没准我去 NBA 打球了……”

说笑着，父母已经将面条鸡蛋吃完，收拾碗筷。

好像就再也没吃过母亲做的鸡蛋面条的早餐。大学毕业后，我成了家。妻子也是独生子女，在家时更娇气，甚至鸡蛋面条也不会做，我们的一日三餐，要么在外面吃，要么叫外卖……直到过了一年多，终于外面的饭和快餐都吃烦了，两个人才开始学着做饭。

学习做饭其实不难，很快，各自有了几样拿手饭菜。并分了工，早餐我负责，中餐都在单位吃，晚餐，自然交给妻。

渐渐明白生活就是这柴米油盐。

柴米油盐的光阴里，我们的孩子一天天长大，父母也相继退休，慢慢苍老。

母亲 66 岁那年，身体出现状况，去医院检查，肺癌晚期，三个月后离开人世。

母亲一走，留下父亲格外孤单，快 70 岁的老人了，我实在不想他一个人生活，妻也建议将父亲接过来，和我们一起居住。

于是母亲去世一个月后，我和妻将父亲接到了家里。

父亲搬过来后，为了让他吃好，每天早晨，我变着花样做早餐，各种稀饭小菜、花卷粽子，甚至还学会了自己做馅饼……

但父亲对这些饭菜却似乎并不太热衷，比起从前，饭量减了许多。

我问他是否饭菜不可口，父亲摇头，解释说，年纪大了，饭量自然就小了。

我以为父亲说的是真话，直到几个月后的那天早上。

那天是周末，我和妻习惯在周末贪睡，起来晚了，起床时，已经快 9 点钟。父亲已经下楼活动回来了，并没有打扰我们，坐在沙发上看报纸。

想起没有给父亲做早餐，我赶紧跑进厨房，边洗菜边探出头问，“爸，饿了吧？”

父亲摇摇头，“不饿，我刚吃过了。”

我疑惑，问父亲是否在外面吃的。父亲有点不好意思，“我出去买了把挂面，自己煮了一碗，还放了个鸡蛋，知道你们不爱吃，也没给你们煮。”

我拉开厨房的抽屉，果然有一把已经拆开的挂面。

我走出来，坐在父亲身边，“爸，您吃了大半辈子妈做的鸡蛋面条了，还没吃够啊？”

父亲放下报纸，摘下老花镜看着我，“傻孩子，怎么会吃够？一辈子都吃不够，天底下所有的早餐，都没你妈做的鸡蛋面好吃。”父亲深深叹气，“只是你爸，没这福气了。”

父亲说着，眼睛潮湿了，我想说些什么，却忽然哽咽。

同一种早餐，父亲和母亲，从二十来岁就开始吃，日复一日，一直吃了四十多年。她一直做，他就一直吃，从来不说厌烦，从来不要求更换。原来是因为在父亲心里，那是天底下最美味的早餐。我在此刻才明白，这是一起生活了四十多年，也许从没有说过爱情的父母，对爱情最好的无声的诠释吧。

爱是什么？无非是在没有了一个人的早上，另一个人，如此深深怀念她曾做过的、一成不变的早餐。

真爱寂静无声

和她分手，是因为他觉得对于年轻的他们，爱情太静了。这寂静来自她，并非她不爱说话，寂静与此无关，只是她给他的爱情感觉。而这种感觉，大多是来自电话。

只要他找她，总是能找到。电话打过去，不管什么时候，只需响一两声，她一定就会接起来，从来没有超过第三声。他从来没有打不通她电话的时候，也没有过打通了她听不到，好像她的世界里只有她和电话。然后她听他说话，顺着他的话说下去。

久了，他觉得她像另一个自己，或者影子，即使阴天的时候看不到，也一定就在左右，他轻轻喊一声她就出来了，毫无悬念。

这样的爱情，除了寂静，渐渐地，也让他寂寞起来。他觉得爱应该是热闹缤纷的，有悬念，有纠葛，争执和和好……而不是这样。

寂寞到厌烦，他提出了分手，不想见面说，他选择了电话。

依然是两声，她接起来，习惯地喂了一声。

他犹豫了一下，还是婉转提出了分手。

那边，她不说话，好半天，说知道了，好吧。

然后挂了电话。

连分手，都是如此寂静。他心里的那丝内疚被她最后的寂静带走，他舒出一口气，心里一下轻松起来。

很快邂逅新的女子，活泼热闹的女子，不像她。热闹，也有小虚荣，毫无疑问地带给了他想要的爱情悬念。新的女友常常让他摸不透，心思总是辗转的，谜语一样。他乐得猜谜，并不觉厌烦。

女友也任性，他打电话，她常常不接。好不容易接了，他略有微词，她理由充分：逛商场，太吵，听不见；公交车上，太吵，听不见；开会呢，电话没带；去洗手间了……但大多理由，是因为太吵听不见。

他忽然想起她用的那款移动电话，那必定是音质最响亮的吧，任何时候，她都能听到。那时候，她也逛街，也会在公交车上，有时他打过去，那边吵得连她说什么都听不清，可她依然能最快听到电话的铃声。

于是买了她用的那款电话送给新女友，女友只当是寻常的爱情礼物，开心收下。只是换了这款电话，依然是常常听不到。

次数多了，他有些不快，让女友将铃声调大。女友也不快，“再大能大过汽车噪音和超市的喧闹吗？”

他想想，的确是大不过，可是，当初她怎么听到的呢？忽然成了谜。

然后，爱情的热闹平淡下来，他才知道不管多么热闹的爱情，最后都会归于平淡。可是和新女友之间的平淡，不知道为了什么，他却一天都不能忍受。

他觉得错在自己，可是爱情已经进行不下去了。提出分手的，还是他。

女友不甘心被动的结局，同他大吵大闹，有过的温情和美好在频繁的吵闹中一点点消磨殆尽，最后，他们竟是在彼此怨恨中才得以分离。

那天，他想起她。那天，他有点想她。

终于还是打了电话过去，却是好半天，他几乎快挂掉的时候，她才接起来，喂了一声。

这次，沉默的是他。不知道说什么，只好沉默。

她也不问，跟着沉默，过了半天，他才说：“你以前接电话总是那么快，为什么？是那时候你的电话铃声特别响吗？”

“很想知道吗？”继续沉默片刻后，她问。

“很想知道。”他说。他是真的想知道。

“好吧，我告诉你，那时候我的电话从来不用铃声，只用震动，所有不和你一起的时候，我都会把电话握在手心里，因为我怕你找我的时候听不到。”

原来爱是这样的，原来真的爱情永远寂静。可惜他到此时才懂。他更在这一刻明白了她的寂静，是因为太多的爱在心里，所以发不出声音。

只愿和你做一对贫贱夫妻

家乡的小城，黄昏时分，他们便会在最为热闹的那条美食街的街口出现——一对摆摊儿卖特色凉皮的中年夫妻。

如果不是相识，不太会觉得他们是夫妻。虽然已经人到中年，但男人看上去依然俊朗优雅。而女人，平凡的面貌，朴素的衣着，毫无气质可言，只是一个寻常的农村妇人。

两人各自忙碌着，女人负责招呼客人、切凉皮、调拌作料，男人则负责收拾碗筷和收钱。偶尔会有三言两语的交流，或者在顾客高峰期过去后，他们会坐下来歇会儿，清点一下零钱，或者随便聊聊天。

大约到了晚上 9 点多的时候，他们开始张罗着收摊，如果是夏天，会更晚一些。然后，他推着三轮车拉着东西，她跟在后面一起回家。

这样的日子，他们已经过了十几年。

那个男人，是我曾经实习过的一家企业的主管会计。当时我读职业中专，十七八岁的年纪，而他，大学毕业不久，正是气质与气度并存的玉树临风的男子。他业务能力非常好，且精通外语，很得老总赏识，虽然年纪小，我们也知道，这样的男人，定然是前途无量的。

后来知道他已经结婚了，而他的妻子，却是看上去那么土气的农村女子。

那时候，他的妻已经在当时还略略简陋的那条街中卖特色凉皮了，一天晚上我和同学逛街无意中遇见。起初看见他在那里，以为他是顾客，直到我们坐下来要了份凉皮，他笑说："吃吧，今天我请客，这是我家的。"我才知道，原来那个做凉皮的农村妇人，竟是他的妻。

微微张着嘴巴，他们，竟如此不般配。而女人，却那样随意指使他，他也不恼，笑呵呵地应着，然后做那些收碗收钱等和他身份气质都不相符的琐碎的事……

离开的时候，心里真是万分替他遗憾，怎么他就娶了这样的妻呢?

小女生都是好奇的，因为好奇忍不住偷偷地四下打听。后来知道，他和她，竟然算得上青梅竹马，他们的家在同一个村子，一起读了小学和中学，但读到高中时，她却不再继续念了，因为她要赚钱供他——是发生在旧年代里的情感版本，痴情女子为给心爱男人一个前程而放弃自己原本该争取的美好未来。

然后，她学了做凉皮，去镇上摆了个小摊儿。她的小摊离他学校不远，这样，她可以随时在经济上照顾他。

他一直读到了省城的大学，他家境不好，读了四年书，学费大多是她出的，用她一碗碗卖凉皮赚来的钱——期间定然也有人不看好他们的结局。从古到今向来如此，痴心女子最后遭遇的一定是负心男人。

但是他却没有负心，毕业后回到家乡和她举办了婚礼，然后，带她来到了他毕业后分配到的这个离他们家乡不很远的小城。

她没有工作，过来以后，白天做饭收拾家务，每天下午出来摆摊儿卖凉皮。他下了班过来帮忙，日复一日。

这样的故事，听了，有些意外有些感动也有些说不出的质疑。我愿意相信他们年少时的爱情，但是后来呢? 他的不负心是因为爱还是因为感恩? 走在不同人生路途的他们，还能有多少相爱的交集? 而如果仅仅是感恩，那他们的婚姻，又能坚持多久?

带着这样的疑问，我结束了实习生活，因为想继续求学，又重新复习考去了别的城市。

几年后，我再回来，路过那条已经改建的美食街，发现她的摊位还在，他，也还在。曾经的同学说，他还在那家企业当着主管会计。

怎么可能? 连跟着他实习过的我的同学，如今有的去了外地，在小城的，大多兼了一些大型私企的会计总监。他的能力和学历都好过我们许多，机会应该更多的。

这样的疑惑，后来，是他为我解开了。小范围同学聚会，我们喊了他，后来，借一点酒意，我忍不住问他为什么一直待在那个现在并不非常景气的企业。

他也有点醉了，眯起眼睛笑着回答："我只是不想离开她……"

他的表述略略凌乱，我还是理出了一个清晰答案：他有过很多机会高升或者去大城市发展，都被他拒绝了。他知道人生有很多种可能，他可以去努力打拼，换取地位和富贵。但这中间，他同样要面对很多诱惑，其中，定然也有感情的诱惑。其实大学的四年，他走得并不轻松，一直都在和感情的诱惑抗争。他知道自己不是圣人，只是一个寻常男子，也有人性的种种弱点。如果他的地位和身份发生改变，他面临的诱惑也就会更多。他怕有一天，他会坚持不住。但是他知道，不管为了什么，他都不能辜负了她，否则他一辈子都会受良心的拷问。所以，他索性不给自己面对诱惑的机会，就让自己做一个平凡男人，守在她身边。

毫不夸张，那天晚上，在他给出的答案中我泪流满面。一直在想他是爱还是感恩。但这之间又有什么分别，爱是不能独善其身的，不管哪种爱情，都不能背叛了良知。

而他，正是用自己的行动诠释了这一点：他的爱，不是给她富贵荣华。他的爱，只是朝朝暮暮守在她身边，和她做一对贫贱夫妻，相濡以沫，白头到老，不离不弃……

她自然不会介意，对一个爱着的女人来说，除了相陪到老，原本什么都不重要。

爱，更爱

看着许可拿着电话走出去，多蓝苦笑了一下，那么单薄的墙壁会隔什么音呢？即使不刻意，她也能听得很清楚，何况许可母亲的病，对他们来说已经不是秘密。

坐在床边，多蓝可以看到窗外城市的灯光，正对面是一家面包店。她常常在下午6点半之后，去买打折的面包做早餐。小的房子和打折的面包，多蓝都不在乎，可是许可眼神里的疲惫和坚忍，让多蓝心疼。

青梅竹马的少年时光里，用尽所有想象也想不出多年后生活的境况。"少年不知愁滋味"，简单一句话说尽世间情理。六年前，许可考上大学的时候，多蓝落榜了，她努力了，可是她真的缺乏读书的天赋，可是为了许可，她又考了一年。结果依旧如此。第三年，多蓝咬咬牙打算再回去复读的时候，许可阻止了她。"别考了，考上考不上又有什么关系呢？我马上要开始找工作了，你来吧。"

很平实的几句话，多蓝在电话这端小声地哭了。她知道许可对她的爱，已经伴随着光阴成长起来。

然后，多蓝来到城里。最初，多蓝在一家超市收银，住单位集体宿舍。一年后，许可去一家公司实习，多蓝手里也有了一点积蓄，就租了一套小房子。房子很简陋很小，多蓝收拾过，窗明几净的，很温馨。

然后许可正式上班，薪水并不是很高，他依然很珍惜。渐渐长大的两个人，都已经知道生活的不易。

白天，两人各忙各的，晚上回来聚在一起。常常是许可回来得早，做好了饭一边看新闻一边等多蓝。

很像一对生活平和的小夫妻，许可十二三岁就喜欢上多蓝了，看着她一天天长大，长成自己意愿中那个温良甜美的女子，之间自有别人无法知晓的甜蜜。而那时候，许可忽然决定让多蓝过来，还有另外一个多蓝不知晓的原因。因为一个女孩子。

女孩叫禾苗，和许可同系不同班，是个漂亮的城里女孩。看起来比多蓝要明媚，系里一次联谊活动，禾苗喜欢上了不爱说话的许可。

这样的年纪，都有一颗敏感的心，许可很快察觉出，常常在图书馆和自己邂逅的女孩眼神里另外的含义。为此，他连最喜欢的图书馆都不再去。

许可并非对禾苗反感，事实上禾苗非常可爱，率真、坦诚，没有城里女孩那种骄傲和刁钻。只是因为有了多蓝，许可动不了其他的心思。但他没想到那天中午，禾苗竟然在很多人的楼梯上截住了他，眼里泪闪闪的，很不甘心地问："许可，我有什么不好？"

许可愣了半天说不出话来，后来摇了摇头，"不是那样的。"

"那是哪样的？"

许可犹豫了半天，说："禾苗，我有女朋友了。"

禾苗一直忍着的泪骨碌就掉了下来，却没有再说什么，转身走了。许可的心在那一刻有一点的不忍，但想起多蓝，他舒了一口气。

也是那个时候，许可就作了决定：让多蓝早点到自己身边来。

那天起，禾苗再没有找过许可，但有时候可以在教学楼里碰到，女孩总是抿抿唇，眼神里没有怨，只是有些委屈。

到底还是有同学知道了他们的事，一个室友说许可傻，那么好的女孩，还有那么好的家境，他竟然不要。许可才知道禾苗的爸爸，是这个城市很有名气的那家特色酒店的老板。可是又怎样，他有多蓝，就够了，失去什么都不在乎。

但到底，他心里还是隐隐觉得欠了禾苗的。

关于禾苗，许可没有对多蓝说起过，觉得没有必要。生活的简陋，两个人都不怕，可是现实中有些事情，却不是爱情可以抵抗的。

许可母亲的病不是一天两天了，只是前两年症状轻一些，住几天院，用药物就可以维持一段时间。现在，却到了非做手术不可的地步了。

许可还有个姐姐在家乡县城的工厂，厂子效益不好。许可大学时的费用，一多半是自己打工挣来，还有一些，是多蓝贴补的。毕业后的工资，除了基本费用，大多都寄回了家里。多蓝没有过微词，而且和许可一样节俭，省下能省的每一分钱。许可爱多蓝，并不仅仅是青梅竹马的缘故。

只是他们的钱，对于母亲手术所需的费用来说，杯水车薪。多蓝已经在电话里知道许可的母亲拒绝做手术，她不想拖累孩子，可是她更知道，他们不可能会袖手旁观。

多蓝的父亲是工人，母亲是家属，这样的家庭，拿几千块钱可以，多了，都没有办法。能想的办法多蓝都想了。

那天，起初许可还压制着电话的声音，后来终于忍不住渐渐高了起来，多蓝能听出来，他在和母亲争辩。母亲要出院，他不允许。吵得很凶，然后忽然没了声音。

多蓝心里一慌，飞快地跑出去，看到许可把电话丢到一旁，个子高高的大男人，蹲在地上隐忍着，不哭出声来。

多蓝慢慢走到许可身边蹲下来，抱住许可毛茸茸的脑袋。起先他还忍着，后来就一把抱住多蓝，放声哭了起来。

那晚，哭累了的许可在多蓝怀里睡着了，多蓝却一直张着眼睛到天亮。手臂在许可身下压得麻木了，忍着，不抽出来。

第二天上班，多蓝因为出了两次错被扣发了当月奖金。晚上，觉得有些坚持不下去，请了假回去。路过面包店，想想，只买了一个面包留给许可做早餐。

许可还没有回来，多蓝把家清扫了一遍，然后开始做饭。可是一直到了8点钟，许可还没有回来。

8点半的时候，多蓝给许可打了电话。好半天许可才接，说了句，马上就回，收了线。

果然半个小时后，许可回来了，很疲惫的样子，已经吃过饭了。多蓝自己坐在那里默默地吃完，从包里拿出白天借同事的几千块钱，说："先寄回家吧。"

许可一愣，问："哪来的？"不等多蓝回答，又说："不用了。我……我借到钱了。"

这次是多蓝愣了，20万？借到了？她拿着钱的手就停顿在了半空。

“我……我借了公司的，以后，以后可能我就领不到工资了。多蓝，对不起。”

多蓝的心就是一酸，他没有对不起谁，他太苦了。多蓝忽然很想哭，却还是坚持笑了笑，然后背过身去。

许可骗了多蓝，公司哪里会借钱给他，钱是他借了禾苗的。其实前一个晚上，许可同样没有睡着。心里把所有可能的路子都想了很多遍，想到禾苗的时候，心都缩成了一团。禾苗兴许是唯一的路，只有她能帮他。他想就是有一天自己面临这种困境，都不会向她求助，可是面临生命困境的，是母亲。他不能拿母亲的命来支撑自己的自尊。

他找到了继续留校读研的禾苗。禾苗听他把事情说完，二话没说，打电话跟父亲要钱。然后跟许可说：“别想太多，钱你快点寄回去，这件事，和其他无关。”

许可更是感觉无地自容，她喜欢了他那么久，他不曾给过她一点爱护，现在，她又义无反顾地帮了他天大的忙，却不以任何事情为借口。

许可觉得这样的时候说什么都很虚伪，拿到钱，给禾苗鞠了躬转身走了，走出几步再回头，看到禾苗的脸上一脸的泪。

许可疼痛加隐忍的心，在那一刻几乎崩溃。

许可请了半个月假，赶回去送钱给母亲做手术。没有让多蓝走，不想她承担更多的东西。意外的，多蓝也没有坚持同行。

手术很顺利，但依旧需要长期的药物来维护。许可返回的途中，心一会轻松，一会重得透不过气。却没想到，半个月的时间，回来一切都变了。

多蓝提出了分手，许可好半天没听明白，看着半个月后的多蓝穿着新衣服拿着新手机，感觉像进错了门。

许可怎么都不能相信。多蓝非常平静地说：“许可，我没有办法跟你撑下去了。我不在乎吃这点苦，可是我不想一辈子陷在债务里。20万，你要还十几年，我养不起你。我已经25岁了，我想要安稳一点的生活。”

语气始终平和，和平时没有两样，可这样的话，许可不能相信出自多蓝之口。他知道人也许会变，但是多蓝不会，而且，变得这样快这样毫无防备。所以他只看着她不说话，想在她脸上看出究竟来。

多蓝的神情始终平淡，“也许分开，我们都能生活得好一点。我……”多蓝犹豫了一下，“因为舍不得你，我一直拒绝一个人，可是现在，我跟你走不下去了。我没有骗你，现在，他在外面等我。”

许可本能地走到窗边，一个年轻男子西装革履，正频频抬头。许可的火腾地就上来了，她跟他走不下去了，生活这么简单，他都一直带着她走，从来没有想过放弃，放弃了，也许他会比现在更好，而现在，放弃的人竟然是她。

“对不起。”多蓝说，“这辈子，是我对不起你。”

“滚。”许可吼了一声。

之后的一天，许可拿着因为当时匆忙忘记写的欠条送给禾苗。禾苗低头看了好半天，折叠后捏在手里，慢慢地说：“你可以每一天还我 10 块钱，一天一天地还……这一生，也许这是我们唯一的关联了，你一定要慢慢地还……”

许可忽然就再也忍不住，将禾苗揽在了怀里。他曾经那样地爱多蓝，多蓝还是负了他。而眼前的女子一直这样地爱他，一无所求地爱，他却一直辜负她。许可的心终于在这个时候坍塌下来。

禾苗先是挣扎了一下，然后两手环住许可的腰，嘤嘤地哭了。

两年后，禾苗读完研究生，和许可结了婚。一如禾苗所要求，许可每天都还禾苗 10 块钱，每一天。禾苗将它们存在自己的爱情账户里。多蓝的事，禾苗没有问过，许可也没有说。也许一场爱情真的是医治另一场爱情最好的药。许可在禾苗崭新的爱情里渐渐忘记了多蓝。起初想想还会疼，慢慢就平淡下来。富裕安好的生活里，他胖了许多，是幸福的胖。

结婚后，许可将母亲接到了城里，然后又过了一年，他们有了孩子。这之间，一直没有多蓝的消息。他不问，也没有人同他说。

春节，母亲执意回家过年，他带着娇妻爱子衣锦还乡。住了三天，回去的时候，在镇子那个陈旧的路口，无意间，看到了在街中走过的多蓝。

她还是曾经的样子，长发披肩，衣衫朴素简单，因为低着头，看不清面容。许可就顿住了，绿灯亮了依旧没有察觉，禾苗提醒他，他才慌忙启动车子过了路口。心里依稀是痛了一下，说不出的痛，瞬间即逝。

没有再朝后看，幸福在前面，很少会有人再回顾，所以许可便没有看到后视镜中，多蓝驻足后缓缓抬起的平静面容，更不会知道当时，多蓝用了怎样的力气，和自己一生的挚爱分手。

想要知道一件事总会知道，那年夏天，许可走了以后多蓝去了许可的公司，想先还一点钱，然后就知道了许可的谎言。循着许可的生活痕迹，多蓝想找出到底谁帮了他，结果在许可的同学那里，探知了禾苗的存在。

爱情中的女子，多蓝不用想便明白，能帮他的，必定是爱他的人。她也爱，可是她帮不了他。那一刻，她决定了放弃。

分手的戏，多蓝排练了多次，找人串场，还是演得很辛苦，许可若细细追究，不会辨别不出究竟，可是在生活的残酷面前，他的听之任之，也是对人生无奈妥协吧。可是这样也好，幸福是需要方方面面的琐碎快乐堆积起来的，不是仅有爱情就可以做到，如果这个世上只有他和她，没有了他的母亲，这份幸福，也将不会存在。

多蓝知道许可很爱她，因为爱，才在生活艰难时依旧牵着她不放手。可是她更爱他，所以，她先放手，一定放手。也许有一天，她还会碰上一个人，不见得有爱情，但会拥有平淡的幸福，也许不会。可是又怎样呢，他幸福就够了。

木槿懂得你的爱

1

他走进教室时，桑桑正在跟刚刚认识的新同桌低声说话。忽然抬头看见他，顿住了。

20岁许的挺拔青年，略瘦，眼神净净的，微微上翘的唇角——是她那样熟悉的面孔和神情。擦身而过的刹那，桑桑迅速站起身来，一把拉住他的衣袖，急急地问："喂，你认不认识丁海城？"

被拉着的男生在诧异中回过神来，定定回答："丁海城，是我哥。"

桑桑的心，就那样忽然因为意外因为喜悦而莫名地激动欢跳起来，顾不得一个教室都尚是陌生的同学，大声说："啊，我认识你哥哥，你们长得好像……"倒是他，在明白原委后笑笑说："是吗？""是啊是啊……"她还要继续说下去，他已推开她的手，"快上课了，以后说好吗？"

桑桑才意识到，慌忙把手缩在背后，脸一下红了。

2

是几年前的事了，那时候，每次桑桑去爸爸单位，海城，和这个男生有着相似面容的青年，都会对她说："要慢慢骑车，注意安全，另外要好好学习。"她记得有一次，他又这样说的时候，她便仰起头来说："丁海城，你说话的口气真像我妈。"

那年，她十三四岁吧，小他许多，却总是直接叫他的名字。他就笑起来，然后忽然伸出手来抚摸了她的发，说："小丫头。"是那样宠爱的口吻。桑桑也笑了，她喜欢那个年轻人宠爱她的感觉，那宠，她感觉得出来，是一味宽容的，是不计较的。她觉得只要她肯，便可在他那里无穷索取。

于是总是去，总是在门口唤他一声，丁海城，他就出来和她说一小会儿话。

后来功课一天紧似一天，桑桑很少再在下课时绕道去找爸爸了。等她再去，海城却已经离开了。那一天，站在曾经和海城说话的地方，桑桑心里有点空空的。想起海城那种干净的宠爱的眼神，想起那次，他的手指抚摸过她头发的柔暖，年少的心，便有一些怅惘。又终究，在急不可待的成长中，渐渐忘记。

可是这一天，在看到这个男生的这一天，曾经遗忘的记忆瞬间卷土重来。桑桑在那一天里记起了太多，甚至记起有一年她生日，去催爸爸早回家，在工厂门口，便忍不住说:“丁海城，今天我过生日，我 14 岁了。”

还记得他呀了一声，却又不知该送她什么祝福而手足无措，后来，他忽然飞快跑到门房后面。回来时，手里拿着一枝开着的木槿。绿的叶粉的花，他将木槿递给她，说:“小丫头，生日快乐。”

那木槿，开在他窗外的木槿，她曾那样喜欢过，又不敢去折。他却为了宠她，连自己的职责都忘记……就忍不住回过头去。和她隔了几排的男生，总在专注地盯着讲台，唇微微抿着，眼神、眉毛、下颌清晰的轮廓，和海城一模一样。

终于下课，当他再次经过桑桑身边时，她再次拦住了他，有点任性地问:“喂，他叫丁海城，你叫什么？”

丁海诺，他答。

3

那些天，桑桑忍不住总找海诺说话，可海诺却总不咸不淡的口气，让她不知所措。后来她却又为他开脱，虽然她和他熟悉，但是对他来说，她是完全陌生的，不过是背了个同乡的身份。之前，从来不曾见过呢。

是喜欢吧，让桑桑这样一个也是任性骄傲的女孩，学会了宽容和忍耐。于是再见了，她只是唤他一声名字，笑笑，不再多说话。渐渐，海诺对她亦是如此，也会在碰见时主动朝她微笑。

有次合堂课，很巧，桑桑找到位子坐下来，才发现旁边竟是丁海诺。那是她第一次那么长时间地和他那样靠近，一节课，不知道上面讲了什么，课间的时候，她找话说，问起了海城。海诺答，他去省城了，又说，他当爸爸了。

桑桑愣了一下，随即笑起来，说："啊，真好，做爸爸了啊。"然后是顺口，她问："你家住哪条街？"

"郊区的镇子。"海诺低头看笔记。

桑桑还想问什么，比如他的父母在哪里工作，海城干吗要去那么远的省城……可是看他抿起的唇，她打住了。他真倔强，她想，比海城倔强一百倍，可是他的倔强，却让她又心疼。

4

以后更加留意起海诺来，有次课间，她去找后面的同学，回来路过海诺的位子，从后面看见他正在看金庸的小说。被人翻旧了的书，他看得津津有味。

周末，桑桑去一家打折书店买了金庸的全套，用大大的袋子提着，上课时带了过去。

海诺已经在了，教室人并不多，桑桑走过去把装书的袋子放到他的桌上。他诧异地问："什么？"桑桑小声说："金庸啊，送你的，借着看太麻烦了，书又不好。"

海诺的脸忽然变色，"我不要。"说完他下意识地去推，书就从袋口稀里哗啦地掉了出来。

有同学朝这边看过来，桑桑的脸也顿时变了色。不管掉在地上的书，掉头离开。她有点伤心了。

她却没想海诺会追出来，一直追到操场边上。他说："对不起。"

桑桑不说话，也不回头。却又听海诺说："桑桑，下午，我想请你吃饭，好吗？"

她回过头去，他是诚恳的，有点歉意。

桑桑的心软了下来。

5

约定的时间，桑桑去了海诺说的不远处南京路的那家小面馆。小小的，看起来倒也雅致，进门就看到坐在窗边的海诺，并不是一个人，旁边是个瘦瘦的、眉目纤细的女孩。

桑桑愣住，海诺已经看到她，站起来唤她的名字。只得走过去，却不知如何开口，海诺先介绍身边的女孩，“这是怡然。”又补充，“我们是高中同学。”

叫怡然的女孩仰头冲桑桑笑笑，手指还扯着海诺的衣角。桑桑忽然想起海诺的冷淡，他的防备，他对她的疏远，原来是为了她。

海诺又说：“怡然还在你念书的中学读过半年书呢，也许你们……”

桑桑转身走了，是怕眼泪会当着他们的面落下来。她那样委屈，她是那样心思洁净地喜欢上了他，而他却早早地遇上了别人，为此一再冷落她。现在他又用这样的方式来拒绝，让她死心。他是多么轻视她？

走到街口，终于忍不住蹲下来，放声大哭。

6

那以后，桑桑不再看海诺一眼，是真的伤了心。有几次，海诺分明是想说什么，她就那样一转头，不给他说话的机会。她不能大度地允许他的不爱，她不想跟他讲道理。

那个学期最后的日子，在桑桑的怨怼中漫长而拖沓，终于完成考试，她独自买了去北京的票绕道回去，连跟他同路都不肯。

整个寒假，桑桑过得备感萧瑟。年后，便到了情人节。有高中的同学喊着出去玩，于是就那样随意地走在黄昏的寒冬街头。并不知道为什么那一刻要朝街的对面看，就看到海诺和怡然，桑桑的心一收，再也移不开视线，她还是不能释然。他的不爱，让她怨，更让她不甘。

他们明显是在争执的，在一家花店门前，她看见海诺在拉怡然的手臂，她却一把甩开，自顾自走了。海诺追了两步，却又颓然停下来，看着怡然的背影，目光那样无奈而暗淡。

桑桑再也看不下去了，和同学简单告别，匆匆逃掉。

7

假期过后回学校，再看见海诺，原本就瘦的他衣服又宽松了许多，越发沉默。好多次，桑桑想主动过去说点什么，最后都忍住了。她的骄傲还是不允许她主动开口。直到那个午后，她在校园看到怡然和另外一个男生相拥着，说说笑笑地走过。

怡然甚至没有认出她来。桑桑想起他们在花店前的情形，心里一酸。

等到周末的下午，她打他宿舍电话，说找海诺，却听对方说海诺休学，休学一年。好像家里的哥哥出了什么事。

桑桑的心一下僵住了。

周末，桑桑急急回去，走之前，终于在海诺的室友那里得到他的家庭电话。回去，家都顾不上回，便去了海诺家人说的海诺上班的酒厂。

厂子在郊区，很大。桑桑问了好多人，才终于问到海诺，说在酒瓶清洗车间。她过去，在很多蓝色工作服中间看到一个熟悉的、消瘦的背影，正弯着身体，在偌大的清洗池前忙碌。

桑桑试探着喊一声："丁海诺。"

那人回过头来，看到她，定定地说不出话。

不再是桑桑初见时的素净青年，眼前的人，皮肤暗淡，嘴唇干燥，头发微微凌乱，眼神有和年龄不符的沧桑……桑桑的嗓子，也忽然噎住了。

好半天，还是海诺先开口："你怎么来了？"

桑桑还是不说话，海诺笑笑，"走，到外面说。"

她就跟他走了出去，是冬天的午后，阳光微微透着暖意，在那光亮底下，桑桑忽然看到了海诺的手，一双干裂、粗糙、被冷水和破损酒瓶切割出无数道细小伤口的手。

再也忍不住，她一把握过他的手，眼泪哗地掉了下来。

海诺的手动了动，又停下来，任由她握着他的左手。片刻，他慢慢抬起右手，轻轻抚摸她毛茸茸的短发。"桑桑，不哭。"海诺轻轻说，"海城说，桑桑是个好丫头，不能欺负她，不能让她哭。桑桑，以前，是我不好。别哭啊……"

桑桑再也忍不住哭出了声，哭着问："告诉我发生了什么？告诉我，海城怎么了？"

"为了供我读书，他去省城做建筑工，结果出了事故，腿被砸伤了。"

“带我去看他，”桑桑仰起脸来央求，“我要去看他。”

海诺摇头，“桑桑，海城不会想让你看到他现在的样子，你去了，他会伤心的。桑桑，海城他疼不了长大的你，他只是你年少时一段温暖的记忆，因为温暖，所以你才会让它在我这里延续。可是，我不是海城，我和他不一样。你明白吗……”海诺说着，轻轻地却是坚定地，将桑桑带到怀里，轻轻拥抱，不再说话。许久。

8

重新回到没有海诺的城市，桑桑迷恋上了一个人漫无目的地在街中穿梭。4月，桑桑生日的黄昏，独自走过南京路通过立交桥的北端时，她忽然发现，这条路的两侧，竟然开满了木槿。绿的叶粉的花，一朵一朵。

桑桑走到一株花树前，轻轻靠近过去，嗅到木槿淡淡的香，微笑对自己说：“丫头，生日快乐。”眼泪簌簌，湿了脸庞。

爱情正在装修

1

电话里，工人又开始朝我诉苦，刚刚装完的洗手间，那个丫头不满意，非要砸了换另一种颜色的瓷砖。

我理解工人，虽然她愿意出这份额外的钱，这样的事，却是双倍的麻烦。放下电话，叹口气。工作的宗旨皆是“客户就是上帝”，但做上帝也应有尺度，不该太苛刻。

当然，大多数客户是好的，她是个例外。翻了翻装修合同上，那个刁蛮的丫头叫陶淘。真是人如其名，性格是有些淘。但此刻，这个淘气的人，她是我的客户，我要忍耐她，并作好准备，等她随时新的花招。

果然，洗手间风波刚落下，两天后，她又为卧室的色彩找起麻烦来。听起来工人有些忍无可忍，我慌忙放下手边的事情赶过去。

进门，工人站在那里板着脸，卧室中央是调好的一大盆墙漆。她的脸板得更厉害，看到我进来，明显不友好地瞪了一眼，说:“我现在不想要这个颜色了。”

“两个小时，你都换了三种颜色了，浪费了那么多漆。”工人小声埋怨。

“浪费的我出钱。”

“陶小姐。”我不想让他们争执下去，尽量和气地唤了她一声。

“别叫我小姐。”她提高口气，“没见过你们这样对待顾客的。”

也没见过她这样刁钻的顾客。只是这话，我不能说，继续保持我的笑容，“等你决定要哪个颜色，我们再刷好吗？如果，你不介意进度的话。”

“我当然介意。”她气势汹汹，“我买了房子是要早点搬进来的，你们耽搁我很多天了。”

的确有些不讲理。我看着她，倒是个好看的女孩。不算白皙，皮肤有些似阳光的颜色，饱满的额头，短发，亮晶晶的大眼睛，应该很可爱才对。

我继续忍耐她，“那么陶——请您尽快确定你究竟喜欢哪个颜色，我们加班来做。”

这样的话，她一时挑不出什么，沉默一下，又仰起头来看着我，“15楼最东面那户的卧室是什么颜色，我就要什么颜色。”

这次我是怔了一下，这算什么要求？但随即，我便答应她，“好，我马上去看。”

2

如此轻松答应她是有原因的，淘气的陶丫头不会想到，她说的那户，也是我们负责装修。事实上这个小区，我们承揽了十几户的装修工程。

站在电梯里百思不得其解，她如何会有这样的要求？为何不自己上来看。奇怪的人。

很巧，除了工人，15楼的男主人也在。这倒是我第一次见他。想必他有繁忙的工作，通常是他的妻子过来监督。那是个寻常的中年女子，总是带着优越家境中的舒适表情，不太在乎金钱，只希望这个崭新的150平方米的空间，看起来富丽堂皇。

工人同我打招呼，他也礼貌地点点头，寒暄两句。

40岁的男子，并没有发福，年轻时应该非常英俊，穿简单的休闲服，质地考究。

房子虽然大，进度倒比陶淘那个50平方米的小间快得多，卧室都已经装修完毕。我扫一眼墙壁，是浅浅的橙色。

这个颜色的卧室，不该适合陶淘这个年纪的女孩。可是如果她一定要，只能随她。

看过后，我叮嘱工人几句，说：“我去5楼看看，你们用点心。”然后同他说再见。走到门口，却听他在身后询问：“5楼……你们装的是哪一家？”

我回头，他的表情寻常，不似是刻意。

“西面，小户型。”我笑笑，走出门去。

3

果然，陶淘对我窥视来的结果并不满意，嘟哝着，“什么眼光？”

我不接她的话，继续礼貌地问她：“现在可以调这个颜色吗？”

她也不接我的话，反问：“是不是那个女人挑的颜色？”

“哪个女人？”问完，我醒悟过来，点点头，“应该是。”

“猜就知道。”她又自己嘟哝一句，神情明显扫兴起来，不说行也不说不行，反倒坐在那里发呆。我有些奇怪，怎么无端管起人家来？

工人为难地看着我。我想了想，试探着同她说：“陶——”竟然不知道该称呼她什么。她比我小两岁的样子，又不让叫小姐，令我为难。

“叫我陶淘好了。”她听出我的迟疑来。

“那好，陶淘，你看不如这样，先把墙壁刷成白色，你如果想要其他颜色，方便调整。”

她终于妥协。我松下一口气。

接下来，陶淘陷入沉默，也不走，只站在门边看工人重复地滚着墙壁。确定她暂时不会再出状况，我决定先回去。

却被她阻拦，说：“我想请你吃饭。”

我被吓一跳，竟是这样的要求。以前，也有和顾客做了朋友的，但如此刁钻的女孩，我避之唯恐不及。所以飞快拒绝。

“那你请我吃饭。”她竟不依不饶，也不讲逻辑，不知道动了什么心思。

“我手边还有事。”又重复这句话，希望她放我走。

她抿抿唇，“如果你走了，我要他们重新调漆。”她狡黠地看着我。

真是怕了她。跟着她朝外走的时候，感觉自己完全是被要挟了。

4

“知道我为什么买这里的房子吗？”她边吃东西边问。

我摇头，“这不是我该关心的，现在很多单身女孩搬出来自己住，有能力就会买房子，有句话说，爱情易碎，买房万岁。至于买哪里的，当然有个人原因。”

“这里离我上班的地方，有10公里，”她说，“房子又贵。”

“那真是没道理。”我也有点好奇了，问她，“那为什么要买到这里。”

“因为，他住在这里。”她端起杯子喝了一大口啤酒，表情似乎是决绝的。

他？做邻居？我如坠云雾，但并不是个笨人，半分钟后，15楼那个男人的面容忽然闪进了脑子。难道……不会……我又否定自己。

“我爱他。”陶淘说，“为了这套房子，我花光了所有积蓄，还借了10万块。他却为此气愤，为此责怪我……”她又抓了啤酒来喝，酒量明显不大，一瓶多点，口齿已经不太清晰了。

真是没想到，事情会是这样。可是，为什么她要对我说？因为我是陌生人，说出来安全。

发表不了意见，只能劝她：“陶淘，别喝了。”

她抓着杯子的手绕开我，“不要你管。你们男人，最没勇气。平时说得那么好听，碰到点事情，比谁都会逃避。我不过想离他近点而已……”她继续喝。

城市里比比皆是的情爱游戏，这个女孩，爱上那个已婚男子。自然是有相互的吸引，所以走到一起。或者也有动听的情话，在男人冲动的时候，她却都拿了当真，并不跟他要名分，却又以这种方式生活在他的生活里。男人自然会慌乱，太近了，多么不安全。

忽然有些说不出的心疼，对眼前这个事事刁钻，唯拿爱情无奈的女孩。27年来，不曾有谁以这样的态度爱过我。

坚决地制止了她继续酗酒，要她说出地址送她回去。

或者她只是心里难受，并没有真的醉。出租车上，她靠向车窗，保持了和我的距离。下车的时候，拒绝我送她回家，反倒回头说，“谢谢你。”

不知道她为什么谢我，因为我听她说那些话？还是，我送她回家。

5

卧室，粉刷成了纯白。如此只剩了地板和一些细节的装修。不知道怎么，我开始有意无意频繁地跑去那个小区。

陶淘下班后会过去看看，也会忽然地对已经进行到中途的工作挑剔起来。我在，便一定会制止她继续浪费她的钱。纵然她有份不错的工作，一个人供房子，也很辛苦。她说了，是靠着自己来买的房子。

15 楼的大房子已经装修完毕，有钱人懂得省事，那个女人要求我们将家具和家电一同代为处理。

那个周末，我在 5 楼和 15 楼之间上下。不知道第几次去到 15 楼时，却听到男人和陶淘在装修好的书房里争执。完全不知道她什么时候上去的，只清晰地听到他在责备她："你不该过来，她随时会来，你太任性了。"

陶淘有些赌气，问："你是否要我以后回自己的家，也不许走电梯？"

"陶淘。"他说，"当初我们说好的……"

"我没有跟你要什么，我买了这里的房子，巧合而已。"

"你是成心！"他的声音高起来，又忽然低下去，"房子卖了吧，我帮你在别处买更好的。陶淘，别闹了……"

没有回答，就听见什么破碎的声音，那个书房里，前几日，女人带了一些瓷瓶过来。

我再忍不下，推门进去，陶淘正抓了不知第几个瓶子举起来。我伸手将她拦下，"陶淘！"

男人脸上骤现尴尬，想说什么，又说不出来，掉头离开。

陶淘冲着他的背影喊："如果我要的是钱，当初不会选择和你在一起……"声音忽然哽住，看着我，眼泪哗啦哗啦地掉了下来。

那一刻，我决定借我的肩膀给她。

6

陶淘的整个房子，一片白。是我的主意，怕她出状况后调整起来麻烦。可真的完成，我却感觉极度不安。她那时的挑剔，无非是一种发泄，我制止了她，将她的世界变成这个样子，单薄，苍白。我自己为之不安。

这个天真的女子，她以为她在为爱情制造意外惊喜，结果，她吓到了自己。

距离之间，男人反而离她更远。

可她有什么错？我心里，不经意地，处处都在护着她。房子已经装修完毕，我犹豫着，打个电话过去问候会不会不适合。但，我惦念她。

几天后，陶淘打电话，要我过去结账。

她在一片白色中坐着。

我接过钱塞进兜里。

“不数，少了算你的。”她说。眼神里的刁钻全部消失不见，好像瘦了一些。然后她跟我一起朝外走。

忽然就变得客气起来，等电梯的时候，她沉默。我找话来说：“什么时候搬家，通知一声，我过来帮忙。”又补充，“义务的，免费。”

她笑笑，看我，然后说：“我是不是真的做了件错事？”

我犹豫一下，点点头，说：“是。”

“你不是我的朋友，可是你对我讲真话，你制止我胡闹。”她认真地说。

她真不是不讲道理，我理解那时候她的心情。可现在……我无法多说，毕竟，我们只是认识，甚至算不上朋友。

电梯在这个时候开了。

世界多么小我不知道，敞开的电梯里，15楼的男人和女人站在狭小的空间。我没有去看，明显感觉有两个人的眼神不安和慌乱。陶淘站在那里，分明不知进退。

电梯里的女人不解地看着我们。她认得我。我朝她笑笑。她朝男人站近一些，手攀上了男人的手臂，仿佛是为了给我们腾出地方。

陶淘的身体似乎抖了一下，我不能再犹豫，一把将她拉进电梯，在电梯的门关闭后，伸手将她带进怀里。背朝他们，似热恋中的男女。

根本不知道为什么会那么做，完全下意识，仿佛怕陶淘受到伤害。

她先是怔怔地，任由我拥着。电梯飞快下降，几秒钟，一个世纪般漫长。在最后的瞬间，陶淘毛茸茸的脑袋靠在了我的肩膀上。

7

陶淘打电话给我：“房子，我想重新装修。”

我的脑子“嗡”的一声，她又怎么了？为什么又折腾？她依旧计较，不快乐……如此，思维飞快运转，你、你、你了半天，竟然说不出话来。

“我什么我？我觉得白颜色太单调了，你是做设计的，这次你来决定装成什么样子。不过，颜色最好多一点，最好像动物园，我喜欢热闹。”

她这样说是什么意思？我怔怔地想。

“不过，装修的钱可要你来出，”她的声音欢快而明丽，“你同意不同意啊？”

我——

到底也没有说出同意不同意，不过，我倒甘愿地掏钱把陶淘的房子真的装成了动物园一般。客厅是水绿色的，卧室是浅粉色的，厨房是深橙色的……同行去看，嘲讽不已：“臭眼光，一点审美能力没有。”

陶淘瞪大眼睛反驳：“我喜欢，你管？”

不过是一场螳螂捕蝉的情景剧

1

那晚的宴会，我第一次见到纤若。她穿淡紫色礼服，配银色首饰，短发打了小小的碎卷，面上只有绯红的唇彩透着淡淡晶莹，看过去，并非格外美，只有异样的恬适。

这是她同何知非十周年婚庆宴会。

何知非穿黑色西装，打领结，无论他着怎样衣装，都显得不同寻常。先冲他一笑，走过去同纤若轻声招呼。纤若看我，脸上有率真的表情："知非只说，璎珞聪慧且有才气，没想你如此年轻。"

我也笑："何总亦说，家有贤妻，却未说家中贤妻如此美丽。"

何知非在一旁笑盈盈地看着，想在别人眼中，无论他美丽的妻还是他得力的下属，都算他的成就吧。短暂的寒暄，我找合适位置去入坐，纤若拉我衣袖，悄声如小孩子一样说："回头我约你去玩。"

我应着，回身握握她的手指。这个小动作并无他人察觉，倒显一些女人间的暧昧。明明初次见面，丝毫不觉唐突，女人和女人之间，是有一种奇怪情感的，即便不是同类。

当然不是同类，我想，恐怕终此一生，我不会拥有纤若那样的好生活，现在的我，只是个在忙碌工作和在空白情感中讨生活的小女子。未来的一切，皆是未知数。

安静落座，不再刻意迎合他人，想起何知非说过的一句话："璎珞，其实我更看重你这份做人的态度，聪慧，又识大体，实属难得。"

难得？难得亦不见会有人珍惜，不像纤若，有了十年的婚姻，还可在人前人后被何知非如此地宠着，不知道他们头对头地说些什么，他忽然伸手捏她的脸，溺爱小孩子一般，让人羡慕。

2

我不再看，慢慢转过头去，何知非是怎样的男人呢？可以在给纤若这样一份浓厚幸福的同时，却爱着另外的女子。当然，纤若不会知道。于她，不知便是幸福。我却在街上、在酒吧、在护城河畔……不止一次暗地邂逅何知非同那个叫陈素心的女子，自任何角度看过去，都可感觉他们之间的亲热和亲密，何知非的眼神里，有叫爱情的东西。同给纤若的，并不相同。

陈素心开了一家画廊，出售自己的作品，受何知非派遣，我给她在报纸上做过一个整版的采访。她有极长的直发，喜欢微微低着头，惯穿黑色衣衫。不足30岁，眼神里却似乎承载了无限漫长的光阴。她是那样一种女人，很小的时候就已经长大成人，永远不够快乐，忧郁是她生命的招牌，独树一帜，诱惑喜好怜香惜玉的男人。

比如何知非。但他并不知，这样的女子，骨子里比谁都多了一份冷硬和坚忍。可是他爱，便可以放弃理智。爱如一场灭顶灾荒，所过之处，寸草不生，男人成熟、成功如何知非亦没有过多例外，许多时候去他的总编办，会碰到他盯着墙壁上一幅画像来看，画像中女子的背影，看过去同平常的女子并无区别，但暖紫底色的一袭纯黑，正如一个清澈的标志，还有那样有着波澜的长发，不是陈素心又会是谁？

有时看着，便会想，这世间是否还会有个男人，肯这样对着我的背影默默想念？想久了，心底竟然有微微的惋惜，同样好的年华，为何我身边没有一个这样的男子？

那晚宴会皆大欢喜，我从不喝酒都有了醉意。却没想第二天，纤若真的打电话给我：“去看《天下无贼》，我请客。”

“谁会跟你客气？”我挂了电话去约定的影院，不知道为什么是那一家，稍远也偏僻，或者纤若习惯。我到时她已在等候，穿件白色小羽绒外套，素面笑盈盈。有十年婚姻的女子了，可以这样简约、这样透彻，追逐生活中本真的快乐，不善纠葛真相，多好。

纤若拉我一把："走了走了，开场了。"着急得像孩子一样。难怪何知非说，家里有两个女儿，小女儿名叫宝宝，大女儿叫纤若。被一个这样的男人爱也好，疼也好，都是幸福的吧。

那一场电影纤若看得眼泪哗啦啦，让我想起那时采访陈素心，当她讲五岁时父母离异双双将她抛下时，脸上始终有平淡的笑容，好像早早承担了那份生命痛苦的是另外的人，正应了那样一句话：对别人不叫冷漠，对待自己冷漠，才叫真的冷漠。所以，我始终怀疑，如此冷漠的一个女子，不会有一颗纯粹的心对待爱情。只怕何知非，不过是她一场情感游戏。

但，何知非不觉，因为他在恋爱。

3

那场电影终于演完，纤若擦着眼睛被我扯出门去，边走边说："别对知非讲，他又笑我。"

"他是宠你。"

"可我更希望他爱我，"纤若说，"只爱我。"

我愣一下，抬头看纤若，以为她在暗示什么，她却一脸坦白："我很贪心是不是？"

"你，有权利贪这份心。"我慢慢叹出一口气，若换我，会更加贪心，只可惜，不是我。

同纤若慢慢朝前走，沿那条街走出几百米，惊觉转弯处，竟然是陈素心的画廊。宽大的玻璃窗折射着阳光的亮度猛然间逼进眼底。

下意识地，想拖了纤若快些离开，她却好奇地停下来："咦，这家画廊很出名的，你知道陈素心是不是？对，你知道，我记得你好像做过她的采访。"

"啊，"我装随意地应着，"是，时间好长了，我都已经忘记了。"

"璎珞，我们去约幅各自的画像可好？"纤若兴致勃勃地说，"我记得你说，陈素心画人物不以逼真只以传神出名，会让当事人看到灵魂里的自己。"

“文字的渲染而已，”我笑，“你又当真。”

“想必会有道理，璎珞，你不善于恭维，我相信。”

我不善于恭维？那么对陈素心的评价，是我真心话？为什么？因她那个何知非日日面对思念的背影？

“有时候我也会，”我分辩着，“何况是工作，画画很麻烦，还是算了。”

“那就算了，”纤若终于没有坚持，可并没有放弃，“改天我会自己来。”

我们终于走过了那道长长的玻璃窗，我呼出一口气来，下意识回头，却看到陈素心一袭黑衣依偎在一个男人怀中闪身走出。男人极高，当然并不是何知非。

心无端疼了一下。

4

那以后纤若常常打电话给我，约我逛街看电影，她随和且简单，和她在一起也有舒心的快乐。只是我更没想到，她竟然真的约了陈素心画了一幅肖像画，坚持拉了我一同去取。再找不到理由推脱，只得跟着她过去。

陈素心并不在画廊，她只负责画，交付收费或其他自有别人打理。店员将装帧过的画找出来，摆放在窗口透过的阳光下时，我的心忽然一惊，是微凉的感觉。画中是纤若无疑，只是那双纤细的眼睛中，却有着深刻的深邃的内容在里面，那份深邃，让我觉得陌生。

纤若感叹：“天啊，我可真好看。”我只看着画中的眼睛独自发了半天呆，直到纤若扯我：“很值得是不？你要不要画一幅？”

我努力摇头，拉她快走，才不要，不要给她画出我的模样，我怕悬挂墙壁之上的寂寞，无人观看也无人想念。

见何知非的机会很少，虽然隔了两层楼，必须见他的理由事实上并不多。不过却总是可以奇怪闯入他同陈素心的世界。那个夜晚走进那家偶尔过去的酒吧，角落靠窗的位置，何知非同陈素心的两双手，在桌面上温柔纠缠在一起，眼中，再无其他。

我跟着服务生朝前走，转向了同他相反的另一面。两个位置的中间是吧台，坐下去，谁都不会看到谁，要了咖啡给自己喝。若相互都是游戏，也无不可，反正何知非不会给陈素心一个结果，可搀杂了爱情，总是让人心疼，他不知天天面对一幅背影就深刻思念的女子，并未给他同样的情感。他更加不会知道，相同的位置，他不过是其中的一个更替。

多么不公平。

5

终于决定约何知非单独见面，我说："以璎珞而非员工的名义。"

他笑："你无需任何名义，璎珞，你约我，随时随地。"听，这样的玩笑，如何当对。这，不过只是玩笑，我想。

于是人约黄昏后，在"名典"一个亮堂的位子上，我们相对而坐。他看我片刻："说！"

我抿了抿唇，右手紧紧地握着我的小手机，握着那个我想要告诉他的秘密。

然后摊开右手掌心："昨天晚上，我无意在一家酒吧听到了一段对话，录下了一部分，我知道这样不好，可是我忍不住。"

"让我听。"他说。

我按相应按钮，一个女子的声音缓缓流出："何知非，他不过是我其中的一场游戏，因他能带给我难得的爱情，还有财富，我曾一文不名，当初，是他帮了我，为此，我愿意陪他将这场游戏做得久一些……"

何知非握水杯的手一抖，眼神里，有我陌生的溃败。

一个男人在录音中笑道："素心，你简直不是人，于男人而言，你是妖精。"

"童，我吃过许多的苦，慢慢知道，什么感情，什么人生，无非都如此，无非是游戏……"

被陈素心亲昵地叫做童的男人笑起来。

何知非一把抓过我的手机摔在墙壁上，所有的声音静止在清楚的碎裂声里。我并无惊呼也无意外，他真的是如此在意。我看着他："你可以指责我这样做，可我想问你，这样的错，你可愿认下并改正？你常说，你是个知错必改的人，所以，你叫知非。”

他的眼睛里有溃败后的怒火。

我逼视他。逼视他那怒火，渐渐地暗下去。他说：“对不起，明天我买新的手机给你。”

“是我对不起你，这样的做法，不够光明正大。”

何知非摆手：“璎珞，我知道你是为我好。”他自嘲地笑一下，说：“我自认一切都明智，却依然犯了个浅薄的错误，是不是？”

“这个年头，很少有男人再如你，会在这样的感情里投注许多真实的情意。拿回去吧，何知非，给她不如给纤若。”

“怪不得纤若喜欢你，璎珞，我该谢你。”

我笑，眼底忽然潮湿。

6

那天起，陈素心的画在何知非的房间消失不见，空下的四壁虽显突兀，但那么让人放心。他送了新的手机给我，接下的时日因春节临近，各自都在忙碌，纤若也不再打扰，一切渐渐安然无恙。终于一年的忙碌收了尾，打理行装飞回家过年的前夕，纤若却忽然约了我，在“名典”一聚。

又是“名典”。推开门朝她在的位置走过去，纤若忽然迎着光线转过头来。我顿住，面前的纤若，分明是画里的模样，那样的眼神，有着深刻、深邃的内容，让我陌生。而我厚厚衣服包裹下的身体某一处忽感微凉，试探过去，依稀是心脏的位置。可是，为什么？

“璎珞，”纤若喊我的名字，静静地说，“我要感激你所做的一切……”

我疑惑地看她，她却不等我说什么，拍拍我的手背：“璎珞，我知道你喜欢知非，从你看他的第一个眼神中，我便知道了。”

我一如那晚的何知非，手一抖，杯子中的水四下溢出，抬头去看她，却不能够去分辩。是，我爱他！从见到他的那一刻起，我就清楚了自己对这个男人的愿望。只是这么久，何知非都无察觉，她竟然一眼看出端倪。

“你忽视了我是他的妻子，我自16岁开始爱他，爱了整整20年，怎会看不懂他身边的故事。陈素心，我相信我是第一个知道的，她是我必须忍耐的痛苦，我爱知非我不想失去他，也不想挑明了使我们之间产生隔阂。而你，却是上天给我的一个机会，因你年轻气盛，因你骄傲，因你也爱知非，只为此，我确定你会帮我得回知非交给陈素心的那份感情，陈素心这样的女子，虽难得，却不会拿爱当一切，知非一时糊涂，需要有个人来提醒，这个人，只能是你。"

她看着我，依旧在笑，那样的笑容可以顷刻凝水为冰。

寒冷的感觉从心脏开始蔓延，原来我一直看错了她，倒是不知她身份的陈素心，凭直觉画出了李纤若本来的样子。这多可笑？可是，我有什么话可以说？她没有说错，因为我爱何知非，所以即便我能容忍他爱自己的妻子，但又如何甘心他爱另外的女人？故我费尽心机刻意等待和安排，得到那个录音，根本就没有什么巧合。

"璎珞。"纤若拿起杯子轻啜一口水："虽然你年轻，而且也美丽，但你，可认输？"

未等我回答，手机却有短信的提示音，看过去，彩色的屏幕上，是这样的一句话：璎珞，我想我已经喜欢上你。

何知非的电话号码。

竟然是这样的话，竟然是他。

终于忍不住忽然笑了起来，在纤若诧异的目光里，一直笑一直笑，直到笑出了满脸的泪水。这样的爱情啊，因为不合规范，原来都不过是一场场螳螂捕蝉的情景剧。

小鲍鱼的爱情秘密

1

接到那家公司的面试通知，她犹豫了。尽管她渴望抓住那机遇。但是，爱情更重要。她知道公司有规定，员工之间不允许谈恋爱。而他——她的恋人，正是在那家公司上班。

他是她的学长，早她两年毕业，一年前进了那家公司，已经站住了脚跟。

毕业的时候，那家公司去学校招人，她投了简历只是想试试自己的能力。那家公司名气大、效益好，对年轻人来说，既具挑战性又富诱惑力。只是有个奇怪的规定，不允许员工之间谈恋爱，据说还有人为此丢了工作……

其实这个规定并不怎么奇怪，不过是为了人际关系的纯粹。她能理解。所以，既然他在，她就没想真的去那家公司。

却没料到，初试她竟然顺利通过了。公司回复说，对她的德文成绩很感兴趣，通知她去面试。

她还是有点开心的，这是一种能力的证明。可是很快，她就开心不起来了，她不能去。如果她去了，就破坏了公司的规定。如果让她为此和他分手，那更是不可能，爱情当然是第一位的。

所以她决定放弃。

没想到他的意见却是相反的，他说："我觉得你应该去，毕竟机会难得。"

她愣了："可是，可是如果我真的被录用……"

"没关系，公司那么大，我们不见得会在同一个部门，除了开会，平时碰面的机会也不会太多，我们把保密工作做好，不让别人知道就是了。现在先把机会抓住，实在不行，两年后再跳槽，"他拍拍胸脯向她保证，"到时候，我跳！"

她笑了，伸手去揉他的头发，心里无限温暖。他总是这样，永远不会为了自己的利益让她受委屈。仅为这，怎样都值了。一份工作，算什么。

她不再犹豫，果断地说，不去了。

他却下了决心，不让她错过这次机会。她到底没有拗过他，在他的陪同下去买了套得体的职业装，参加了三天后的面试。

2

一切比她想象的顺利。她成了那家公司的一员。好在如他假设，他们并不在同一个部门，甚至不在同一个楼层，除了开会，几乎看不到。

他们的关系，自然也从她进入公司开始就转入了地下，白天，只靠发信息来交流。她去了之后，为了避免午餐时碰到忍不住说多话，他干脆去外面的快餐店吃饭。下了班，两人也是各走各的，到了认为安全的地点再会合……小心谨慎，生怕被别人看出端倪。而这种小心，也给爱情增添了异样的乐趣，因为不能再像以前那般肆无忌惮地亲近，反倒对彼此更加珍惜。

在只有两个人的夜晚，他常常拥着她笑说："想想白天是咫尺天涯，这样真好。"

日子相安无事，在她进公司半年后，他升职了，升到了部门主管。他们的相处更加隐秘，只是她没想到，那次宴会，他们却碰到了一起。

是宴请公司重要客户，老总亲自参加，陪同的是包括他在内的几个得力干将。却恰巧有个德方代表，需要一个德语翻译，她便被召了过去。

从接到通知，回去换衣服、化妆，到打车去酒店、在服务生的引领下进了那个豪华包间……她始终有些紧张，能感觉到他在她不远的地方。偷偷一抬头，却正好撞到他一闪而过的眼神，一双手竟慌得不知放在哪里。

她的演技到底还不够好，没有办法和他面对面地装陌生人。好在，她慢慢发现根本没有人留意他们。

她要陪的德国客商，白的皮肤，蓝的眼睛，欧洲味道十足的脸的轮廓，年轻的时候必定很英俊，如今或者有六十岁的年纪，和善而有趣，陪着他，她的紧张被慢慢打消了。

客人和主人都一一按事先排好的次序落座，坐下来，她下意识地环顾，又冷不丁慌了一下。他竟然就在那个德国男人的旁边，和她，隔着不过一米的距离。

他冲她笑笑，好似一种暗示。她眨眨眼睛回应，努力说服自己不去留意他。

宴会开始，老总却要求大家都向客人作个自我介绍，这介绍，包括姓名、学历、特长和供职的部门。老总说，大家也相互熟悉一下，然后特意指指她，说："尤其是我们的新生力量。"

老总是早些年的海归，回来继承了家族企业。以前，她只在开会时见过他，感觉他是个有城府、有智慧，严谨而周密的男人。

她并没想会先从自己这里开始，心又被提了起来，好在旁边的德国男人给她解围，用生硬的汉语说："请吧，美丽的小姐。"

她一笑，情绪放松下来，流畅地介绍了自己。

有人依次和她打招呼，轮到他那里，他也不动声色地招呼她："你好。"

她还是觉得他的目光不同他人，爱情，可以自己藏起来，又如何能被人为掩饰？所以她飞快回了声，就转开头去。

3

那是一顿丰盛的晚宴，各式菜品繁华似锦。席间自然免不了觥筹交错，她是女子，喝酒并不被勉强，他却不一样，气氛高涨，便被擅饮的客人拉起来碰酒。

她的心又提了起来，他的酒量不太好，而且，因为念书时不注意，他的胃也不太好，稍不留神就会疼，这段时间一直在服中药。医生交代过，服药期间要禁酒。

忍不住开始心疼了。又不能劝说，一眼一眼地看过去，那劝阻的眼光，也是快去快回，不敢停留。并不知道他看不看得到，却还是陪着客人一杯一杯喝了下去。

她再也安不下心来，看他的频率开始越来越高，甚至有两次，德国人低声跟她说话，她都没有听确切，半天才醒悟过来。

可是他已经喝多了，并不是醉，而是她看到他正下意识地去用手按压自己的胃部，随着按压，眉头偷偷皱起——是他胃痛时习惯的动作和表情。

她觉得自己的心比他的胃还痛，一扯一扯地，痛得无奈而焦灼。

终于，看到另外一个客人拿着酒瓶又给他倾倒了满杯时，她再也忍不住了，起身从背后绕过那个德国人，伸手去拿他的杯子，说："韩主管，你好像有点喝多了，这杯，我替你吧。"

他一下就呆在了那里，定定地看着她，她也才意识到自己的失态，伸出的手却缩不回来。

还是他反应快，一把推开她的手："谢谢你，我没事，再说哪有让女士替酒的道理。"

眼神，趁机暗示她离开。

旁边的人早都看过来，她尴尬丛生，头也不抬逃回自己的座位。德国人不知就里，向她竖大拇指，走了音调地说："女中……豪杰！"

她已不知如何答对，而他，明显刻意转移大家的注意力，主动拉了客人碰杯。

因为尴尬，更因为心疼，她的眼泪都快要流出来了。幸好老总替她解了围，笑说："80后的女孩子，就是多了点豪气，不那么拘谨，又有团队精神，酒，可以暂时告一段落，后面还有精彩节目呢……"顺势，把大家的注意力引了过去。

她的神情也渐渐恢复平静，大家也不再喝酒，他在那里喝着热汤，让她略感安慰。不免为自己刚才的唐突有些懊悔，也赶紧低头喝汤。

刹那间，她感觉自己眼前有东西一闪，赶快抬头，他的筷子和手臂已经迅速收了回去。

他们中间的德国人，正被美味的汤品吸引，并没有察觉他的举动，因为他的动作很迅速，其他人，似也没有察觉。

她飞快低下头去，看到自己的盘中多了一只小巧的鲍鱼。小鲍鱼，每人一只，他的，却给了她。

她的眼睛又开始潮湿，她想起有一次，他对她说，中午请客户吃的鲍鱼。她装着委屈地说，人家还没吃过鲍鱼呢。

她的确没有吃过鲍鱼，可那只是个玩笑，他却认真记下了，然后在那样的场合里，在众目睽睽之下，冒着那样的风险，把属于他的小鲍鱼给了她。

不过是一只小鲍鱼，他真过分。

可是，她真的感动了。为怕别人察觉，赶快把鲍鱼填到口中。

并不是多么诱人的味道，但她小口小口咀嚼着，在那一刻专心享受着被爱的幸福。

4

那天晚上，她对他说，她要辞职。她终于发现，他们的掩饰能力真的不好，在想要爱对方的时候，根本忍耐不下，之所以那么长时间没被察觉，不过是没有碰面的机会罢了。他已经在公司走得很好，她不过刚刚开始，不能为此耽误了他。工作，她可以做任何一种，男人，她只能爱他一个。

这次，他没有能够说服她。

她回去写辞职信，可是没等她交到部门经理手中，却被告知老总找她。

那是老总第一次直接找她。她先是一慌，然后自嘲地笑笑，想，老总一定是知道了，他是多么精明的男子，怎么会看不出，当时，不过是给她个台阶罢了。

这样想了，反倒不再慌张，走到门前，敲门，听到老总温和地说"请进"，她做了一个深呼吸，从容推门进去。

老总请她坐，唤她的名字，面带微笑，也并不转弯抹角，说："你和韩童，是恋人吧。"

果然是洞悉一切。她自然没有再隐瞒的必要，点头说："对不起。我们的确是恋人。"

"很爱他？"老总依旧微笑。

她没想他会问这样的问题，愣了一下，才确定地回答道："对，很爱。"

"比爱这份工作还爱？"他不依不饶地问着。

"比爱一切都爱，"她站起来，"所以，我决定辞职，因为我们违反了公司的规定，只是我有个请求，能不能让他留下来，他喜欢这份工作，也有做好的能力。"

"你说我会吗？"老总反问她。

"你会！"她鼓起勇气坚定地说。

老总也站起来，说："没错，我会留下他，也会留下你，并且从此以后，我决定废除公司员工不得恋爱结婚的规定。"

她不敢相信地看着老总，她不确定他的话是真的。

老总点点头，说："是你们打动了我。我不仅看见你要替他喝酒，我还看见他把属于他的唯一一只小鲍鱼偷偷放到了你的盘子里。你们冒着丢了工作的危险，不过是为了表达那一点点的爱意。让我觉得，除了工作的需要，一个公司还应该有另外的温情，如你们之间。"

她看着老总，慢慢跟着笑了起来。

这样的关系，那样的关系

她的家，我的家

颜只顿了一下，径直走到窗边，熟练地拉开窗帘，阳光穿过窗外白桦的枝叶柔和地照射进来。暗色的房间，瞬间蔓延过干净的温暖。

熟稔的动作，我在背后看着她，那种熟稔给我无言的失落。一切都已经更换了，这个房子里所有的一切，床的位置、窗帘、家具，包括当初墙壁的颜色，可是她依旧熟悉，不需要适应的时间。她和房子之间，那种熟悉，不会因为任何东西的改变而消失。

这曾经是她的房子，她和林晚生，在这里共同生活了六年。

六年后，我代替她成为这所房子新的主人，我以为，过去的一切，都已在我刻意地更换中消失不见。可只是简单的几步，从门到窗边，附加一个简单的动作，我便知道，原来房子始终没有背叛她。

背叛的，只是林晚生。

颜回过头，冲我笑了笑。

这是我第二次见到颜，我们之间，实在是种尴尬的关系。所以，能不见便不见。

颜年长我几岁，但不失为一个好看的女人。端庄的面容，我喜欢的笃定的神情，淡妆，衣裤的色泽干净、简单，直发。

过于沉静的眼睛。

林晚生说，我爱于她的沉静，寂寞于她的沉静。

我在他们结婚五年后认识林晚生，我给他颜所不能给他的生活的激情。我们相爱了。

寂寞是婚姻的致命伤吗

林晚生不是一个习惯感情游戏的男人，爱得深了，便给我承诺。起初我不太相信会是真的，解除一场看起来珠联璧合、没有任何漏洞的婚姻，几乎不可能。他们，想必连脸都没有红过，通常在一起寂寞的夫妻，并不见得有隔阂和伤害。

我忐忑。

林晚生却做到了，一切因为颜的成全。

没有相信颜会答应，没有一点质疑和刁难，简单到让我和林晚生不太确定结局的真实性。

两个人和平地办完手续，之后，颜说，大家一起吃顿饭吧。

于是我见到颜。

那天她穿驼色背心、黑色长裤，头发随便地挽了挽。看见我笑了笑，没有好奇、没有敌意、没有不真实的寒暄。

只是一起吃顿饭。那顿饭之后，他们便结束了，我们却开始了。

有好奇心的是我，在林晚生去洗手间的空当，问颜："你真的不怨他？"

颜笑道："我没有能力反驳他的话，因为我也感觉，我们之间没有爱情了。想想，我们还没有孩子，却已经平淡。"

我看着她，原来在这场婚姻里，寂寞了的不只是林晚生。所以她愿意放弃。

这让我轻松。

那晚，颜找了个借口早一点离开了，林晚生看着她的背影，说："多奇怪，我们一起生活了六年，可是看起来，她更像我的妹妹。"

婚姻落了俗套，脱离不了这样的感觉，不爱了，就说做亲人吧，多么无可奈何。可是没有爱情，两个人的心怎么坚持到底。

我不要。

那晚，我对林晚生说："我永远都不要做你的亲人，我只做你的爱人和情人。"他以亲吻回应。这个有一场六年的婚姻、在婚姻中寂寞良久的男人。

我想，寂寞，它是婚姻的致命伤吗？

有种疼痛，没有人和我一起承担

之后，颜便在我们的世界消失不见，带走了她的衣物、她的书、她的照片她的香水、她地板上的发丝……一切消失得干净彻底。我用两个月的时间，将那个 100 平方米的空间改变成我想要的模样。

婚后的日子，恩爱有加。我用种种小女人的方式，给寂寞良久的林晚生带来异样惊喜，一度，他快乐得像个孩子。

纯粹幸福的时候，我们度过半年。

半个月前，林晚生因胃部不适，查出有重疾的征兆。我一个人在医院听着医生对我的叮嘱，看着四周白色的墙壁，觉得世界一点点、一点点坍塌下来。

多么残酷，隔着玻璃，看病床上高大英俊的林晚生，心疼得快要窒息。他是我世界的支撑，我接受不了这样的事实。

可是要瞒着他，要对着他微笑，要一如既往地撒娇。

初次治疗后，我陪林晚生回家，那夜，看着他沉睡的略显苍白的脸，我流不出眼泪。

这样的疼痛，没有人能够和我一起承担。如同没有人能够分享我的爱情。

这样的关系，还来不及梳理

林晚生消瘦下去，再吃不下送来的外卖，更无力气随我寻找街中特色的饭菜。而我不懂得做饭，哪怕一份寻常的白米粥，看他如此消瘦，我的心开始崩溃。颜打来电话的早上，我在厨房试图做一份蛋花汤。电话响，我一怔，锅里的油烫到了手臂，根本顾不得疼，怕铃声吵醒了林晚生，慌乱地熄了火跑出去接起电话。

"是我，"颜说，"我出差了，刚刚回来，听医院的一个朋友同我说起晚生的病，小禾，可是真的？"

"我不知道，还没有确诊。"

"我，可以过去看看吗？"

“我等你，林晚生还没有醒。”我飞快地说，挂了电话，心竟然有奇怪的安定。觉得好像忽然抓住了什么，不再让我无助。可是，怎么会是颜？

并没有时间思考这个问题，被烫到的地方一下下地疼，对着水龙头拼命冲洗，眼泪终于簌簌流下来，一发不可收拾。

半个小时后，颜轻声地敲开了门。

只是简单地环顾了四周，朝着卧室走过去，拉窗帘，用蝴蝶的扣花轻轻系好，转回身，走到林晚生床边，看着他，良久。

我们一起看着他，她曾经拥有过的，我现在正在拥有的男人。

这样的关系，在这样的时候，来不及梳理。

颜伸出手，将林晚生身上的被子掩了掩，我们一起走出门去。

我请她坐，打开冰箱却找不出合适的东西，林晚生病了后，世界都乱了。

颜站在我身后，她看到我胳膊上红色的痕迹："烫的吧？"

忽然觉得委屈："想给他做份汤，可是我……"

“我来吧，”颜脱去外套，“晚生的口味比较淡，偏爱甜口的，他吃饭一贯挑剔。”我愣了一下，一直没有觉得，林晚生一直跟我乱吃，有段时间跟着我狂吃川菜，从没有说过什么。是颜不了解，还是因为爱，林晚生纵容我？

烟火，那是谁和谁的味道

跟着颜走进厨房，她拿过围裙套上，处理了锅里我做坏的汤，打火……一系列动作，熟悉利落。

只是厨房缺少太多东西，平时，我们并不做饭，好在简单的东西还有。

颜把汤做好装在碗中递给我。

林晚生已经醒了，坐在床上舒展腰身。他只是不上班、消瘦，并没有感觉到病痛。看到颜，有些意外。意外的目光里，有温暖的东西。

“我来看看，”颜说，“佳佳说你病了。”

我不认识佳佳，或者是他们共同的朋友。

“小事情，胃不太舒服，调养一段就好了，”林晚生笑，问道，“你还好吧？”

颜还没有回答，林晚生忽然嗅到我手中的汤，眼睛便是一亮："蛋花汤，颜，你做的？”

“好久不做了，手都生了好多。”

林晚生不管，接过来一勺一勺贪婪喝掉。那种贪婪，让我看得心酸。

“我再做些东西，小禾，你也吃点。”

颜说完，拿着空碗走去厨房。

我拿了毛巾为林晚生擦手，他笑道：“真的当我是病人。”

“晚生，我是不是个不合格的妻子？我不会做饭，衣服也要送去外面的干洗店。”

“傻妞，”林晚生揉我的头发，“你是我的妻子，不是保姆。去看看颜吧，她是客人。”

对，现在，她是客人。

我走去厨房，颜在锅里煲一份粥，冲我笑笑：“再煮一会儿就可以喝了。我要上班，先走了。”

颜撤下围裙洗过手走出厨房，在门边，回头看了看灶上细微的火苗。

“晚生他，是不是胃一直不好？”我问。

“倒也不是，”颜无所谓的表情，“有点怕刺激，怕冷和辣，注意点就好了。小禾，家很漂亮，不像当初，那么寂寞。”

颜朝外走去，经过林晚生身边停顿一下：“晚生，我再让佳佳帮你配点药，记得吃。”

“颜，”林晚生点点头，“别熬夜，注意你的眼睛。”

两人相视笑笑，不再说什么，颜走出去。

林晚生看着颜离开。

我站在他们身后，看着我的他和我的家，有一刹那，我感觉到陌生。这个早上，颜对这个家的熟悉，带给我诸多陌生感。仿佛，敲错门的客人是我。

林晚生回过身来，说：“妞，去看看咱们的粥。”

“哦。”我应一声。林晚生牵着我进厨房，我看着火苗，火苗上白色干净的饭煲，烟火的味道，那是谁和谁的味道？

深深深呼吸

这段日子，颜便常来，我只奇怪，明明尴尬的关系，颜可以处理得那么好。像林晚生说的，打眼看过去，他们是兄妹，绝不似夫妻。颜更未给我丝毫尴尬，一如当初。厨房和冰箱里渐渐丰盈起来，还有林晚生的消瘦。

颜带来的是中药，房间里开始散发中药的香。

林晚生的疼痛在中药的香中开始奇怪消失。他依旧宠爱我，身体舒服一些时，带我出去吃麻辣烫，在熟悉的地方、熟悉的位置，熟悉的面对面，可是我的心，再无法坦然。

我不说。

之后，颜便不来了。好像一直不曾出现。

两个月后，再去医院复查，医生向我道歉，他们所预言的重疾的征兆消失了，说："只是他的胃极敏感，怕辣怕冷怕酸，怕复杂的调料，适合柔软中性的食品，比如粥、蛋花汤……"

我该有怎样的惊喜？怔怔地看着医生，他把我的世界重新还给了我，可是我的心，为什么没有想象的惊喜？我为何沉重，为何想做一次深深深的呼吸？

走在街中，想起中药的香，想起颜的脸，想起她同林晚生对视的目光，或者寂寞，可是如此温暖，是一生一世的温暖。

心一颤，风便慢慢起了。

我错了

林晚生康复，回去上班。我在厨房收拾瓶瓶罐罐，那么多种中药，加在一起慢慢熬，颜似乎已经习惯。林晚生好像说过，记得最多的，是颜在厨房里熬中药。她的背影，充满寂寞。

我一直拿这份寂寞当借口。我怎么就不知，如果真的寂寞，颜原本忍耐的更多，为了对一个人好，她让自己承担着生活。

再也不说爱情了，一切变得平淡。

婚姻便寂寞了，于是走出来，重新给心一个去处，身体，却不肯同行。

拨弄那些不知名的药，我想，我能做到吗？我能够为了林晚生，一个人守在一簇微弱的火苗旁，等待一罐寂寞的药吗？我能终此一生，以情人的心来爱他，以亲人的心陪伴照顾他，永远不离不弃吗？

我给不了自己一个答案。却在残存的中药香中知道，寂寞并不是婚姻的致命伤，而把亲情变成爱，却绝对是婚姻唯一的路。于生命而言，于爱而言，我爱林晚生，只在心里。

颜爱他，若爱父亲、爱孩子、爱手足，已经融入生命。爱到连他的离开都不作辩解、不作抵抗。

我错了。

我们的关系，就这样了

门慢慢开了，林晚生走到我身边蹲下，不说话，在后面抱住我的身体。

我没有动，任他抱着，多一秒钟是一秒钟。我知道某一秒钟之后，我们将告别、将不会再见。爱他，没有人会比颜做得更好。

林晚生似乎察觉到什么，扳过我的脸："妞，怎么了？"

我笑，回身抱住他。

想起一首歌：就在最后的一秒，抱了吻了哭了……我们的关系就这样了……

最后一次抱紧他。

我泪流满面。

半路的亲人

1

第一次被拉到那个男人面前，要求叫他姑父的时候，我看着他，一个地道的农村男人。不说话，只是看着他。

并不是亲近地看，是奇怪，也有点排斥，不知道怎么到了10岁的时候，忽然要认一个陌生人做亲戚。

没想到，他却笑起来，似乎有点羞涩，说："这就是明子吧，个子真高。"明显是亲热的话，却丝毫让我感觉不到亲近，反而有一点反感，他的笑，掺杂着卑微的成分，我分辨得出来。

姑和爷爷奶奶一直生活在农村，离得太远，这十年，见的次数都数得过来。所以和姑的感情，原本就是淡的，何况他？

他们结婚，爸自己回去了一趟，再回来，就把他一同带了过来。他跟着爸来城里打工，在结婚的第二天。

最后还是在爸的"强迫"下叫了他一声姑父，声音轻得自己都听不见。又看看他有些古怪的发型，和崭新的却看着有些别扭的西装，转过头，不屑地笑了。却没想到，他刚来，工作和住处都没有头绪，自然要在我家住下。家里房子原本就小，我住的小卧室还是从客厅分出来的。他来了，我只能跟着爸妈睡。

自然满脸不乐意，吃晚饭的时候，看着他把行李拿进我屋里，低着头嘟哝："别放我屋……"

他一怔，飞快低下头，装作没有听见。爸却不依，劈头照我脑袋就是一巴掌，"不懂事！"

他慌忙站起来劝阻，"孩子还小，不能打不能打！"有些手忙脚乱的样子，凳子在他身后被碰得乱响，他又回身去扶。我趁机把碗一放，转身进屋。以示对这件事的抗议。

一下就不喜欢他了，他不仅要占我的地方，我还因为他挨打。

外面不知道他们谁在劝谁，片刻，他推门进来了，在身后，小心喊我的名字。我不回头，他讪讪地走过来，把覆盖着菜的米饭放到我面前，又走了出去。那种讨好的样子，更让我厌烦，我知道他这样忍耐我，是因为他有求于我们家，是因为他来自农村，因为他没有钱没有见过世面……10岁的我，多少是个有了些虚荣的少年。内心里，我更盼望有一个风光体面的亲戚，而不是他，这个神情卑微的农村男人。

2

他在我们家住了下来。为此，我开始在放学后很晚才回家，宁肯在路上无聊地踢石子。回去，也尽量不看他不跟他说话。

有一天，已经很晚了，我不肯回去，站在一家体育商店门口，磨蹭着看橱窗里那些足球和篮球，却忽然感觉有人在拽我的胳膊。

转头看，是他。他有些不安地说："明子，你怎么还不回家，你妈都着急了。"

我甩开他的手，"不用你管。"然后丢下他快步跑回家去。

因为这样，我开始频繁地被爸妈骂，那时候我总是不说话，只是更加厌恶他。

他的言行似乎越来越小心了，在家里，什么活都抢着干，有次，竟然抢着去洗一家人的袜子，被妈夺下来，他还呵呵地笑。那表情，让我想起过去的奴才。

晚上，听着爸和妈为他工作的事为难。他没读几天书，又没什么特长。听着听着我更加烦闷起来，害怕他会在家里长久地住下去。但没想到，他还是给我带来了意外的麻烦。

那天放学，几个男生一起往家中走，住在同一个院子里的小刚忽然问我："你家里怎么来了个男保姆？"

我一愣，意识到说的是他，支吾着半天说不出话来。

小刚说："他可真土，那天我看到他倒垃圾，竟然穿西装配运动鞋。头发真怪，像三十年代的长工……"

同学都跟着笑起来。我再也忍受不了，撒腿一口气跑回家。推开门，他不在，爸在看报纸。我将书包一丢，气愤地说："他还要在咱家住多久，同学都嘲笑我，说咱家来了个男保姆……"

爸把报纸朝桌上一拍，"不许胡说八道！"

我毫不示弱，"他要不走，我就不回来了……"

门在这个时候开了，他手里提着大袋小袋刚买的菜，满头大汗地站在门边。爸看到他，抬起的手又放了下来。我回头愤愤地瞪了他一眼，冲进屋里咣当关上了门。

又依稀听到他在外面和爸絮叨，"孩子小，不能打……"

我才不领他的情。这个让人讨厌的入侵者。

3

没想到，第二天放学回来，他和他的东西都不见了。我的屋里，重新恢复到以前的样子。

爸还生我的气，埋头看报纸，看都不看我一眼。妈将我拉到一旁，告诉我，他找到工作了，不在这里住了。是他自己找的，做建筑工人……我松了一口气。并不关心他找到了什么工作，去了哪里。对妈小声的责备，也不去在意。

再见他，是一个月后的星期天，吃过晚饭，忽然听到有人敲门，跑去开门，没想到是他。

他更黑更瘦了，整个人看上去都脏兮兮的。看到我，露出惯有的卑微的笑容来，唤我，明子。

下意识地应了一声，不再多说一个字，回头进屋。他跟进来，手里提着香蕉。走了两步，又想到要换鞋，赶忙退回去。

那时候，我极爱吃香蕉，可是因为是他买的，我只扫了一眼就回了自己房间。

听到爸和他在外面聊天，爸问他累不累，他笑着说："习惯了，挺好的。那里还有老乡，热闹着呢……"妈责备他买东西来，他笑笑，说："明子爱吃……"猜到下面爸又会说我不懂事，索性打开了随身听。

以后，隔段时间，他就会过来，有时候带香蕉，有时候也带点其他东西。我和他之间，始终是淡得不能再淡的往来，再也没有叫过他姑父。他也没有留下来吃过饭。我只是觉得不亲，觉得是陌生人。

两年后，姑姑有了孩子，他决定回农村。走之前，又来家里，认真地对我说："明子，你给妹妹起个名字吧。"

我愣了半天，说："我不会。"妹妹这个称呼同样让我陌生。和他们，我始终觉得毫无关联。

"那你喜欢妹妹叫什么？你是哥哥呢。"他依旧认真固执地要我来取这个名字。

想了想，敷衍他："那就叫小宝吧。"这是我刚在电视中无意听到的名字。

他沉吟一下，说："这个名字好。好，妹妹有名字了。"

他的女儿，就真的叫了小宝，陈小宝，其实是个男孩的名字，是我随口说的，他当了真。打电话来说："给女儿上了户口，派出所的人还说，名字好听，不愧是城里读过书的孩子起的。"

他说的时候，语气中有些自豪。对我们，他似乎是有些敬畏的。我想是那份敬畏，让他不自然地就变得卑微。而我却是个骄傲的少年，在生命的第一个叛逆期里，对他所流露出的一切温情，都漠然处之。做亲人，我认定，他是不够资格的。

4

妈的身体出现异常时，我已读了高二。这之间他和姑带着孩子来过两次。是无法再淡漠的画面了，我不再像小孩子那样激烈地排斥他，也不亲切接受。他们只是来来便走。如此。

妈的病并不很严重，却要长期修养，不能再劳累。自然，也不能再继续工作了。家里的负担陡然加重，原本就是工薪家庭，爸工作的毛巾厂，效益早已每况愈下，只是维持。这样一来，家中生活明显拮据。我并不知拮据到何种程度，直到一年后考上大学，深夜，去洗手间时，听到爸妈为我的学费而难眠，几千块钱都已经成为家中的巨大难题。

愣愣地站在他们卧室的门外，再无睡意。生活最现实的一面，穿透我骄傲而不知愁苦的心。那一刻，我忽然想哭。

一个假期，没有其他孩子考上大学后的喜悦，也没有要求爸妈请老师吃饭。虽然他们极力在我面前掩饰。我听到，爸开始背着妈偷偷打电话到处借钱了。

丝毫没想到他会来。在一个黄昏，风尘仆仆，满头大汗地出现在门口。

算来，已经三年没有见他了。听说他在家养猪，忙，走不开。而因为经济原因，那三年，爸没有带我们回去。

他老了一些，或者是沧桑，额头有了清晰的皱纹。他背了好多东西，是老家特产，野生的蘑菇，据说那些东西对妈的身体好。把东西放下，他在上衣盖着的腰上的一个小包里取出一些钱来递给爸，说，“前两天就想来，等着把这些猪卖了，又买了猪崽，就来晚了。”

爸慌忙拒绝，妈也连忙说不行不行！两个男人就这样在我面前拉扯着，他忽然急了，把钱一下拍在桌上，说：“不是给你的，是给明子上大学的，娃吃了那么多苦，好不容易考上了，不能委屈了他。你们不要，就是拿我当外人，我是他姑父，我自己挣的钱，就给娃买两身新衣服，总不过吧……”

他的口气很硬，这是第一次，我听到他用这种口吻说话。我记忆中的他，始终是小心翼翼的。

妈忽然背过身哭了。

他拍拍我的肩，“明子，今天晚上姑父请客，咱们去好好吃一顿，这是大喜事，咱也好好庆祝庆祝。”

我只站在那里，从他进门到他说完所有的话，一直那样站着，说不出话。眼前这个依旧很土的男人分明还是陌生的，但不知道为什么，他却可以这样待我，待我们一家人。

那声姑父，却还是没有叫出口。我害怕这个时候叫了，我会看不起自己。

5

大二，我开始不向家里要生活费，决定自己打工赚钱。家教不好找，索性去快餐店当服务生。他却不答应，然后竟然每个月都给我寄钱。

来自他的好，我越来越觉难以承受。在他第三次寄钱的时候，我取出来，全部寄还给他。他收到钱，急了，干脆来了学校。他出现在宿舍门口时，着实把我吓了一跳。

“你这孩子想干什么？”不等我说什么，进门，他就急火火地问我。

“我不能要你的钱。”我说，低着头不看他。

“你怎么就不能要？我是你姑父。”

“可你不是我家里人。”

“混账，谁说我不是你家里人。你爸和你姑可是一个爹一个娘的亲兄妹。你的奶奶是小宝的姥姥，小宝叫你哥，你叫她妹，你说咱们怎么就不是一家人？我是你姑父！咱们是一个大家里的人，你知道不……”他喘着气，声音忽然低了下来，“明子，虽然咱们是半路才碰上的，可是半路的亲人，也是亲人。你好好念书，别担心钱，你出息了，以后妹妹还靠你呢！”

说着他把钱塞到我手里，握住。

我一直低着的头不敢抬起来，我怕他看到我眼里的泪。

6

20岁以后，我开始认真地叫他姑父，给他打电话，聊天，告诉他我的考试成绩，我交女朋友了，我的球打得越来越好了……也问他，猪养得怎么样，小宝学习好不好，喝多了姑还跟不跟他吵……然后两个人就在电话里笑。

有一次这样和他聊天的时候，一个室友终于忍不住好奇地问：“明子，你是不是在农村还有个家，还有爹妈啊？”

我回头，冲他笑笑，反问：“你怎么知道？”

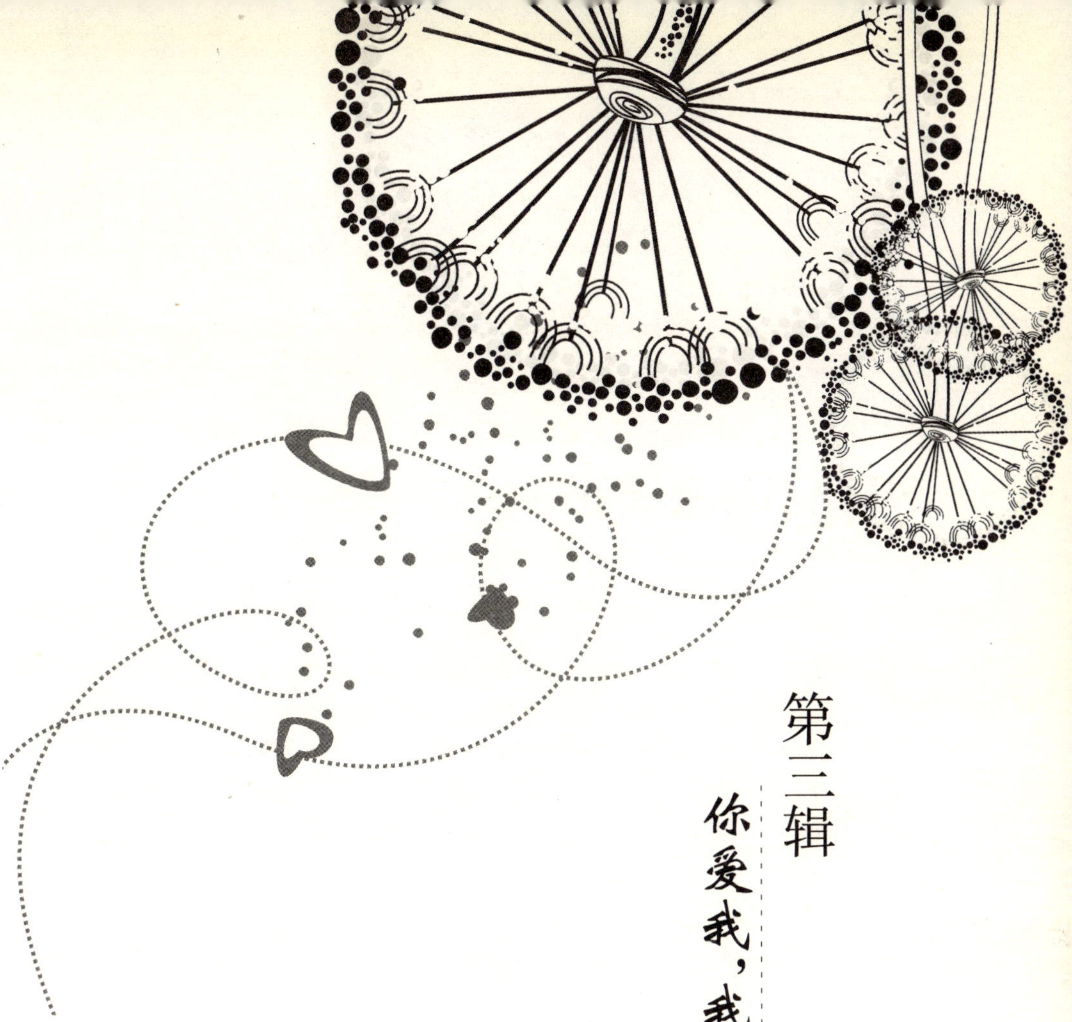

第三辑

你爱我，我知道

从此不与爱抗争

1

正低头叠飞机叠得起劲，忽然听同学说，闪。我迅速偏头，一个粉笔头擦着我的耳边飞过去，便听见后面一个男生哎呀一声，那个小粉笔头正砸在他脑门上。

同学都笑，我更是笑得得意，可是只笑了两声半，头顶便结结实实挨了一巴掌。俞老师说："我让你闪！一边站着去。"

我乖乖站起来，低着头走到墙边，然后抬起头来看黑板。俞老师狠狠瞪了我一眼。我又只好抬头看黑板，俞老师写了一黑板的数字公式。同学都说她写的数字很好看，我看不怎么样，每个数字都弯弯的像问号。

那天晚饭，照例，我被俞老师声色俱厉地批评。她在桌子那边说，我在桌子这边跟她一起背诵她的话。"佟来，你就不能老实一会儿？你就不能好好听听课？你就不能给我争点气……"

"佟来！"她一巴掌拍在桌子上，"你嘟哝什么呢？"

我一紧张，从凳子上滑下来，我说："俞老师，你让我坐后面吧，我个子太高了，坐第一排都挡后面同学看黑板了。"

"坐第一排我都看不住你，坐后面你还不翻天？"她恨铁不成钢地指着我，"在家不用你叫我老师。"

"哦。"我小心翼翼地重新叫了一遍，"妈。"

她拂袖而去。

2

那时候，我觉得没有比有个当老师的妈更糟糕的事了。而且，她还是我们的班主任，她还那么厉害，尤其对我。如果我能够选择，我宁愿我妈是个不识字的农妇，我也宁肯去镇子那头的另一所小学读书，我不怕远。可是那时我太小，什么都无法选择，包括以那么高的个头占据教室的第一排。那样安置，俞老师并不是为了照顾我，而是为了能更好地控制我。因为我天生是个调皮的小孩。

在学校，我叫她俞老师。因为俞老师，我的日子过得很不快乐。也说不上为什么，在我成长的那些年里，是那样热衷于“玩”，因为贪玩，俞老师几乎把世上所有的好话坏话都说尽了，我就是改不了。刚挨过她粉笔头的袭击，半天不到，上课又开始做小动作。书桌里的漫画书、拆开等着组装的玩具手枪、最适合折叠飞机的纸片……它们都在那里等着我，让我无法抗拒。于是忍啊忍，终于忍不住，手便伸进了书桌……

底下熟练地做着小动作，头依旧抬着，以为俞老师不会发觉，但没有一次，我能逃过她的眼睛。曾经猜测，她的眼睛有特异功能。长大后才知道，能够出卖一个人的不是眼睛，而是眼神，就是我闪烁不定或者呆板茫然的眼神出卖了我。

粉笔头和罚站，成了我的家常便饭。

小孩子的缺点确实很难改，好不容易上课忍住了安稳了，下课又翻了天，爬墙、上树、打架、捣乱……一样都少不了我。同学频繁去告状，随后我就会被揪到办公室，当着许多老师的面挨批。俞老师说：“我怎么生你这么个孩子?！”

我有时候也不明白这个问题，显然，我们都对对方不满意，但是有什么办法呢?我们只能这样磕磕绊绊，以一种对抗的态度在一起生活。那时候，因为是她的孩子，监督我的人很多。所有老师都爱说：“佟来，要给你妈争气。”而所有孩子都会说：“老师的孩子都那样，我们也那样……”

她便更加严厉地管教我。

在她的严教和繁杂的“舆论”底下，小小的我度日如年，一心盼着长大。

3

终于在俞老师的监视下读完了小学，毕业考试，语文竟然考了全班第一，只是数学成绩比较糟糕，让俞老师挺没面子。她是何等骄傲的一个人，对我的成绩极不满意。我却顾不上她的面子，暗地里高兴不已，终于不用做她的学生了。终于可以不用坐在第一排，不用为了顾及是她的孩子而装模作样了。我自由了！

但是我没想到，那个镇子，它小得那么可怜，小学和中学隔得不远不说，我的新班主任，是俞老师的高中同学，她是专门让同学把我放到那个班里，变相监督和管教我。于是中学三年便成了小学生活的延续，唯一改变的，是班主任比俞老师要文明得多，顶多教育，从不动手，更不罚站。并且在我的请求下，班主任把我从第一排调到了后面。而前提是我必须保证不在课堂上看课外书，不搞其他活动。否则，坐回原来位置。

这些约束都好接受，让我难堪的是每周俞老师都要到我们学校来。少则一次多则几次，可能顺路就去了。每次去总会详细过问我的学习和遵守纪律的情况。有一次，听到班主任和她说话，班主任说："孩子大了，不需要管得这样严了……"她说："我必须盯紧佟来，这孩子太不像话，不能让他给我丢人……"

她就是这样，爱面子，一直就怕我给她丢人。

我们班有几个同学是她以前的学生，他们认得她，于是一起嘲笑我，并把我小时候频繁遭遇粉笔头的事情绘声绘色地描述给其他同学听。这让我在中学里一直威信扫地。13岁，我便下了决心要走出这个镇子，走出俞老师能够频繁活动的镇子。而走出去唯一的办法，便是考出去，去县城读高中。

4

离开她的念头，竟然成了我这样一个顽皮孩子的动力。我开始漠视她的频繁造访和同学的嘲笑，为脱离她的视线而拼命学习。

初中毕业，我以全校第三名的成绩被县重点高中录取。

成绩下来，她那样吃惊地看着我，不是惊喜，而是吃惊。她想不到在她眼里一无是处的儿子，竟然可以考上县重点高中。她的眼神里，甚至有一些陌生的成分，好像眼前站着的，比她高出半头的男孩不是我。好半天，她把手伸向我的脑袋，似乎想抚摩，又觉不妥，喃喃地说："佟来长大了，佟来懂事了……"声音轻柔，不像以往。

那一刻，我眼前的她，亦是有些陌生的。没有发现什么时候，我比她高了那么多，什么时候，她的眼神不再那样凌厉，看着我，有些喜悦，有些安慰，有些，不知所措。

那该是我最惬意的一个暑假，做了许多自己想做的事。比如看了大量武侠小说，参加了野外夏令营，组装了两辆电动汽车，并且肆无忌惮地睡觉……面对我的行为，有好多次，她因不满想责备我，我看出她眼神里的那丝气愤。我却不再像以前那样回避，不再唯命是从。因为出色的成绩，因为从此以后可以不再受她的掌控，我终于也傲气起来，不躲避她的眼神，不等她发火就站起来，以高出她半头的姿势，压倒她的火气……

许是因为我的举动和我不再臣服的眼神，她竟然最后都忍住了，和我对视片刻，一言不发地走了。偶尔轻轻叹口气，轻得几乎听不到。

那个暑假，我觉得我终于为自己争取到和她接近平等的地位。

5

县城离镇子三十公里，我住校，并非每个周末都回去，除非有什么事情。俞老师终于无法再控制我，开学后不久我回去，她仔细地询问了我一遍，结果我们学校从校长到传达室的师傅，她一个都不认识。看着她茫然的眼神，我竟觉得快意。

高中的学习向来紧张，我却只觉自由，也只追逐自由。和谁赌气般，在那所颇有名气的高中，我只想玩个痛快。看课外书、打台球、看电影……然后，我成了班里第一个学会网络游戏并为之着迷的学生。

起初，只是不回家的周末去网吧玩，之后晚上也偷偷溜去玩上一会儿，再后来，便开始逃课……然后开始被批评、通告……高一下学期，在网吧和别人打架，打到头破血流，场面难以收拾，学校终于作出了开除我的决定。

这才感到事态的严重，我灰溜溜地逃回家里。知道不可能逃避过去，对她说出了实情。之后，把头低下去，等着她的责骂，等她的愤怒，等着她的暴风骤雨……

半天，却没有任何声音。我偷偷看过去，吃惊地发现，她正站在我面前流泪。那是我第一次看到她哭，她不发出任何声音，眼泪就那样一颗颗滚着，像个受尽委屈的孩子。

“妈。”我害怕起来，怯怯地唤她一声，想她即刻便会爆发，会寻了东西狠狠打我。

她却还是不动，就那样站在那里掉眼泪，直到我又喊了她一声，她似乎醒悟过来，忽然伸出手一把握住我的手腕，声音颤抖地说：“佟来，快走，带我去找你们校长。”她拽着我，几乎是跌跌撞撞地朝外跑去。

6

那天，她竟然差点儿给校长跪下来。她认错、乞求，说尽了好话。记忆中永远那么骄傲的俞老师，在我的校长面前，卑微如草芥。她只求学校能再给我一次机会，看在她，一个有二十年教龄的老师的分上。她把责任都揽到自己身上，她只想代我受过。

我站在那里，看着她为我低声下气地求着校长，看着她为我放下全部自尊，看着她终于再次流出眼泪，哽咽着说：“校长，求求您了！”

我紧紧抿着嘴唇，所有年少的叛逆，在那一刻被她卑微的眼泪和乞求击打成碎片，那一刻，我心如刀割！

7

再也没有犯过错，带着赎罪的心，我拼了命地努力读书，两年后，以优异的成绩考上了北京的一所大学。而当初那一幕，她再没有提起过，好像从来都没有发生。其实在我 16 岁之后，在我高过她以后，她再也没有责备过我。

大二开学不久，在我的竭力邀请下，她去北京看我。

去接她，一出站口，她就紧紧拉住我的手，像个怕走丢的孩子。然后我带她坐公交车，又换乘地铁，她紧紧跟着我，甚至不敢左右张望。手一直下意识地牵着我的衣襟。出了地铁口，路口等红灯的时候，她仰起头来看身边的摩天大楼，喃喃地说："北京好大，人真多，比电视上还热闹……"我才想起，做了二十多年小学老师的她，好像从没有去过大的城市，只是去过两个中等城市开会，曾经路过省城，在车上没有下去——曾经，觉得她很厉害，会做那么复杂的数学题，会有很多种方法解方程式。原来，她却是没有见过世面的。她忽然那么不自信起来，我领她回宿舍，她小声问我："你看我穿这衣服行吧？要不先去买件换上？"

我打量她，中规中矩的米色开衫毛衣，白衬衣，衬衣应该是新的，黑裤子，半新的皮鞋。头发，她说是来之前专门烫的……很得体，很好看。

我实话实说，她还是不自信，走到宿舍门口了，又停了停，整整头发，拉拉衣服，然后弯下身去擦皮鞋上的一小块灰尘。在我面前弯着身体的她，明显有些笨拙了，和当年拿着粉笔头迅速出手的俞老师判若两人。一根根白发，在许多黑色头发中间异常醒目。

心一酸，将她拉起来。"妈，不用擦了。"她看着我，还是有些不安，小声说："你们学校可真大，学生真多……"那眼神，明显地自卑，又带着讨好我的成分。小时候我一直以为她过于坚韧、过于冷漠、过于顽固，而那一刻我发现她是那么脆弱、那么柔软、那么不堪一击。小时候我一直都想打败她，现在知道原来打败她那么容易，只用成长和些许的努力，就让她不安、惶惑，甚至慌张起来。

伸出手，我将她拥在怀里，让她靠着我的肩头，拥着她一起走。

从此以后，我不会再和她抗争，不再和一颗爱我的心抗争。永不！

跟着唐芙蓉去战斗

一

唐芙蓉，我妈，43岁。高个头，没有发胖留长长的鬈发，爱打扮，化淡妆，出门前有照镜半小时的“恶习”。每次一同外出，她最愿意听这样的话：“这是你姑娘啊，还以为你们是姐妹俩呢。”

每当这时，唐芙蓉女士必先得意一番，然后便会攀着我的肩不无自豪地说：“我姑娘，政法学院高才生，还是校花……”如果我不打断，她一定会告诉人家，我参加过超女并成功入围，我得过市舞蹈比赛的冠军，我设计的服装得过设计奖……

看，怎样，她都是骄傲的。

自然，也会有人背后说，这个女人啊，如何如何……无外乎，性格张扬，缺乏一个好女人的温柔内敛，看起来不似贤妻良母。

可是那又如何，唐芙蓉，她有权骄傲，有权张扬。她吃过别人所不曾吃过的苦。她经历过一场又一场对一个女人来说太过艰难的战斗，带着一个正在成长的女孩子。那些苦，外人也许看得出轮廓，却看不出究竟。而近二十年来，我一直在她身边，清楚地懂得，她是如何不让那些苦难落到我的身上，用她的一双手撑着我的天，撑得如何高远蔚蓝……

二

那时，唐芙蓉是一个面容俊美的农村女孩，聪慧勤劳，跟同乡来到城里，在一个富足的人家做保姆。很俗套的故事，那家大学刚刚毕业的儿子鬼使神差地喜欢上了她。

遭遇的反对可想而知。他脾气暴戾的父亲不问青红皂白便将她赶出门，更不许他们再见面。原本，她并不想去攀附他，可他们对她的蔑视激起了她的愤怒。她是个生性倔犟的女子，而且，她也爱他，那是个相貌端庄、品行良好的年轻人。她找到他，说："只要你娶，我就嫁。"

家庭的反对促成了他们的结合，他从家里偷了户口本，开了证明去和她登了记。为此，他被家里赶了出去，在他上班的机关附近，一间不足 20 平方米的小房子，被她收拾一新后，成了他们的新房。

新的生活，苦涩中也自有它的甜蜜。一年后，我来到这个世界。因为怨恨他们，他的父亲，我的爷爷阻止那个家庭的任何人和他们来往。

她忍受着一家人对她的不公，将日子过得有声有色。

但她的命真的是苦，我三岁时，年仅 30 岁的父亲遭遇车祸，离开了这个世界。没有人去感受她为此所承担的痛苦，爷爷一家人，只是对她百般刁难，他们认定那是她给这个家带来的悲剧。诅咒和怨恨一起向她袭来。在父亲的葬礼上，爷爷家的亲眷悲愤之余，拥上前来将她打倒在地……

从那天起，唐芙蓉便背上了克夫的坏名。

三

那个年代，一个背负着这样名声的女人，很难再嫁个好人家，何况那家人在很多年里都不肯放过她。痛失爱子的奶奶想起来，便会来到门前咒骂她。她不反驳，也不辩解，在奶奶骂到疲惫时，会端碗水过去，放到奶奶脚边……不知道打碎了多少碗。年少的我在门边看着那个神志有些不清的老人，有一次，我拉着唐芙蓉的衣角，说："妈，不管她。她总骂你。"

唐芙蓉冲我笑笑，"没事的，大人骂自己的孩子，没关系。去，画画去。"

四五岁的时候，我依旧跟着她住在当初的小房子里。她早上将我送去幼儿园，然后去街上摆摊卖她家乡的竹筒粽子。唐芙蓉心灵手巧，做出的粽子比其他人做的可口许多，只要半天，便可将满满一桶卖完。

下午，她在我幼儿园门前的树下坐着织毛衣，是给一家厂子加工的，20 世纪 90 年代初，手织一件毛衣，大概可以拿到 20 块钱。从下午到晚上，她不停地织，五天左右就可以完成一件漂亮的毛衣了。还会偷偷节省下一些线，给我织顶帽子，织件小坎肩。

这样的生活很艰难，唐芙蓉却从来没有让我委屈过，吃排骨，吃米饭，穿新衣，报了美术和舞蹈班……像个有钱人家的孩子。又总是拿了我已经记不住面容的爸爸做我的榜样，说他生前琴棋书画样样精通，才华横溢。我是他的孩子，自然有慧根。每次需要填表格，她会在父亲一栏内替我写上父亲的职业：作家，画家……

她要我知道，就算父亲已经不在，我继承的也比别人富有。

唐芙蓉也似乎并不委屈自己，原本就是个爱美的女人，在爸爸走后，更加在意自己的容貌。衣服并不是好面料，但款式都是最好的。发型常常变化，自己会对着镜子做头发。皮肤天生就好，无需什么化妆品，却总有一管口红放在镜前，出门前，一定细细涂抹。

奶奶照常来，头发都渐渐白了。

有时候，她会坐在门边一边听奶奶的诅咒和痛斥，一边织着毛衣。邻居起初当成一种笑话来看，在旁边窃窃私语。她坦坦然然，在家里拿出凳子摆开，招呼别人过来坐。反倒是邻居不好意思起来，之后，多了同情，不再围观。

终于有一天，奶奶骂累了，也许是太渴，端过碗来将水喝了。从那天起，她没有再来过。唐芙蓉终于带着我逃脱了那个是我们亲人的无理刁难，过上了清净的生活。

那年，我已经读到小学四年级，是班里个头最高，也最漂亮的女孩。有跳舞蹈跳出的修长双腿和柔软腰身，穿她织的各种毛衣和设计的各种花裙子。她把所有赚来的钱都用在了我身上，从来不曾吝惜。中学二年级，学校组织的一次文艺演出，我领舞，看中商场一条白色缀了花边的裙子，但知道很贵，回去说给唐芙蓉听，心里有些慌张。

她过去看，在价格单前驻足片刻，抿了抿嘴唇，牵了我的手回家。第二天放学回来，她将那条裙子摆在床上向我展示。我惊喜万分。

穿着它，我赢得了少女时代的第一份被人注目的美丽，一如公主。而几天后，回来碰上房东为拖欠的房租在质问她，她低头一再道歉，好脾气地忍耐着。我才知道，我的裙子，是她拿房租换来的。

“没关系的，”她说，“顶多跟人家说两句好听的，缓缓再交，我姑娘的漂亮却不能错过。”

我抱着她，在她身后偷偷地哭。这是唐芙蓉一贯对我的方式，不管怎样，她要我美。她成就我成长中的美丽，她要我因了这样的美丽而快乐、自信。

她做到了。跟着她，我从一个自信的小女孩长成自信的少女，并一直如此前行。

四

慢慢，我读书的费用和生活费用越来越高，住了13年的房子面临拆迁，在街上卖粽子也赚不到几个钱了。我读高中的时候，我们重新租了房子，是楼房，房租贵了三倍。她盘了一个小吃店，在这个北方城市卖重庆小吃，雇了一个四川的小女孩帮忙。

生意却并不好做。唐芙蓉常常在中午和黄昏扎起围裙盘起头发，穿一套素花的衣裤，站在小吃店门口嗓门亮堂地吆喝买卖。倒也真管用，吆喝得小店里热闹起来。

周末，我去她那里帮忙，她笑着问我：“看你妈，像不像孙二娘？”

“哪有这么漂亮的孙二娘？”我打趣她。

母女俩，早已在这样的生活里练就了自得其乐的本领。那些年，经济来源她从不容我过问，可日复一日地看她推着小车卖粽子，风里雨里；午夜醒来看她在灯下织毛衣，织得太多，小手指都已弯曲变形……渐渐成长的心，已经计算得出其中甘苦。但更难的却不是这些，而是生活中遭遇的其他事。

她常常要在街上和城管赛跑，很多次都把鞋子跑掉……她为一件毛衣的手工费能高出一块钱和人讨价，费尽口舌……她为让房东不涨房租，包洗他们一家人的衣服……她这样年轻又好看的单身女人带着孩子，总有一些不三不四的人打她的主意。她慢慢练就了一身对付男人的本事，曾借机拿着剪子将一个男人追出门去，当真剪碎了他衣服的下摆……唐芙蓉厉害的名声渐渐扬出去，一条街，没有人敢再招惹她。

如此硬气的唐芙蓉，也有着极强的忍耐力。曾有一次，被她抢了生意的一个女人过来找她的麻烦，买她的粽子，却将钱愤愤地丢在地上。年少的我刚好放学过去找她，看到那一幕，恨不能上前将那女人推倒在地。

她却不生气，微笑着将脚边的钱捡起来，吹吹，放入围裙的兜里。说，谢谢。

“为什么不要？”唐芙蓉说，“是我劳动所得，另外，一元钱，可以给我宝贝女儿买个漂亮的蝴蝶结呢。”

果然，转头，一个漂亮的蝴蝶结扎在了我的辫梢。她说：“女儿，记住，很多时候不要拿自尊来赌气，只要是你该得的，就不要为了面子而放弃。何况，要宽容有些人的无礼，因为你比他们有修养。”

这便是唐芙蓉的做人观点。一个生在农村只有初中文化的女子，被生活逼迫出不寻常的智慧。我是最大的受益者。在她这里，学习骄傲，学习坚忍，学习宽容，学习在不公的命运面前不放弃、不抱怨，战斗到底。

五

一个人，唐芙蓉走过了最好的青春，没有再嫁。虽然背着“恶名”，我却并不相信她嫁不出去。她是不肯，一是为父亲，二是为我。

这样的女人，怎样忍心辜负她？便好好读书，不惹事端，19岁的夏天考入中南政法学院。那里是她的家乡。

生活费和学费，她替我打在卡上。开学的时候，还是坚持去送我。宿舍四个女孩到齐，摆放穿的用的，看得出她们家境的殷实，自我介绍，也是沾沾自喜。一个女孩看着她，说：“阿姨你真漂亮，你在哪里工作啊？”

不等我回答，她说：“自己开个饭店，呵呵。”听口气，似乎是家星级酒店的大老板，说完还朝我眨眨眼，似个调皮的少女。她的坦然并不让我感觉有撒谎的不妥，更不需为此愧疚。只让我觉得她的可爱，可贵。然后她打开箱子放我的衣物，低头，我大吃一惊，里面两套正品的耐克运动装配上鞋子，价格不菲。她什么时候买的，什么时候放进去的，我完全不知。旁边的女孩探过头来，眼神里分明是艳羡……

她却像收拾废品一样，把那些东西拎出来胡乱丢在我的床上。

出去吃饭的时候，我和她在街头站住，问她："妈，怎么那么浪费？"

"怎么叫浪费？"她说，"妈给得起你。"

不是要攒钱买房子吗？我真是心疼那些钱，不知道她要卖多少碗"麻辣烫"才卖得出来。

她摇头，忽然狡黠地笑，"房子，我才不买，那么大的工程，留给你吧。我把你送进大学，让你好好读完，任务也就完成了。等你毕业，我把店盘出去，带点养老的本钱跟着你过后半辈子了。前面的日子是我的，后面的，就看你了。不过说好了，不许亏着我。你妈要吃好的穿好的……"

她在那里絮絮叨叨地说，仿佛那一天就在眼前。我在她眼前一直点头，眼泪没有章法地往下掉。天知道，那一刻我心底充满怎样的感激，感激她终于承诺会在某一天放下爱我的辛苦，让我去回报她。我多么怕她会一直承担着，到我无法偿还。

唐芙蓉大度地将我的责任给了我，她是善者。

而我必将义无反顾，我将做得和她一样好。因为她早已教会了我，在人生和命运的战场上，用怎样美丽的姿势去战斗。

和安民的这些年

1

不知道他的性格遗传了谁的，爸妈都是外向的人，他却生性木讷。

我出生的时候，他8岁，是家里唯一的男孩，本该很受宠的，可是因为性格的缘故，小小的孩子，不会讨巧，不爱说话，也没有什么特长，不调皮，也不出色，使大人常常忽略他。我出生以后，他被忽略得更明显了。

8岁的差距，放学之余，他就照看我，是个很有耐心的小男孩，可以坐在我的小床前，拿着一本书，一个下午不动，然后等我醒了，喊妈过来。

我的性格和他相反，虽是个女孩子，调皮、爱动、任性，有了我家里忽然就热闹起来，却只听到我一个人的声音，始终不闻他的。大一些的时候，他喜欢上了武侠小说，放了学，待在小屋里没日没夜地看，五年级就戴了上眼镜。

那时的我，贪玩，常常玩得疯了，天黑了都不知道回家吃饭。每次，爸都会大声喊他："安民，去，把安静找回来。"

他会放下书，乖乖地跑出去，也不像其他孩子的哥哥姐姐那样，大声喊弟弟妹妹的名字。他只一言不发地到处找我，从一家到另一家，那么长的胡同，总会在一个地方找到我。然后，我要他蹲下背我，他就蹲下来，把我背回去。

好多个黄昏，我就趴在他的背上，穿过那条窄窄的巷子回家。觉得他这样对我是应该的，因为他是哥哥。

但是我很少叫他哥哥，从小，我就跟着大人叫他安民，他不生气，有时候还答应着。起初妈说，要叫哥。我任性，不肯，大人也就不管了，他们纵容我，始终多一些。

2

我读小学的时候，他 15 岁，中学毕业了。近视 500 度，戴很厚镜片的眼镜，可是学习成绩并不好，读了很多没用的书，只得报考技校，打算学门技术谋生。爸妈对他有些失望，就由他去了。

他读技校后，住在学校里，只周末回来一次。我还是那么贪玩，周末的黄昏，等着他满巷子找我，背我回家。

他背着我，我攀着他的脖子，看上去是很亲近的兄妹。其实不是，我们那一路上根本不说话，起初我问他，他答两句，我觉得无趣，他眼睛又近视得厉害，要专注地看路，有时我问他，他根本反应不过来，我就不理他了，但是有些恶作剧一般，在他背上晃腿，增加他背我的难度。

这样，他也不吭声。

没想到他技校毕业，竟然顺利找到了工作，在县里的汽车队做修理工。他带了被子和衣服住到单位的宿舍里，从此除了过节，很少回家来住了。那年我 10 岁，再也没有让他背过。他忽然成了大人，上班，并拿工资。

他的工资不算高，学徒工，但足够他花了。他上班后，爸去他的单位看了看，很放心，以后很少再过问他，他从此开始了独立的生活。

他走后，不知道为什么，我很少想起他来，他的话实在太少，家里少了他，好像没有缺少什么。只是他偶尔回来，看他穿了单位的制服，是那种深蓝色的，还有好看的标志，他到了爱美的年纪，平时眼镜也不戴了，宁肯眯着眼睛看路。人瘦了一些，也高了，竟然是个有些英俊的青年。

他放假时回来，也不在家里住，吃顿饭就走。从来不知道买东西回家，也不从家里带走什么。

还是话不多，看起来木木的样子，让我懒得同他说话。

3

我读到中学，开始像那个年龄的女孩子一样，爱美，有点小虚荣心。可是家里经济始终不太好，妈没有工作，爸一个人的工资需要养活一家人，给不了我过多的钱，平时想买只好看的发卡是可以的，但要买衣服，就需要规划了。

13 岁的时候，班里有钱的孩子开始穿一些牌子的衣服，像李宁的运动装、休闲装，或者比利的牛仔服。我眼馋得不行，在比利专卖店里看中一件小牛仔上衣，180 块钱的样子，心里很难受，因为知道爸妈是拿不出这么多钱给我买的。

不知怎么就想到了他，那是我第一次去找他，让同学陪着一起，骑车走了好远的路，又问了好多人，才找到他工作的地方。

去了才知道，他已经不做修理工了，而是去了调度室，等于坐上办公室了。

有点奇怪，不知道他这样木讷的人，竟然还是能有发展的。想那时候爸说他，就是一辈子做修理工的命了。

但心里暗暗高兴，想他坐了办公室，心情好没准就能满足我。

他见到我，有些意外，好半天才想起来问我："安静，你怎么来了？"

我犹豫着，说出我来找他的目的。他问我多少钱，我说了，他说："啊？那么多啊，我一个月工资呢！"

他这样一说，我就忍不住要哭。这时他的同事过来，问明白我和他的关系，又问明白怎么回事，拍拍他的肩，"给妹妹买件呗，不就一个月工资嘛。舍不得啊？"

他的脸红了。有些结巴起来，"不，不是……"又看着我说，"等着，我去给你拿钱。"

我的心都快要飞起来了。

等了好半天，他才从办公室出来，后来我才明白了，他没有那么多钱，肯定是借的。可当时哪管得了那么多，拿了钱，谢谢都不说，拉着同学直奔专卖店去了。

新衣服买回来，不等妈问，先讨巧地说："是安民给我买的。"妈听了，不太信，说："他还有那心？你这个哥，就是木头脑子，啥事都不想……"

我心虚，小声说："就是他买的。"没敢说跟他要的，也没敢说花了多少钱。好在妈也没有问下去。

如我对他的了解，这件事，他也没有说。妈想起来问了一次，他就答应了一声算是过去了。

因为那件衣服，我感激了他好长时间，甚至有时候盼着他回家。但他还是那个样子，工作忙起来，几个月都不回来一次。

4

我读高中的时候，他找了女朋友。是爸同事的女儿，和他是小学同学，别人介绍的。爸问他，他不说行也不说不行，问急了，他说，行吧。看不出来是高兴还是不高兴。真是木讷。

然后，时间不长，他就结婚了，我开始管那个并不怎么熟悉的女子叫嫂子。嫂子在县酒厂上班，他们的新房，就是他的宿舍。

嫂子好像也不太爱说话，但我觉得，他们的不爱说话不太一样，感觉，她应该是个很厉害的女子。

后来的事，应了我的感觉。那年中秋，因为给嫂子的娘家送礼送迟了，吃完饭，他们就在家里吵了一架，或者说，是嫂子狠狠跟他吵了一架，因为他始终不说话。

妈想劝劝，嫂子却更恼火，忽然冲妈发脾气，说的话很难听。而他，竟然还是不说话。我正是心高气盛的年纪，哪容得了别人这样欺负妈，当即指着嫂子说："别待在我家里，滚！"

后来他们走了，到过年都没有回来。听说还闹了很长一段时间的离婚，后来就算了，因为嫂子怀孕了。安民同学的母亲说，他厉害不过嫂子，挨说是家常便饭。

我有些气他，也有些看不起他，觉得他没出息。

然后，他的孩子出生了，是个女孩。到底是做了姑姑，我想去看小孩子。去了，嫂子对我很冷淡，他也不多说什么。跑前跑后地照顾嫂子和孩子，感觉陌生了许多。

5

一年后，我考上大学，他带着嫂子和侄女回来吃了顿饭，嫂子对我始终冷淡，话都不怎么说，一直记得那次的“仇”。这样的关系，如果不能相互担待，就如陌生人一般。捎带着，连他都陌生了。他们走后，妈叹气，说：“本来你哥打算给你500块钱的，她不让……”

我愣了半天，然后问道：“她不让就算了？什么都她说了算？”妈说：“现在，他们是一家人，孩子也有了，过日子要紧，不能老为了这些事吵吵闹闹的，算了……”

我心里却是那么不舒服，想我同他，近二十年的兄妹，但为了那点事，他可以冷漠到不如一个外人，连老家的舅舅知道消息后，都送了钱来给我做学费。想，还是他的事，如果他真的想给，她怎么会知道呢？还是他不肯吧。

心里冷了好多，不是为500元钱，而是为如此薄的兄妹情分。

如此一走，和他的关系更是疏远了，宿舍的电话都没有告诉他，觉得他如果想知道，自然会知道，但他始终没有问过。大学四年，他没有给我打过一个电话，我和他，只在春节的时候见过面。他成了一个更木讷的男人，天天柴米油盐地过着，习惯性地忍耐着嫂子的脾气，像小时候忍耐生活中诸多的不快，甚至很少回家看望父母。

很少的一两次见面，也没什么话可说，他喜欢看一些肤浅的娱乐杂志，电视也只是看看连续剧，体育和新闻都不看，职位好些年没有变动，偶尔买彩票，和同事喝喝酒，便是他生活最大的乐趣了。人胖了起来，原本近视的眼睛显得更小了。

看着他，我只是觉得陌生，童年的光阴渐渐走远，似乎没有什么能再将我们拉近了。

而后来发生的那件事，我几乎恨起了他。

6

是在我工作的第二年，有一天，妈忽然打电话给我，犹豫好半天，问我能不能借给家里几千块钱。我有些着急，一是担心家里出了什么事，二是刚刚工作，手头确实没有余钱。便追问原因，最后，妈说了实情，是他要买房子，跟家里要三万块钱。

我的火气立刻上来了，没等妈说完，就挂了电话，然后打给他，劈头就问："你怎么能跟妈要钱？这些年你都给爸妈什么了，他们那么大年纪了，攒点钱容易吗……"

说着，眼泪就下来了，因为怨他。

他却嗫嚅着说，"你嫂子家里都给了，咱家也应该拿点吧。"

我摔了电话，觉得这个男人没救了，竟然糊涂到如此地步。

我的愤怒，却没有阻止爸妈把半辈子的积蓄给了他。这钱，我心里很清楚，他不可能还。愤怒中，我把他的姓名和电话从手机中删除了，决定以后和这个冷漠的男人不再有任何关系。我不要一个这样的哥。

7

他们搬了新家，离父母的家并不远，每次我回去，不管妈怎么劝，我都没有去过他的新家。可过年照例是要见面的，那年回去，看到他，话都没有说，只象征性地给孩子一个红包。原本疏远的关系，现在更是遥不可及。

初二一大早，他们回了自己的家。妈说："你别老对你哥这样。""我不要这样的哥。"我赌着气。妈说："他有次回家来喝多了，说对不起你，你上学他连一分钱都没给……他就是这样的人，从小没有主见，但他心里还是知道的。你的脾气也得改改，以后你结了婚，就知道过日子是怎样一回事了……"

我没有让妈再说下去，是真的对他失望了。然后一走就是半年多。

初秋，妈在电话里说，他的身体好像不太好。我没有细问，也没有放在心上。又过了一段时间，妈在一天晚上打电话，急急地说："你回来一趟吧，安民不大好，是肾的问题……"

我正打算睡觉，接电话时不太耐烦，可是这句话，不知怎么，忽然就捅到了我心上，让我的心疼了一下，半天没有喘过气来。

那天晚上，我始终没有睡着，想着和他的这么多年，记忆淡薄的这么多年，能记起的，全是小时候，他背着我穿行在黄昏的那条窄窄的巷子里的画面。可就是那些画面，让我的眼泪一落再落。

第二天一大早，不顾红红的眼睛奔去车站，假都没有请。路上心里始终空空的，依旧止不住眼泪。明明是和我陌生了的一个人，明明是我决定了不再爱的人，可是那种扎在心底深处的痛，让我知道，有些东西不是愿意就可以割舍的。也许我已不再爱他，只是这样的失去，我承受不起。

因为承受不起，忽然之间明白了什么叫血缘，它原是这样没有道理只有情理的一种关系。如果可以选择，我不会选择他做我的哥哥，但是我没得选择。

也是忽然之间，原谅了我和他之间的一切，妈说得对，或者，他就是这样的一个人，这样的性格，木讷、屈从、没有心……是个最容易淹没在生活中的人。可是他是我哥，就算我怨他，我失望，我无奈，我都不能脱离和他注定的血缘之亲。这种亲情最后的表达方式便是：我不想爱你，可是我不能失去你。

还能够拿什么来爱你

1

五岁的时候，你说我不能再叫你妈，要叫你婶，管大妈叫妈。

五岁的时候，父亲因病去世了，你把我送给了大妈做儿子。

五岁的时候，我常常趴在低矮破旧的院墙上，看着我曾经的兄弟姐妹围在你身边，等着一锅粗面馒头出锅。一双双肮脏的小手迫不及待地伸出来……你驱逐着他们，愤愤地，说他们是一个个小饿死鬼。

他们不走，依旧围在你身边，眼睛盯着黑糊糊的锅盖。

你抬头看见我，刚刚还充满愤怒的眼神忽然变得充满愧疚，你一定有些慌乱，不停地在衣服上擦手，然后朝我招招手，小心翼翼地喊我的小名：石头。

他们也飞快抬起头来，看到我，一起笑，我不能分辨那样的笑是善意还是嘲弄，便飞快地从墙头上溜下来，撒腿朝不远的新家跑去。

冲进门，大妈正在煮鸡蛋，说："石头，你又跑哪去了，快，来吃鸡蛋。"

我不说话，闷头接过还烫手的鸡蛋，蹲在地上找了个石头磕几下，蛋壳碎了，露出诱人的蛋白，我赌气一样一口吞下。

大妈在旁边爱怜地看着我。

过了大半年，我才肯叫她妈。她很疼我，是真的很疼我。她是个温和的女人，也许因为她读过书，大伯又在外面做事的缘故。她温和而漂亮，衣服整洁，家里也干净。她连手指都是清洁的，不像你的手指，上面总是沾染着烟火的气息和阳春水的味道。而且她从来不发脾气，更不会骂我。你总是在焦虑的时候骂我们这些孩子，好像是我们让你的生活变得困苦。

或许你厌倦了，终于不肯再承担，所以那天大妈一开口，你就迫不及待地将我推到了她面前。你说："石头是这几个孩子里最听话的，你就要他吧。"

大妈把我拉到身边，抚摩我乱糟糟的头发，似乎犹豫了片刻，最后点了点头。

你好像终于松了口气，眼神变得轻松起来。是那样的眼神，才让我小小的心里忽然充满了怨恨，你把我抛弃了，你不要我了，你为此感到轻松。

家里真的很穷，哥哥和姐姐常常为争一块馒头打得不可开交。寒冷的冬天，我们兄弟姐妹四个人挤在一床被子底下取暖。记忆中的夏天我们总是光着脚度过……那时候我也羡慕大妈家有好的生活，她常常接济我们，可是你生了太多孩子，靠着接济还是贫苦不堪。

这是你把我送出去的理由吗？可是你知道吗？纵然再贫穷，那是我的家。而你，把我从家里赶走了。不再让我叫你妈。

对于一个五岁的小孩子来说，那是一种巨大的痛苦。大妈为我穿上新衣的那天，我一言不发地咬着嘴唇。你说："石头打扮起来就是好看，石头的眉眼长得好。"

大妈点着头，我却快要把嘴唇给咬破。我心里只有一个念头：你抛弃了我。

你真的抛弃了我。我住到大妈家的第二天，你送来给我做的一双鞋子，我喊了你一声妈，你慌忙说："石头，叫婶。"

大妈说："孩子想叫就叫，以后，他有两个妈。"

你固执地摇头，"不能那样，有规矩的，不能乱了规矩。"然后又重复一遍，"叫婶。"

我的眼泪夺眶而出，转身冲出门去。

你做的那双鞋子，你第一次专门为我做的新鞋子，黑的鞋面白的鞋底，鞋底厚厚的，密密的针脚，是我曾经一直想要的。但那双鞋，一直到放小了我也没有穿。

从那以后，我再也没有叫过你妈，也不叫你婶。看见了，远远地就跑。也不再去趴那面矮矮的院墙了。我终于知道，我和我的家，已经没有关系，现在，我是别人家的孩子了。

2

大妈温和地，耐心地爱着我。爱着一个心里充斥着屈辱和怨恨的孩子。慢慢地，用她的爱将我一点点改变。我毕竟还小，容易被感动。

我开始习惯新家的生活，习惯了饭前洗手，每天晚上洗脚，定期剪头发，在干净的白纸上写字，像个幸福的孩子。我叫她妈的那天，她哭了。

以后，她就是妈。从那天起，我开始让自己忘记当初把我丢弃的你。

七岁，我读小学的时候，跟着父亲，也就是曾经的大伯去了城里。然后妈也去了，我们家搬了过去。

或许是我的缘故，大妈对你和那个家越来越照顾，走的时候，体面的房子都给了你，还有那些看起来不错的家具。那天你推托着不要，眼睛一直盯着我。你说这哪能行，这不行……大妈看了我一眼，说："你把孩子都给了我，我拿什么才能还清你的情分……"

你嗫嚅着，说不出什么来。我在这个时候背过身去，我想，你是拿我换了这么多的东西。

那天你一直都在看我，后来你伸手想摸摸我的头，我躲开了。

第二天，我跟着妈离开了生活七年的乡村，离开了你。

3

对于一个孩子来说，忘记真的很容易。城里的生活很新鲜，对在农村长大的我来说，充满了诱惑。读书的学校很大，有两栋三层的楼房。新家在闹市区，20 世纪 80 年代中期，城市并不很繁华，但已经有了自由蓬勃的气息。

父亲拥有了一官半职，妈也找了一份工作，他们只有我一个孩子，生活富裕。我只用了很短的时间就改变了一个农村孩子多年的生活习惯，越来越像城里那种洋气的小孩。穿校服，穿白运动鞋，头发短而整齐，说普通话。我不让妈再叫我石头，而是叫我的学名，张谦。

4

没有想到你会来。秋天的季节，街上刚刚有落叶的时候。那天放学回到家，进门就看见了你。

我不知道那时候你多大的年纪，看起来像个老妇人，颜色暗淡的衣服，很久没有清洗的头发，还有粗糙的手指。看到我，你充满了慌张和惊喜，怯怯地唤我，石头。

“别叫我石头。”我粗暴地打断你，“我叫张谦。”

你一下子不知所措起来，张了张口，没有说出话。妈端着菜从厨房里走出来，说：“张谦，不许这么跟婶说话，婶是来看你的。”

我不再言语，拎着书包去了自己的房间。我不知道你来做什么，那么远的路，也不知道你是怎么来的。没想到你跟着我进了屋，小心地却还是坚持跟了进来。

我不管你，自顾自地坐下来写作业。你四下看着，犹豫了片刻，还是伸手去摸了摸我的被子，又打开衣橱，一件件看我的衣服……然后你就站在我身后盯着我。

你的那些举动让我有些厌烦，我忍着不说。你就那样站着，直到妈进来喊你吃饭。

饭桌上竟然有新鲜的玉米。我不假思索地伸手拿了一个贪婪地啃。这是我小时候最爱吃的，但那时候你总舍不得在它们正新鲜的时候摘下来煮给我们吃，总要等到熟得咬也咬不动时才让我们吃。

妈说：“就知道自己吃，婶大老远给你背来的，你这孩子，怎么越来越不懂事。”

咯噔一下，我猛地被噎住了，手里的玉米吃也不是放也不是。你慌忙站起来捶我的背。我咳了一声，咳出一粒玉米。你说：“慢点吃，慢点吃，婶给你拿了好多呢……”

我却失去了吃的兴趣，因为是你拿来的。我不想再接受你给我的任何东西，爱，或者物质。你将我送了人，我和你便已经没有关系。

5

你住了一晚，一直和妈在说话。我听到你们很少的对话，妈说：“孩子在这里，你放心吧。以后想了就来看看。”你低声地说：“放心放心，不来了不来了……”

你真的没有再来过。你还来做什么呢？风俗上，孩子送了人就是人家的，不能再去打扰。而且这些年，妈一直给你寄钱，我都知道。你真的是不好再来了。但每年家里都会有许多新鲜的玉米，一直吃到坏，总有进城的人带过来。

妈说是你带的。我想，你是为了感激妈吧。

我读了中学，读了高中。那些年，姐出了嫁，哥也娶了媳妇，小妹去了广州打工，你身体不太好……这些事是妈告诉我的。听的时候，默然。妈说：“你考上大学回去看看婶吧，这些年，她一直惦记你。”

我沉默片刻，摇头。太久了，我不知道该怎样和你相处，犹如陌生人，是曾经爱过也怨过然后忘记了的陌生人。

1998年夏天，我考上了大学。妈又让我回去看你，我还是拒绝了。妈说你肯定会来的，这次，她把我考上大学的消息告诉了你。

你却没来，让人带了3 000块钱。看着那些钱，我不置可否。

钱，妈又让人给你带了回去，还带了一些药。你的心脏不好，腰也不好，阴天就会疼。妈说3 000块钱可能是你攒了一辈子的。

其实你真的不用这样。我已经不再怨你。但是爱，也已经不太可能。

6

我的大学是在北京读的，生活更加忙碌起来，看世界，谈恋爱，想未来……内容太丰富，不会有空间装下一个多年不见的你。然后毕业，工作，继续谈恋爱……不到30岁的男人总觉得自己会有无限美好的生活，并努力打拼。

你终于病倒。这次，妈没有征求我的意见，而是下命令：“张谦，你必须回去。”

“回去又能做什么？已经这样了。”半天，我这样说。心里并不伤感，却有些慌乱。

“不需要你做什么，就因为她生了你，你必须回去。”

心里有些震动。我不再说什么，请假买了回去的车票。

回村的路只觉得漫长而陌生。等在车站的是已经年过四十的大哥。“妈快不行了，”他说，“就是咽不下那口气，在等你。”

你真老，满头的白头发，可是大哥说你才 64 岁。你看起来像 84 岁。

一双手干枯得只剩下皮。我站在你身边，为眼前的情形心酸，忽然想喊你一声妈，像小时候那样，可张了张口，喊的却是婶。

你听见了。伸出手摸索着找我的手。我弯下身来。你想说什么，太虚弱了，我只得将身体弯得更低，低到你的嘴边。

断断续续，五个字，你说了好半天，“石头，别怨妈……”

石头，别怨妈。这五个字，心疼得被撕开了一道口子，二十几年的光阴覆盖的痛，就那样一下被撕裂。你的手一松，我慌忙去握，终于握住，硌得掌心生疼。

你就那样走了。听到哭声一片，我呆呆地俯在你身边，握着你瘦削的手指，久久没有眼泪流出。

7

那晚，我和大哥为你守灵。大哥是个有些木讷的汉子，断断续续地说：“石头，那些年，因为你，我一直生妈的气。不是气她把你送走了，是气她送的是你而不是我……”

我是出生在中间的孩子，上有哥姐下有妹，出生时就身体不好，多病，吃饭的时候总抢不过他们。大妈没有孩子，又看我们生活艰难，想过继一个抚养。那时哥已多少懂得生活，知道大妈家里富裕，哭着喊着要过去。而我们家乡的风俗，过继给人的也应该是长子。为了我，你却硬是违了那个例……

你一定要将我送出去，我不知道那一刻你的心有多疼。而你失去我的那么多年里，是怎样隐忍着不去看我，不去打扰我的生活。这么多年，我始终是你生命里的一道伤口，再也没有复原，你爱了我一生，想了我一生，也疼了一生。

在生活的苦难面前，你还能拿什么来爱我呢？而如今，在生命的无情面前，我又能拿什么回报你呢？

大哥说：“妈是想你想的，把心想坏了。”

眼泪终于开始流下来。在你的面前，第一次，我哭得像个不懂事的孩子。

卡卡掌心里的春天

1

“小鹿。”苏岷刚刚走出卧室，忽然听到卡卡小声地叫我的名字。

我转回身来看他，五岁的孩子，瘦瘦的，探着毛茸茸的脑袋，眼睛很大，里面有试探，也有防备。他竟然叫我小鹿，这让我意外。我以为苏岷会同他说好，叫我阿姨。

只能是阿姨。他不会叫我妈妈。我们都不会认可这个称呼。我虽不顾任何人反对，铁了心要嫁苏岷，可我没有任何心理准备，要做一个五岁男孩的后妈。我理解卡卡眼神里的那种神情，同样的防备，我也有，只是我是个成年人，会把这些感觉放在心里，不动声色。但他还不懂，他太小。

我藏着心里的防备，露出笑容，弯下身来拉他的手。“卡卡，你应该叫我阿姨，而不是叫我小鹿。”

“爸爸为什么可以叫你小鹿？”他抽回自己的手，身体微微向后撤着。

“爸爸是大人了，你是小孩。”我摸摸他的额头。卡卡晃晃脑袋，好像想了一下，说：“可是我听着小鹿好听。我想叫你小鹿。”

也许想着该叫我什么的问题，小孩子眼里的防备不觉消失了，只有天真的困惑充盈在一眨一眨的长睫毛下，这让我有些心软。于是我说：“那这样好吗？只有我和你两个人的时候，你叫我小鹿，有别人的时候，你要叫我阿姨。”

“可是我不会叫你妈妈的，我有妈妈。”他似乎一下想起什么，忽然说，“你不是我妈妈对吗？”

心一顿，苏岷已站到卡卡身后，不等我回答，一巴掌拍到卡卡的小脑袋上。

"卡卡！"

卡卡吃惊地仰起头，苏岷只是轻轻拍了他一下，并不重，应该是两父子间常有的举动，卡卡却突然放声大哭起来。"奶奶说你会打我的。姥姥还说，你会不要我……"边说边哭着跑进自己的房间，门"砰"的一声关上了。

我和苏岷都怔住了。想起妈那时候说："你才 26 岁，给一个五岁的孩子当后妈，你在拿你的幸福开玩笑。"那时，只以为阻力是单向的，没想到根本是来自四面八方。

心无端就是一冷。

"小鹿，"苏岷在身后抱住我，"卡卡小，不懂事。"

我不说话，心却越发地冷。因为他小，他的心里才更容易种下偏激，种下仇恨。刚刚登了苏家的门，小主人已经开始恨我。苏岷叹口气，松开我，朝着被卡卡关闭的天蓝色小门走去。

2

那晚，卡卡拒绝吃饭，他坐在小凳子上，不再是防备而是充满敌意地看着我，说："你做的饭里有巫婆下的毒，我吃了，就会说不出话来。"

"谁告诉你的？"苏岷又开始着急。我忍着心底铺天盖地的委屈，说："卡卡，那让阿姨先吃，让阿姨中毒说不出话，好不好？"

"你不是阿姨，"他说，"你是小鹿。爸爸，小鹿就是梅花鹿吗？"

我无可奈何地笑了，他这样无端地怨恨我，可他到底还是孩子，记得我是小鹿，他对这个名字充满了好奇。

不再管他，我开始大口地吃饭。菜有些偏甜，是卡卡喜爱的口味，并不是我的喜好，但还是大口大口地吃。苏岷说："小鹿，慢点，你不爱吃甜的。"

我不理他，继续大口地吃，赌气一样。

卡卡偷偷看着我，小嘴巴终于开始慢慢动起来，然后用力地抿着嘴唇。小孩子容易饿，他早饿了。我趁势将一块糖醋里脊放到他碗中，他只犹豫了一下，抓过勺子就开始朝自己口中填。然后再顾不上其他，连勺子带手地吃了起来。对面，苏岷感激地朝我笑笑，我的胃却开始因为吃了过多的甜食阵阵难受。心里也泛着一丝难言的苦涩。

3

周三，苏岷出差，要半个月时间。走时不放心地说："小孩子不懂事，别跟他计较。"我忍着心里的不舒服笑着说："放心吧，小孩子好哄的。"

下午，早早去幼儿园，没想到卡卡因为和小朋友打架正在被罚站。他和一个比他高半头的男孩打架，因为那小孩子说："卡卡，你妈妈不要你了。"

老师说的时候，我心里开始觉得难受，之前我从来没想过，一个五岁的孩子，已经开始承受人生的悲哀。卡卡站在角落里，眼睛里有不服气和委屈。忽然看到我，又树起本能的敌意。这个倔强的孩子。

可他到底还是孩子。我看着那个老师，"你们不该这样对卡卡，这样不公平。"

"是他先动的手。"老师说。

"也是他先承受的委屈。"我把卡卡拉过来，"他妈妈不在他身边，所以你更要爱护他。"我忽然有些生气，做老师的不可以是非不分。

"你又是他什么人？"她也生气了，有些挑衅地看着我。

我忽然语塞。是啊，我是他的什么人，连卡卡都用这样的眼神看我。却不想卡卡忽然说："她是小鹿。她就是小鹿啊。"

我一愣，低头看他，小孩子仰起头来委屈地看着我。"小鹿，是他先打我，我才推他的。"

我的心一酸，继而觉得愤怒，跟卡卡的老师吵了起来。我真的生气了，"他是个小孩子，不该受无辜的伤害。"最后竟然一直闹到幼儿园领导那里，我一定要老师给卡卡道歉。最后，她只得跟卡卡道歉。

就这样折腾到了天黑，牵着卡卡的手走出幼儿园，他却忽然挣开我的手，问："爸爸为什么不来接我？"

"爸爸出差了。"我蹲下来，五岁多的孩子，敏感得让人难受。"想吃什么，告诉小鹿阿姨，吃完了咱们回家。"

"不。"他将手背到身后，看着我说，"爸爸不在，我要去奶奶家。"小嘴唇又抿起来，倔强地看着我。试图继续说服他，他却只说这句话。再说，就是要哭的样子。入冬，夜晚的风开始凉起来，卡卡的小脸已经被冻得发红了。我拗不过他，只好带着他去奶奶家。

敲门，心里忐忑不安。门开了，奶奶先看到我，再看到卡卡，冷笑了一下，似乎意料之中。我想解释什么，固执的老太太却不容我说，将卡卡拉进门，说："我身体不太好，不然不会麻烦你来照顾卡卡。"

我想说什么，终究什么也没有说，牵强地笑笑。说："明天早上我去送他。"没想到卡卡却在她背后探过身，说："小鹿，再见。"

这个孩子。

那晚，苏岷打电话问起卡卡，我沉默。他再问，我依旧沉默，他不再问，跟着沉默下来。忽然，我们再无话可说。那晚，我失眠了。生活这样现实，让我措手不及。爱一个孩子，原来远比爱一个大人难得多，何况我心里，还不知道该如何去爱他。

4

一大早，过去接卡卡。门开后，门内却是卡卡奶奶那张冷得快要结成冰的脸。才知道卡卡病了，前一晚在街上僵持，他空着肚子吹了太多的冷风。半夜老人将卡卡送去诊所打了针，烧还没退下。

我进去，卡卡依旧睡着，闭着眼睛抿着嘴唇，睡梦中也是一副委屈的神情。心里有些为难，小声说："要不给苏岷打个电话，让他回来吧。"老人瞪了我一眼说："他工作又不是不要紧，孩子我可以照顾。"

"我不是那个意思……"我说，"我是怕……"

"你什么都不用怕，卡卡到底是我的亲孙子。"一句话堵过来，老人不再看我，俯下身用脸去贴卡卡的额头。我尴尬地站了片刻，委屈地离开了。

去幼儿园给卡卡请了假，认过错的老师说："怎么孩子刚被你接走就病了。"不屑地看我。已经没有心思同她多说，沉默着走出来，心里乱成一团。苏岷的电话却在这个时候打过来，问："送卡卡了吗？"好半天没有说话，忍着忍着，眼泪还是掉了下来。干脆收了线。再打，索性不接。片刻，他发信息过来：卡卡是个孩子。

是的，卡卡是个孩子。这样小的孩子，无法被说服，不能被欺骗，除了爱他，别无他法。虽然我心里真的不是那么情愿。而我给他的爱，又能有多少呢？我知道不会比一个母亲更多。

买了水果、玩具还有图画书过去，东西再重，还是要敲门。半天，却没有人开门。赌气一样再敲，对面的门开了，一个中年女人说，孩子又发烧，送去儿童医院了。

赶去医院，卡卡竟然转成了肺炎，没有妈妈照顾的孩子，体质原本就不好。心里必定也为昨天下午的事委屈着，竟是真的病了起来。卡卡不肯打点滴，放声大哭，老人也顾不上答理我，边哄孩子边掉眼泪。却偏偏碰上个实习护士，两针没扎准，再扎第三针，卡卡拼命朝着老人怀里躲，护士伸手去拿孩子的手臂，我一把将她的手打开。“换个医生，”我说，“你走！”声音那样大，使病房里的人都吃了一惊，抬起头来看我。小护士还站在那里拿着针不动，我一把将她拖了出去，拖着她去医生值班室，从来不知道自己的脾气原来那么差。

针终于打了，卡卡也慢慢安静下来。我才松了一口气。心里说不出是心疼、愤怒还是委屈，眼泪又掉了下来。不想给人看到，转身走了出去。

5

在医院守着卡卡，老人到底年纪大了，虽然明显不放心我，但累极了，还是无可奈何地回去了。晚上剩下我一人独自照顾卡卡。病中的孩子很脆弱，没有力气再防备，可也不亲近我，削了水果，喜欢的吃上两口，不喜欢的连看都不看。却对我拿的图画书感兴趣，不打针不睡觉的时候，会趴着看，细细的手腕上一个个青青的针孔看着让人心疼。有时候他会偷偷看我，我装着不在意他，坐在窗口独自看书。

晚上并不敢踏实地睡，病房的床太小，又不靠墙壁，怕他掉下来。等他睡熟了，才能在旁边趴一会儿。那晚就那样趴在床边，照顾他吃了药，看他睡着。或许是太累了，趴了一会儿竟然也睡了过去，不知道睡了多久，忽然醒了，到底心里是不踏实的。

抬头，却看到卡卡正眨着眼睛看着我，躺在那里安静地看着，不发出一点声音。

“卡卡。”我伸手去摸他的额头，他却忽然笑了一下，有些狡黠地说：“小鹿，我想喝水。”我慌忙起身给他倒水。他躺在那里看我，那一刻，眼神似个大孩子。

一周后，卡卡出院了，老人似乎心有余悸，那两天坚持带着卡卡。我也不要求，每天过去看看卡卡，慢慢知道他喜欢什么，带过去给他。看到喜欢的东西他会高兴地叫我小鹿。却没想到，在苏岷回来的前一天，卡卡的妈妈来了，要求要回卡卡。理由是苏岷已和我结婚了，不会再好好照顾孩子。

在全天下的人心里，后妈都有着狠毒的心。

苏岷自然不肯。就这样，两人争到了法庭上。

开庭那日，苏岷的家人，卡卡妈妈的家人，还有我的家人，包括卡卡。都是旁听者，我曾坚持不让卡卡来面对这样的情形，却没有坚持过他的妈妈。

法庭上，双方各自陈述，同样坚持。法官面露难色，却不想卡卡的妈妈忽然说：“既然如此，还是让孩子自己决定跟着谁。”说着走过去，抱起了卡卡。

卡卡真的很像她，大眼睛，薄薄的唇，小脸的轮廓……

“卡卡，”她说，“你要跟着妈妈还是跟着爸爸和那个女人？”她指指我。

苏岷的眼神一黯，我能感觉到他的心跟着一起黯淡下去。一时，法庭上寂静无声。

半分钟，一分钟……卡卡的目光转动着，慢慢落在我的脸上。他看着我，我在他透明的眼神里有种窒息感。孩子天真的目光触手可及，似我的幸福，可我心里知道那一切有多么遥远。他不是我的孩子，我只爱过他那么一点点，甚至还是不情愿，我拿什么赢得他呢？

眼泪在深深的悲哀中冲出了眼睛，卡卡的身影开始在我的视线中模糊，渐渐，模糊成了一小团。就在这个时候，我却清晰地听到卡卡说了一句足以让我幸福一生的话，他说：“我要跟着小鹿妈妈。”

他就这样朝着我张开了小小的手，张开了一直藏在他掌心里，我的整个春天。

她的委屈,她的求全

1

第一眼看到她时,说不上来的不喜欢。

也许是年龄相近的两个陌生女子之间本能的排斥,也许是她比我高出半头的姿势让我不想靠近,也许,是应了那句老话:嫂子小姑是天敌……反正,我不喜欢她。

却阻挡不了她将和我成为一家人,她和哥已经定好了春节后结婚。

2

农历正月初六,很冷的天,10 点多,她的花车已经到了我家门口,车门打开,做伴娘的女伴把她拦住,开口替她要 8 000 块钱的"下轿费"。

这个所谓的"下轿费",也算是风俗,通常意思一下就可以。哥准备了小红包,递过去。伴娘打开看,不是她要的数目,拉着她不松手。

我有点不高兴,走过去把哥拉到一边,刚要说什么,妈却从旁边走过来,递过一个更大的红包。看样子,是早已准备好的。

她终于下了车,笑盈盈地将红包交到伴娘手里,我心里极其不舒服起来,结果直到那天他们的婚礼结束,都没有把那条原本打算送她的手链拿出来。

3

春节过后,家里四口人变成五口。她和哥买的房子还没交付,这样,我们大概要在一起住两三年的样子。我每天下班回家，总会看到她装模作样地待在厨房里“帮忙”。我偷偷看过，所谓帮忙，不过是择择菜，跟妈说两句讨巧的话，然后袖手旁观，等菜做好了，再端出来——是以前我的工作。

如此一来，我倒闲了，也不想凑那热闹，索性常常下班后逛会儿街，等饭差不多做好再回去，要么待在屋里打电话，她愿意干活，随便她。有时，她也跟我没话找话说，问我打什么游戏，看什么新闻……我反应平淡。

4

妈做的菜里，我喜欢吃的辣椒忽然不见了，起初没以为是因为她，那天提意见：“什么都不放辣椒，这菜怎么吃啊？”妈说：“立歌不能吃辣，你将就一下吧。”本来就看她不顺眼，火气顿时上来了，回妈一句：“干吗不让她将就？”

一句话，她的筷子停在半空，结结巴巴地说：“没，没事，我可以吃点辣的。”不知是因为尴尬还是委屈，她的脸都红了。

妈狠狠瞪我一眼，不好说什么，但吃完饭抽了个空，狠批我一通。为了她，向来纵容我的老妈都冲我发脾气。明显地，她抢走了本来应该属于我的宠爱。那些宠爱来自爸妈，也来自以前很呵护我的哥。自从他们恋爱以后，那个男人，就再也没有请我吃过饭，没有给我买过一件礼物。她的出现，好像就是为了向我示威。

想到这些，就有些赌气，借口那段时间单位经常加班，决定搬到公司宿舍去住。

5

她听说我要搬出去，跑来劝我：“宿舍有什么好的？乱糟糟的，吃得又不好。”然后又说，“你下班晚，我可以和你哥一起去接你啊，就当是散步了。”

忽然觉得她很烦很自以为是，她当她是谁？于是我微笑着说：“也是，不过不用那么麻烦，让我哥自己去就行。以前我加班，都是他接我。”

她一怔，尴尬顿现，又结巴起来，说：“那，那就让你哥去接你。”

看着她尴尬的眼神，我心里有一些得意。想打败我，没那么容易！

6

爸过生日，我做东，挑了一家川菜馆，什么辣要什么。这样的聚会，没有人好意思制止我，结果一顿饭，她吃得不多，冰镇可乐倒是喝掉两大瓶。我一边给她夹菜一边说："立歌，要学会吃辣椒，知道吗？辣椒既能美容还能帮助保持体形。现在日本的女孩子都流行吃辣椒呢！"

我带着胜利者的微笑，她却辣得说不出话来。

7

趁她不在，全家人给我开了个批斗会。然后她回来，竟然买了大罐的辣椒酱，哥说："不吃辣椒还买辣椒酱？"她笑着说："不吃可以学着吃，妹不是说，吃辣椒可以美容吗？"

她一直叫我妹，我一直叫她立歌。看着她笑眯眯的模样，我才发现，这个女子，不是那么好欺负的，她哪里是要学着吃辣椒酱，她是以柔克刚，让我觉得我很没意思。

看着摆在饭桌上那罐超级大的辣椒酱，我的胜利感全无。

8

七月休假，和几个朋友出去旅行，回来才知道妈竟然被车撞伤了腿，虽不怎么严重，却暂时不能下地走路。

看妈躺在床上打着石膏，心疼又着急，正是大夏天，爸和哥都是粗心的男人，我这个女儿又不在身边，真不知道妈是怎么过的。反倒是妈安慰我，"没事，休息一段时间就好了。再说，有你嫂子照顾我。"

"那怎么能一样？"

"有什么不一样？"妈笑笑，"她每天做饭洗碗，还帮我擦澡洗衣服。"

"她真那样？"我不太相信。

妈不回答我，戳我的额头，"立歌比你懂事多了。"她在这个时候回来了，手里大包小包拎着蔬菜和日用品，进门头都不抬，扯开嗓子喊："妈，今天晚上吃红烧鱼，我刚在网上学的……”一抬头看到我，后面的话不由打住了。

我冲她笑笑，没话找话：“我也爱吃红烧鱼。”

辣椒风波就此过去。

9

下班回家，看到家对面新开了一家服装店，兴致勃勃地跑去看。模特身上有条牛仔裤款式个性，问价格，店主竟然开口要 600 块，我脱口说，200 块还差不多。结果她进了后面拿出一条，“200 卖你。”

“我没说要。”我解释说，“我只是说说。”

“讲好了价就得要。”她摆出强买强卖的架势。

争执自然难免，中年女人高我半头，胖我半个，气势汹汹，明显地我要吃亏。她忽然从天而降一般出现在我面前，不问青红皂白，一把把拽我拉到身后，冲着中年妇女大喊：“不许欺负我妹！”

两个对一个，我们开始占上风。然后她开始拨电话，“让消协的人来解决吧。”

对方终于认输。她拉着我神气十足地走出去。我想，原来个子高也是有用的。原来有个个子高的姐，也是不错的。

10

周末，哥出差，她让我陪她回趟娘家。

她的父母和我的父母年纪相仿，她一回去，完全变了一个人，撒娇发脾气什么都不做……我才知道，她和我一样，在家里都是最小的孩子，任性娇气。

想起她在我们家，却不能那么恣意娇惯自己，甚至言行上都要约束自己，还要做一些家务，晚上睡很晚，早上也要早起床……所有我能做的，她都不能。妈只不过做些她喜欢吃的，我都有意见，她却敢气不敢言，真够委屈她的。

11

那天爸妈回了老家，家里只有我们三个人。晚上，隐约听到她和哥在吵架，起初不想过问，后来听到他们声音越来越大，终于忍不住过去敲门。

里面的争吵停下来，片刻，门开了，她站在门边，眼睛红红的。哥坐在床边，余怒未消。问他们，两个人都不告诉我缘由。后来我把她拉到我屋里，待了一会儿，她啜泣着说，哥背着她，把钱炒股了……她说："我不在乎他赚还是赔，我就是不喜欢他去投机。"

我转身去找哥，"我说你怎么能那么干？"

哥说："你懂什么？你们女人都是头发长见识短。"

我们女人？忽然发现，我竟然不假思索地站在了她的立场上。于是两个女人开始合伙跟一个头发短见识长的男人争辩起来，直到那个男人认了错，保证从此以后不再犯。

她冲我笑，笑半天，然后说："别跟妈说，他已经知道错了。"

作为女人，一个爱着男人的女人，她让我有点感动。

12

终于把早该给她的手链给了她。然后问她一个早就想问的问题："那天，干吗非跟哥要 8 000 块钱啊？"她说："要的是面子呗。钱早给你哥了，让他还给妈，结果他一声不吭地拿去炒股了，不然那天会跟他吵？"她又说，"你真小气，送人的东西到现在才拿出来。"

我说，对不起。她说，小心眼。

一抬头，两个人都笑起来。原来她长得很好看，还那么高。曾经，我一直盼望也能长到她那么高。原来，真是我小心眼。

13

两年后，她和哥搬去他们的新家。离我们单位反倒近一些，中午下班过去吃饭，她竟然在厨房里做手擀面，是她特意跟妈学的，因为我爱吃。哥在厨房帮忙。两个人系着围裙，像模像样，我站在旁边看。

哥说："去，把电脑关了，这就吃饭了。"

我应着，过去正要关机时，看见屏幕上跳出来一个对话框，是她的 QQ，简单几句和朋友的聊天内容，竟然是关于我。

朋友问她："和小姑处得好吗？"

她发一个郁闷的表情，说："家里最小的孩子，和我一样，任性刁钻，能好处吗？"

朋友回个幸灾乐祸的笑："那还不天天吵，你那脾气，也够不饶人的。"

她叹气："哪能吵？让着她呗，谁让她是他的妹妹。既然跟他成一家人了，当然要去爱他的家人，父母也好，妹妹也好，久了，会习惯的。再说，那丫头虽然刁钻，心眼不坏……"

关了电脑，站在那里好半天，想着从认识她，到她嫁到我们家的这两年的光阴，我们之间的摩擦、缓和、靠近、熟悉……而我已经知道，这个叫我妹的女子，其实，她竟然比我还小，小整整 186 天，只是因为她担了一个嫂子的名分，便要求自己像姐姐那样爱我，并非那么甘心，却一直委曲求全。而且，她和我一样，根本不会讨好和自己同龄的女子。所以聪慧的她，在我面前，常常显得那么笨拙。

鼻子忽然一酸，原来，都是我不好。以后，我不会再让她受委屈了。

落地为兄妹,不必骨肉亲

1

她扫了他一眼,微微撅起了嘴,想,才不会叫他哥呢,凭什么?她又不认识他,他又不和她一个姓,而且,他长得又不好看,小眼睛大嘴巴,还那么瘦。

倒是他,比她顺从许多,先看着她笑,然后满不在乎地叫了她一声,但叫得不是妹,而是她的乳名:妞妞。

“别叫我妞妞,”她终于开口说话,“我叫陈一帆。”

他却似乎拉好了架势不同她计较,依旧一副笑嘻嘻的样子,说:“好吧,陈一帆同学,欢迎你来我们家。”

她翻翻眼睛,还想说什么,又看到妈的眼神,终究,没有再同他辩下去,但心里,却对他有了芥蒂。

可到底她还是跟着妈搬到了他的家里,和他的爸爸还有他生活在一起了。她还太小,只有12岁,即使对生活的这种改变不太情愿,却也无法抗拒。何况她并不讨厌他的爸爸,那是个温顺和蔼的男子,对她也好,很像她的爸爸。她只是不喜欢他,那个看起来总是带着坏笑的男孩子。他的笑,充满一种不真诚的成分。虽然,他也不过12岁半的年纪,并不比她大多少。

因为不喜欢,就一直刻意疏远。她并不爱生事端,除了不说话,并不同他闹矛盾。倒是他,常常会没话找话,被她顶撞了也不改。

不同姓的他们,非要拉到一起做兄妹,能怎样亲呢?就这样敷衍着在一个屋檐下生活。她越来越不爱说话了,虽然在同一所学校读书,上学放学也是避着他。

那天放学回来,快要到家的路口时,她和一个女生忽然被两个男孩拦住了。他们跟她们要钱，态度凶狠。女孩吓得哭起来，她也慌张得不知所措，却忽然看到他不知道从哪里钻出来，不由分说，跟两个男孩打了起来。

结果自然是他吃了亏，衣服都撕破了，回到家，他的父亲不问青红皂白，劈头就打。曾经，每次他挨打，她总是在一旁看着不说话，心里还有点幸灾乐祸。这次，她却不假思索地冲过去阻拦，结果背上就结结实实替他挨了一巴掌。

她眼泪汪汪地说："不怨他。"

他愣愣地看着她，好半天没有说出话来。

2

从那天起，上学放学，他总是不远不近地跟着她，她感觉安全起来。

读中学的时候，她说："你要跟我考一个学校。不然我不叫你哥。"

"你叫过我哥吗？"他瞪着她，"你不是一直叫我厚脸皮吗？"

她的脸红了起来，又不想承认，狡辩说："你考上了我就叫。"

因为她的这句话，他开始努力，原本平平的成绩突飞猛进，他是个聪明的孩子，只是太调皮。她的话起了大作用，他说："我才不让你看不起。"

在她面前，他一直在展现他"男子汉"的一面，不想让她看不起。

结果，那年夏天，他以比她高出十几分的成绩，和她进入了同一所重点中学。

拿到成绩单，他追在她后面，说："叫我哥，叫啊。"

她抵赖，在前面跑着不肯叫。两个人在路上追着，她一不留神，转弯时忽视了迎面而来的车，等看到，人也吓傻了，竟然忘记躲闪。紧要关头，他一个箭步冲过来，将她向后拉去。两个人踉跄着，擦着车身跌倒在路边。

车子并没有停下，顿了顿快速离去。他想都不想，人还倒在地上，就把手里的一罐可乐仍了出去。她听到清脆的撞击声，思维也清晰起来，回身看他，左胳膊擦破了一大片，流了许多血。她却安然无恙，整个人跌在了他的身上。

手忙脚乱地想帮他处理伤口，他却依旧满不在乎，先将她托了起来，然后一跃而起，甩甩胳膊，叮嘱她，"回家别吭声啊。"

在护士为他处理伤口的时候，她就坐在旁边看着，有点心疼。快 16 岁的少年了，已经高出了她一头，脸上有一点点成熟的味道了，眼睛还是很小，嘴巴还是很大，人还是很瘦，但看着很舒服，很亲切。

3

他16岁生日的时候，她把自己攒了好多年的压岁钱全部拿出来，又跟母亲要了一些，给他买了双质地上好的足球鞋。

一直记得他看到那双鞋子的神情。他一改往日的嬉皮笑脸，满脸的难以置信，愣了好半天，小心地问："是给我的吗？"

"给小狗的。"她说，"你不要算了。"

他一把就将鞋子抢过去抱在怀里，说："小狗就小狗。"

但那双鞋，她却一直都没有见他穿过。问了他几次，他说还没来得及穿呢。再问，他老实地承认："我收藏起来了。从小到大，我就有过两双足球鞋，一双是你买的，另外一双，我妈买的，可惜，那双我穿破了……"

她年少的心抽搐起来，那是第一次听他说起他的母亲。那么长时间，他不说，她也不问。她知道他的母亲在另一个世界里，他会想念，她不敢碰触他的想念。然后她的表情飞快恢复自然，说："傻，以后我有钱了，再给你买。"

"那我也不穿。"他倔犟地说，"万一以后你不给我买了呢？"

依旧是拌嘴的话，却让她感觉到心疼。她终于开始心疼他，像心疼自己最亲的人。

4

高中离家远一些，为了省钱，他不住校，他的父亲和她的母亲都是工薪阶层，供两个孩子读书并不轻松。

后来她也借口在学校宿舍睡不好，坚决跟他一起走读。于是高中三年，她就坐在他的自行车后面，每天来来回回穿过大半个城市。她在他身后记下了路上几乎所有店铺的名字，在他身后，一天天看着他的肩背变得坚硬挺拔。

也是那三年，她敏感地察觉到母亲和他父亲的关系，正在发生一些微妙的变化，在他们面前，两个大人似乎变得客气起来，神情总觉有些不自然。他也察觉了，他们都已经不再是小孩子。但彼此，谁都不说。

有天晚上，她在睡梦中醒来，隔着薄薄的房门，听到低低的争执声。听不太清楚，她光着脚屏住呼吸走到门边，将门无声地拉开一道缝隙，看到母亲正和他的父亲争吵着，母亲的眼神，充满了一种她曾熟悉的怨怼……

慢慢将门关上，躺在黑暗中，她的眼泪开始不停地落下来。曾经，母亲也是和父亲这样争执，背着她，充满怨怼的，然后父亲走了，在她七岁的时候，离开了家，再没有回来。而现在，她有种隐隐的担忧，像曾经她不想走进这个家一样，现在，她开始害怕失去它。

第二天早上似乎什么都没发生过，他将母亲准备好的饭盒放进书包，喊她，“陈一帆，走了。”

她应着，跟他走出去。他在楼道推出自行车，跨上去用脚支撑住，她坐上去，他用力一蹬，脚踏车冲了出去。

那个早上，她始终在他身后沉默，他也不说话，只是将车子蹬得飞快。然后她慢慢将头靠在他的背上，闭上眼睛，眼泪就簌簌地流了下来。

到学校门口，她已经把眼泪擦去了，等他停稳后跳下车子。他没有急着去放自行车，转过头来看着她。忽然说：“陈一帆，咱们去北京读大学吧，你不是一直想去北京吗？”

她也看着他，用力地点了点头。

5

18岁，他们如愿去了北京，读了同一所大学。

学校很大，两人选了不同的系，并不是每天会见到。但她的心始终是踏实的，知道他在身边，在她不远的地方。

周末，他会用做促销或是在超市搬运货物挣来的钱带她出去改善一下生活。他完全自立起来，有时候，还能负担她一部分生活费。却不许她出去兼职，只要她专心读书。

因为他的照顾，她的生活反而清闲了许多，于是有时间谈恋爱。

男生高她两级，自然也比她成熟一些。或许是思维的不对等，她还没等把爱情向他公布，男生就转移了情感的视线。她却招架不住了，那天晚上，跑去把正满头大汗的他从超市找出来，没等说话就哭起来。

问明原委，他拉着她回了学校，把那个男生从宿舍拽出来，一直拽到操场上狠狠打了一顿。他比那男生瘦许多，却打赢了，打得那男生抱着脑袋不停地向她道歉。为此，他被学校处分，她怪他，他却满不在乎。

那晚，同宿舍的女孩对她有个这么爱她的哥哥而羡慕不已，却又疑惑地问："难道你们家就不计划生育，怎么会有兄妹两个啊？"

"我们是双胞胎。"她想也不想地答。

同学恍然大悟似的点点头，却又疑惑地嘀咕："你们长得一点都不像。"

她偷偷笑了。想他额头上的伤，又心疼起来。

6

毕业，他开始忙着联系工作，却要她继续读研。她低着头没有说话，她知道为了她读大学，妈几乎把所有的收入都给她交了学费，她不想妈再继续辛苦下去。

他一眼看穿她的心思，说："尽管读你的，我供你读，就当是借你的，等以后你工作赚钱了，加倍还我。"

她听了，笑，想了想，还是摇摇头。

他板起脸来，"你怎么这么不听话，听着，你必须要读研，男人找份工作容易，我这点文凭够用了，你不行，必须得拿着那些证书吓唬人知道不？不然以后饭都吃不上。"

她还想再说什么，他有些不耐烦。"女孩子要听话，太倔了讨人烦……"

就这样，在他的坚持下，她留在了学校继续读研。他工作了，但并不理想，他却很乐观，相信一切都会越来越好。

果然，他没有食言，从第一个月开始，就每月给她送过去足够的生活费。第一次，她只抽一半，说，够了。他凶巴巴地瞪着她，"你本来就不好看，再吃不好，早早变成黄脸婆，嫁都嫁不出去……"

她从来是坚持不过他的，只能将他给的，全部收下。但她看得那么明白，那整整一年，他没有给自己添一件新衣服，来找她，穿的也是公司的制服。

一年后，他调换了工作，条件渐渐好了起来。他是个勤奋的人，也聪明，她想如果不是为了她，他的前途会比现在好许多倍，至少，他可以继续读书，获得更高的学位。

但她什么都没有说过，对他的好，除了接受，她找不到别的方式对待。

然后，他有了女朋友，关系还不曾确定，就领过来给她看，在女孩去洗手间的时候，小心翼翼地征求她的意见："妞妞，你觉得还行不？"

她的心一热，从第一次开始，她不许他叫她妞妞，他就再也没叫过。这么多年了，他一直叫她陈一帆，忽然这样一叫，让她感觉一份说不出的宠来。

她点头，"挺好的，哥。"

真的挺好，她能看出来，那是个善良聪慧的女孩，很配他。

他好像松下一口气，说："那就好，我还真怕你不满意。"然后又笑，"不过你要真的不满意，咱就换人，换到你满意为止。对了，刚才你叫我什么"？

"哥。"

他笑起来。像个孩子似的笑。她看着他笑，看他笑得幸福知足，定定地看着，忽然，定定地问："干吗对我那么好？"

"因为，"他想了想，"因为你对我好啊，你还给我买球鞋。还有，你叫我哥。"神情，是她多年来熟悉的那副满不在乎。

"这不是理由。"她收起笑容，摇摇头，严肃地看着他。

他又想了想，"我一直都想有个妹妹，刚好你来了，我当然得对你好。"

她还是摇头，这也不是理由。

他又想半天，忽然隔着桌子，伸出手来摸摸她的脑袋，"这个你都不懂，没听过那句话吗：落地为兄妹，何必骨肉亲？"

她刚刚收起的笑容又绽开了，纠正他，"真没学问，是落地为兄弟，"说完，依旧笑着，眼泪却扑簌簌地掉了下来……

没有人知道，在他们高考过后的那个夏天，她的母亲和他的父亲，终究因为不能相互包容而和平分手了。事实上，除了没有血缘，他们连兄妹的名分也已经失去了。可是，这又有什么关系呢？这辈子，他们遇上了，在她 12 岁，他 12 岁半的时候，然后他们成了兄妹，真正意义上的兄妹。

这就够了。

你爱我，我知道

1

面对诊断结果，若蓝眼前忽然一片漆黑，脑子里却是一片空白。天塌了的那种感觉。她才36岁，人生刚刚走了一少半，平时生活也算谨慎，没有任何不良嗜好，也注意锻炼身体，可这样的病还是不知不觉找来了。

若蓝想哭，眼睛里却是干干的，太过突然的痛苦常常让人流不出眼泪。靠在医院白色的走廊墙壁上，若蓝只觉得整个人很空很软。

包里的手机却在这个时候响起，好像是个错觉，世界上所有的声音和画面在这时候都像一种错觉，可电话却响个不停。

路过的人推推她，电话、电话！

若蓝一个愣怔反应过来，茫然地在包里摸索了半天才摸出电话，按了接听键，没等开口，女儿童童就在电话那端冲她嚷："妈，你在哪呢，也不回来做饭，饿死我了，真是的……"

12岁的丫头，发起脾气来有板有眼的，说完还"哼"了一声，才把电话挂了。

若蓝一个激灵，眼前一下子不再黑了，脑子里也不再空白，世界在瞬间恢复了正常，声音出现了，画面出现了，思维也出现了。她知道眼前要紧的是回去给童童做晚饭，吃完饭，童童还要补课，马上要升中学了，又要学书法和钢琴，时间紧得让一家人透不过气。

若蓝把诊断书塞进包里匆忙往外走，听到身后医生追出来说："回去赶紧办理一下病休手续来住院吧，可不能再拖了。"

若蓝装作没有听到，也不回头，脚下的步子却更快了。

2

童童正坐在沙发上撅着嘴巴胡乱按着遥控器，看到若蓝进来，遥控器一丢，又开始嚷："妈，你看看几点了，都快来不及了……"

若蓝一边换鞋一边挽袖子，然后包一丢冲进厨房。刚要淘米，忽然想起什么，心里咯噔一下，犹豫了一下转身走到门边，表情严肃地说："童童，进来！"

童童盯着电视有些不耐烦，说："干吗啊？"身子却没有动。

若蓝的声音又提高许多，"让你进来！"

童童站起来不解地看着若蓝，觉得这个下午的若蓝有点奇怪，歪着头问："进去干吗？"

若蓝伸手把童童拽进来，说："从今天起，你要跟我学做饭。"

童童扑哧一声笑了，"妈，你有没有搞错……"

话没说完就被若蓝大声打断，"我没搞错，你今年都12岁了，以后要学会自己照顾自己了，还想我给你当一辈子保姆，哪有这样的孩子……"

若蓝几乎是喊叫着跟童童说话，说得童童一愣一愣的，没等反应过来，却看到若蓝忽然掉下的眼泪。

童童一下子慌了手脚，以前的若蓝是那种脾气好得不能再好的妈妈，从不对她发脾气。若蓝也是世界上最坚强的妈妈，她好像无所不能。记忆中，这还是童童第一次听到若蓝发脾气，也是第一次看到她掉眼泪，这让童童觉得眼前的若蓝很陌生。她刚知道，原来若蓝也会发脾气会哭。

"妈，你怎么了？"童童心里有点怕了，小心翼翼地问。

若蓝这才意识到什么，慌忙把眼泪擦去，"眼睛进沙子了，没什么，就是想着你大了，该学学做饭了，不然以后我不在家你又得饿着。"

"还有我爸……"

"你爸也不能跟你一辈子。"若蓝又一下发了脾气。

童童抿抿嘴唇不敢再说话，只是一直都觉得疑惑，听着若蓝认认真真一个步骤一个步骤地讲着怎样淘米，放多少水，怎样开电饭锅……然后是天然气怎么开怎么关,西红柿炒鸡蛋的具体步骤……说了一遍又说一遍。童童一直困惑地按照若蓝的要求去重复,最后背课文一样背给她听。若蓝确定童童记住了,才松口气,放童童出去了。

3

童童刚走出去,若蓝的心又开始发空发软,是那种撑不住的感觉,却忽然听到童童在外面“哎呀”了一声,心马上又提了起来,脚下来了劲,拔腿跑出去,看到童童毛手毛脚地接开水时,不小心水洒出来烫了手。

若蓝赶快将童童带到冷水管前打开水管冲洗,边洗边训,边训边教育,又让童童牢牢记住该怎么小心接水,不小心烫到以后怎么办……童童张着嘴巴说不出话来。

终于,童童吃过饭去补课了。若蓝一屁股坐下来,再度腿软心也软。可忽然抬头看到墙壁上童童100天的放大照片,若蓝又来了精神。她拉开抽屉找出一个厚厚的笔记本,想了想,若蓝开始写一些东西,边写边自己嘀咕:毛衣在第三个抽屉,袜子在最下面的抽屉,卫生巾买绿色包装的护舒宝,来例假不能喝凉水,公交卡充值在南京路32路总站,有事先打爸爸的电话,打不通就找姑姑,姑姑的电话号码写在后面,要尊敬师长尊重残疾人尊重没有钱的人更要尊重自己……

男人应酬完回来时,若蓝还继续趴在那里飞快地写着什么,头都没抬。男人打趣,“是不是偷着写日记呢?”若蓝回了句,“烦不烦?”

男人不在意地笑笑,问:“该接童童了吧?”

“不接。”若蓝依旧没有抬头,“我跟她说了,让她自己和同学结伴走回来。”

男人奇怪起来,“不接你怎么会放心?”

若蓝白了男人一眼,“她都12岁了都快比我高了,有什么不放心的。”

男人摇摇头,嘟哝一句莫名其妙,转身去开门。没想到若蓝忽然在后面大叫,“我说了不接就不接,以后不再接送她了,她是大孩子了,这样的事让她自己去做!”

男人愣在那里,半天,诧异地问:“若蓝你怎么了?”

若蓝忽然顿住，怔怔地呆了半天，叹口气，说："明年单位可能会派我去外地工作，你现在那么忙，我想让童童自立一些。"

男人舒了口气，想了会儿点点头，回身坐下来。

4

童童觉得若蓝从那天晚上起整个人都变了，从一个最好脾气的妈妈变成了脾气最坏的"恶婆婆"。每天几乎是强制着让她背诵一页那个笔记本上的注意事项，一直到背会为止。那上面记的东西稀奇古怪，连感冒第一天吃什么药，吃过药不能吃什么东西，碰到陌生人答话要怎样处理，和同学发生争执要如何解决，男生写信该对谁说该怎么回……乱七八糟的什么都有。更让她受不了的是毕业考试刚刚结束，若蓝就开始让她做所有的家务，洗衣服，做饭……不是让她学，而是让她亲自去做，若蓝在旁边看着。

到底只是12岁的孩子，有次童童实在受不了了，洗着洗着菜一下将洗菜盆丢出去老远。还有一次干脆大声叫嚷着把碗摔了好几个……这样的时候若蓝反而不发脾气，只是一言不发地看着童童，任她哭闹。过后，若蓝把东西收拾起来重新摆在她面前。

童童有次歇斯底里地冲她喊："你是不是疯了你？"

看着孩子的眼神，若蓝一转身，眼泪扑簌簌地掉了下来。但很快就抬手擦去，转过来，要童童继续翻炒锅里的菜……

有几次男人也看不下去，说："就算你去外地，还有我呢，实在不行找个保姆，再不行你把她带着……"说到这句话，若蓝粗暴地打断了男人，"谁也代替不了她自己，她必须要自己会。我不会带她走的！"

男人觉得若蓝有些不可理喻，又不能说得太过，很无奈，只是觉得女儿太受委屈，便私下里带着童童出去吃了几次肯德基，又玩了几次过山车。可是小孩子嘴巴总是不严，一高兴就跟若蓝说了。结果，若蓝又冲男人发火，并严厉禁止童童再去吃那些没有营养的东西，不许她玩任何有危险的游戏……

童童说："妈，你不讲理。"若蓝也不辩解，反而顺着不讲理的劲头说："妈就是不讲理，你也得听、也得做！"

那年的暑假，童童觉得自己过得苦不堪言，好像忽然落在了书上写的后妈的手里了，发狠上了中学就住校，不再回来受若蓝欺负。

5

起初，若蓝还打开电脑到处找有关自己病情的资料，大体都看了一遍后就再也不上网了。许多次的查找结果都是一样的，诊断书上的病即使做了手术，最好的结果，也是用药物维持着，能撑三五年就算奇迹。不做手术，只有一年或者一年半的时间。最后一次关闭电脑的时候若蓝下定决心放弃治疗。她不想让童童看到她在残存的光阴里一直以痛苦的姿势躺在病床上。她怕那样会从此带走童童生命中的微笑。

决定了，若蓝把所有的积蓄买了好几家保险公司推出的教育储蓄，没有对男人说。一个人的时候，忍着越来越清晰的痛楚。

终于吃到了童童做得像样的一顿饭，小丫头很不情愿，听着若蓝的赞美始终一言不发，直到若蓝说："周末把同学都叫来吃童童做的饭好吗？"童童的眼神才亮了起来。

若蓝帮着童童准备了晚餐，同学来了一小群，若蓝打扮得很漂亮，让那些小孩子猜谁做的饭菜……很快童童成了焦点，小孩子们对她羡慕又钦佩。童童的脸上带着掩饰不住的高兴。若蓝趁机发表言论："童童是个好孩子，她听话，懂事，又自立。你们也都是好孩子，是童童的好朋友，希望以后你们能互相照顾，互相关心，永远都做好朋友。"

小孩子们噼里啪啦地鼓掌，童童脸上露出久违的笑容，小声说："妈，你说话真像领导讲话。"又说："妈，你今天晚上真漂亮。"

若蓝也笑，摸着童童毛茸茸的小脑袋，说："这些日子妈对你太严厉了，可是妈想让你做个骄傲的小孩子。有本事的人才有资格骄傲，才会让人尊重和羡慕，知道吗？"

童童吐吐舌头，大度地说："算了算了，我不跟你计较，谁让你是我妈。"

若蓝心酸无比，孩子在对她粗暴脾气的容忍中，不知不觉学会了宽容。她微笑，以此掩饰身体越来越剧烈的疼痛。

6

暑假过后，童童一下子长大了很多，独立的能力让她自己都感觉吃惊。进了中学，并没有真的住校，不仅如此，每天放学后还常常顺路去超市买一家人用的东西，老练得像个有经验的小保姆。有一次爸爸感冒，童童利落地找出相应的药来，护士一样叮嘱，哪种吃一片哪种吃两片，多喝白开水……

若蓝在旁边听着，有说不出的心酸和欣慰。

秋天的时候，若蓝终于撑不住倒下了。送去医院，医生大发脾气，然后无奈地摇头。过了大半年，连做手术都已经来不及了。

男人眼前一团漆黑，脑子一片空白，感觉天塌了一样。若蓝却是非常平静，无非是想象的结局来了，早一天晚一天而已。而此时，她已经不用再害怕，几分钟前童童还打电话过来，问："妈，晚上你和爸想吃什么啊？我想吃排骨，我可先买好自己的了。"又说，"给你和爸买几双袜子吧，我觉得78%精梳棉的那种就挺好穿的……还有啊，妈，我给那个男孩回信了，他觉得我说的对，他说等他过了18岁再追我……"

若蓝的心缓缓放下，对男人说："走吧，咱们别在这里，咱们回家。"

7

两个月后，入了冬，童童过了13岁生日。吹蜡烛的时候，童童说："妈，你放心吧，我长大了，会照顾好自己，照顾好爸爸的。"

那一刻，所有的坚持和伪装全部崩溃，若蓝的眼泪无拘无束地落下来。

又过了几天，若蓝在一个下雪的晚上离开了。童童在若蓝身边安静地坐了很久，没有哭，只是坐在那里。后来童童慢慢把脸贴到若蓝已经没有任何温度的胸口上，小声说："妈，我听到了。你爱我，我知道。"

你可以放心地老了

记忆中，他一直担心自己会老，像个虚荣的害怕容颜老去的小女人。

那时候，他一抬手就可以把我举在头顶，听着我在他头顶咯咯地笑，说：“姑娘，看你老爸多有力多年轻。”

那年，我三岁，是个被他极尽宠爱的小丫头。他30岁。一身的力气，很年轻也很英俊。

又一年，我升了中学，那天拿了成绩单回来，他刚好扛着煤气罐进门。把煤气罐装好，拍拍手接过成绩单，看着看着脸上洋溢出笑容来，也不顾两手的灰，拦腰抓住我用力举起。这些年，他喜欢在高兴的时候把我举过头顶，听我在他头顶的笑声。但这一次，他举到一半就徒劳地将我放下了，气愤地甩着手臂。

妈责备他，“还当自己是小青年啊。”

他瞪大眼睛，说：“本来就是嘛，是刚才扛煤气罐把力气用没了，是吧，姑娘。”说着，不服气地要再次抱我。我指着他的手趁势躲开，说：“手脏呢。”然后附和他说，“就是就是，我爸这么年轻，力气大着呢。”

那年，我13岁，有点瘦，是个学习上进的孩子。他40岁。微微胖了一点，额上有了浅浅的皱纹。

又一年，我晚自习回来，看到他正对着镜子拨弄头发，不时地拔下一根。偷偷看过去，镜子前的台面上，有几根凌乱的纵横交错的白发。

妈说：“别拔了，这个年纪都开始有白头发了。”他又把眼睛瞪得很大，说：“哪个年纪啊？不就这一两根白头发，还不是这些天事情乱，想事情想出来的？这有啥，姑娘，你爸还年轻着呢，对吧？什么工作都能干得了，就凭我这把力气，扛大包也能养活你们娘俩。”

“是啊，是啊。”我顺手把那几根白发扫进水池，说：“我们班王嘉比我还小呢，都有白头发了，那能说明什么问题呀。”

他伸手把我拥在身边跟他一同照镜子。这一次，他却没有试图再把我举起。镜子里，我只矮了他半头，有和他很相似的大眼睛和嘴巴，包括笑起来的表情。只是，他额头上有深深的皱纹了。他似乎也留意到，下意识伸手去抚摩那几道皱纹，似乎想抹平。我背过身去，有些心酸。这个男人，他是真的害怕老。

那年，我 18 岁，读高三，面容清秀。他 45 岁，面临下岗，目光沧桑。

又一年，我自上海回来，下了火车，看到他在站台上，很冷的夜，他笔直地站在寒风里，只穿一件毛衣，外面套件西装。头发乌黑，人看起来年轻许多。看到我，搓搓手一把拽过我的行李，似乎很随意地拎了起来。另一只手领着我，似乎我也是一件没有什么分量的行李。

我像妈一样责怪他，“这么冷，穿这么少。”他哈哈大笑，“这有啥，你爸年轻，身体好，这点冷还能对付。”他的声音在冬天的夜晚爽朗有力。我不再说什么，只把他分明是冰凉的手更紧地握在手里。

那晚，妈偷偷对我说，因为我要回来，他特意去把头发染黑了。妈说：“在这三年的时间里，他的头发几乎白了一半。”妈又安慰自己一样地说，“也该白了，都快五十的人了。其实他就是不服老，就是害怕老。跟个女人似的，可谁不会老呢？”

我笑笑，“爸还年轻着呢。”转头，眼泪却掉了下来。下岗的三年里，他吃了许多我想象不到的苦，也真的扛过大包。现在在一家汽车修理厂做修理工，每天工作十个小时，没有周日，请假扣工资，多劳多得。他就用修理汽车的双手，供我上学。衣食住行，他从来没有委屈过我。

那年，我 21 岁，读大三，已经快有他那么高。他 48 岁，曾经胖了一点的身形，又消瘦了。稍不留意，身体便微微佝偻下去。

又一年，妈打电话说他病了，正在医院躺着，不是大病，腰肌劳损，常年劳累所致。他不让妈告诉我，说休息休息就好了，妈到底不放心，偷着给我打了电话。这么多年他从来没有住过院，一些小病，挺挺就过去了。

我匆匆赶回去，到医院推开病房的门，看他正哄着旁边病床上一个跌伤了腿的小男孩玩，一下下地把他举起来，每举一下，孩子就笑，他却疼得直咧嘴。

我快步走过去把孩子从他手中接下来，瞪他，“那么大年纪了，还逞强。”却突然看到他的头发，竟然已经白了大半。

看到我，他先是惊喜地张大嘴巴，继而又皱起了眉头。瞪着妈说：“跟你说了，别给我姑娘打电话，还打，这点小破事让她大老远跑回来。姑娘小，一个人在外面本来我就不放心，现在火车上多乱啊，她被坏人骗了，被人欺负了，怎么办……”

我和他一样，眼睛大大，不高兴就会瞪人。有时只讲自己的道理。

我把妈拽到身后去，对着他瞪。“谁小啊？老头，你姑娘都已经27岁了，受过高等教育，已经是一家大公司的部门经理了，已经可以坐着飞机回来看你了，已经要结婚了，已经买了很大的房子，已经打算把你们接过去住了……你还真的当你年轻，你都55岁了，我亲爱的老头，就别再撑了。现在，你姑娘比你成熟，比你厉害多了，你可以放心地老了。”

这些年，我如何不知呢，这个男人那样害怕老去，那样不肯老去，不过是因为在他心里，他的女儿还太小，没有长大，独立支撑不起自己的生活，要依赖他，依靠他。所以他不肯老也不愿意老，更不允许自己老。所以，我要告诉他，我已经长大。

扶他在床边坐下，抚摩他鬓角的白发。在他耳边小声说：“爸，服老吧，认老吧，你姑娘已经长大了，不需要你抚养和照顾了。以后，你可以像个真正的老头一样活着了，不需要染头发，不需要每天早上按摩额头的皱纹，也不需要坚强不需要理智……你可以无理，可以脆弱，可以耍赖，可以随便发脾气，还可以不工作，可以要求每天吃肉，每天喝一杯酒，可以去打太极拳，去跟着老头老太太们扭秧歌……”

我絮絮叨叨地哄着他，像哄一个年幼的孩子。梳理他的发，抚摩他的手，温柔地，缓慢地。他看着我，眼睛不自觉地眯了起来，越来越小，越来越小。终于，他眯着眼睛陶醉一般地哈哈大笑起来，笑着笑着，眼泪就爬了满脸。

你是上天派来爱我的

1

不知道从什么时候开始，妞妞每天晚上睡觉前，都要我带着她去看一眼小宝，像个小大人，有时会伸出手把小宝放在外面的手拿进被子里。一度，这是我每晚要重复去做的事情，看小宝，看妞妞。因为他们都还太小。

小宝九岁，是哥哥，妞妞五岁，是妹妹。而我一直觉得妞妞的到来，是场生命的意外。

小宝三个月大时候，患了一场疾病。治愈后，医生说，小宝将永远是个孩子，他的智力会停留在幼儿期。

难以想象那段日子是怎样熬过来的，我常常抱着入睡的小宝，想哭，却已经没有了眼泪。日子却还要一天天地过。心里也有过幻想，想有一天，小宝忽然会叫我妈妈。眼神，闪出一个孩子该有的天真和聪慧，却只是梦想。小宝的神情始终是呆滞的，除了身体的成长，一切都停滞不前。日复一日地看着他，心疼而绝望的心渐渐麻木。

小宝三岁的时候，一晚，老公犹豫着，慢慢对我说："要不，再要个孩子吧。"这句话，我知道其实他已经在心底压了三年。

不！几乎不假思索，我断然拒绝。然后一把将小宝抱在怀里，"不要！"我说。

那时候我心里一直充满恐惧，害怕再有个孩子，那样，我就无法再给小宝百分之百的爱。这样生存于这个世界，小宝已经不幸，我不可以再把我的爱，分割出去一点点。我想这一生，我只要小宝是我的孩子，却没想只两个月后，妞妞就来了。

小宝出生后，我一直小心避孕，用了医学上最安全的方式，却还是出了意外。从医院回到家中，抚摩依旧平坦的腹部，心是失衡的跳动。那一刻我发现，事实上我比所有人都更渴望着这个孩子的到来。我在拒绝中渴望，又在拒绝中等待。等待有一天，能感受到做母亲的真正幸福。而当我转头看到小宝，看到他用呆滞的目光看着自己的手指，曾经麻木的心再度感觉到了一种剧烈的疼痛。

终究决定了不要这个孩子，瞒着老公去医院，检查后却被告知身体不适合做手术。也许是上天固执地要让妞妞来到人世，她在我身体中一天天长大，以顽强的生命力。曾有一次因为不小心我在楼梯上重重摔了一跤，身上摔破了好几处，她却安然无恙。

2

2000年春天，妞妞来到了我的身边，她是一个健康的、漂亮的小姑娘。

一周后，我带着妞妞回家了。她像个可爱的小天使，粉嘟嘟的脸，水汪汪的大眼睛，每次睡醒了就会咯咯地笑，那么小就开始认得我的声音，只要我说话，她醒着，就会张开手让我抱。她让我品尝到了做母亲的所有喜悦，慢慢的，不管我怎样约束，做母亲的那颗心，还是开始倾斜了，心思开始更多地放在妞妞身上，很多时候，小宝交给了保姆照顾。

那天下午趁小宝和妞妞都睡了，保姆出去买菜，我收拾房间，忙完回到卧室，吃惊地看到小宝正趴在妞妞的小床边，手在努力地伸过去。

几乎不假思索地，我一把将他拽开。小宝被吓到，呆呆地看着我，口水在嘴边挂着。我厉声说："小宝，以后不要碰妹妹，记住，以后别碰妹妹。"

小宝听不懂，只是呆呆地看着我，嘴唇蠕动着，忽然间，含糊地说："妹——妹。"而手中有什么"啪"的一声掉到了地上。

我吃惊地看着小宝，几乎不敢相信自己的耳朵，我的已经四岁的儿子，他从来到这个世界，从没有完整地清晰地说过一个字，我相信他早已认得我们，可是他不会叫妈妈、不会叫爸爸，他人生中第一次发出的声音，竟然是"妹妹"。下意识地低头，看到脚边，刚刚从他手中掉到地上的，那块已经被剥开糖纸的糖。将小宝拥进怀中，我哭了。

3

妞妞会爬了，妞妞会走了，妞妞会说话了。她说的第一句话是：小宝。同样不是爸爸妈妈，也不是哥哥，而是小宝。而小宝也似乎对妞妞有着极大的兴趣，我常常看到他注视妞妞小小的身影，用一种安静的，带着一些向往的眼神。

过了一岁的妞妞像个洋娃娃，声音脆脆的，爱笑。小宝平常是分辨不出什么的，只对妞妞的声音极其敏感，妞妞一唤，他就会努力地转了头去看。每次我都教妞妞，不要叫小宝，要叫哥哥。她却不听，只是对我说：“小宝小宝。”

那么小的孩子，执拗得很，用大大的眼睛看着我，让我不舍再去纠正她。有时候，妞妞会要求和哥哥一起睡，她对小宝那张低得几乎跟地面相平的床非常喜欢，有时候我看不见，她会跌撞着跑过去，在小宝身边趴下来，看着睡梦中的小宝，不说话，只是偷偷地笑。

我知道妞妞太小了，她眼中的一切都是新奇的，她眼中的哥哥，和别的小朋友没有什么不同，她还不会分辨。每次看着妞妞蜷缩在小宝身边，幸福和伤感总是会一遍遍袭击着我的心。我知道妞妞终究会长大，她会知道她的哥哥和别的孩子不一样。她会嫌弃他吗？而我却不能阻止我的妞妞，一天天长大。

也许心里存了这样的担忧，我常常会抚摩着妞妞的黑发，喃喃地说：“妞妞，以后你要好好爱哥哥，因为没有他，就没有你。”

我知道妞妞真的太小了，她听不懂。可是我没有骗她，如果小宝是个健康的孩子，妞妞不会来到这个世界。她必须知道这一点。

4

妞妞三岁了，送去了幼儿园。那天晚上，接了妞妞回来。小宝正坐在地上玩一堆积木，他的手不能长时间拿任何东西，他只是把它们在地上拨来拨去。妞妞在门边看着他，忽然抬头问：“妈妈，为什么小宝不去幼儿园，为什么小宝不会唱歌，为什么他不领我玩，为什么他和别的小朋友不一样……”

我蹲下来看着妞妞，我说：“哥哥生病了。”

妞妞问：，“那他什么时候会好呢？”我的心难受了一下，“妞妞，哥哥要很长的时间才会好，你要爱护生病的哥哥，知道吗？”

妞妞点点头，说：“噢。”然后说，“妈妈，你以后把好东西都给小宝吃吧。”

我抱起妞妞，我的三岁的小女儿，她有颗很柔软的心。

没想到从那以后，妞妞却真的开始爱护起小宝来，用一个三岁孩子的方式。她会把幼儿园里发的糖果悄悄藏一颗在裤兜里带回来给小宝，她每天走之前会去跟小宝说：“小宝，你在家要听话，我很快就回来。”她每次学会的新歌，都一遍遍地唱给小宝听……她不知道，小宝是听不懂的，大多的时候，只会看着妞妞傻愣愣地笑，笑着笑着，口水就流了下来。可是妞妞却根本不管这些，固执地做着这些事情，认真地做，还学会了拿着小手绢替小宝擦口水，学会了每天晚上，去看望比她先入睡的小宝。和我一样，成了习惯。

我的妞妞，她总是让我甜蜜而辛酸。但我没想到，再大一点的妞妞，有天从幼儿园回来，认真地对我说：“妈妈，我要教小宝认字，教他学英语，还教他学一加一等于几。”她说：“学会了，小宝就可以去上学了。”

我看着妞妞，心里很难受。小宝早已经到了上学的年龄，可是妞妞怎么会知道，他这一生都没有机会走进学校了，他的人生永远都会在空白中度过。

“妞妞，”我说，“哥哥的病还没有好呢，等他好了妈妈送他去认字。”

“不。”妞妞执拗地甩着小手，“他现在就可以。”

5

谁能想象一个孩子的认真呢？从决定了教小宝认字后，妞妞就让我去买了很大的写字板回来，所有她看过的童话书，她都整齐地收好，每天下午从幼儿园回来，就开始了她对小宝的教育工作。

再没见过比妞妞更有耐心的老师，她总是不厌其烦，一遍又一遍重复着一个单调的发音，她从来不发脾气。常常在厨房或者卫生间里，我听到妞妞大声地说：“小宝，XIAO，BAO。”一遍又一遍。然后就是妞妞。

好多天，妞妞都对着小宝重复这样两个名字，有时候我会过去看一看。妞妞就那样说着，小宝就那样傻傻地笑着……那幅画面在2004年夏天重复在我眼前。那个夏天快过去的一天，妞妞跑来对我说：“妈妈，小宝会写他的名字了。”

我根本不相信妞妞的话，一直以来，作为母亲，除了让小宝能生活得好一些再好一些，我从来没有想过要让他学习什么。在我心里，他永远是个婴儿，不会长大。可是看着小宝微微抖动的手，在写字板上歪歪斜斜写下的“小宝”两个字，我感到了做母亲的羞愧。只以为我爱他，可是我的爱，却远不如一个不足四岁的孩子来得勇敢和坚决，因为对于这个没有任何智力的哥哥，妞妞一直充满了信心。

妞妞，她是上天派来爱小宝的吗？

6

那以后，我开始陪着妞妞一起来教小宝认字，帮着他学会正确地拿玩具，教他把口水擦在衣服的手绢上……小宝竟然真的是有记忆的，痴呆的目光偶尔会流露出好奇和醒悟。虽然极其简单的事情，有时候要重复几百遍，可是他真的会慢慢记下，然后他用了一个月的时间，学会了写妞妞。我留意到，那是小宝最爱写的字，每次写的时候，他会自己傻傻地笑，笑到口水流了许多还不知道。

每次，哪怕小宝发出一个含糊的声音来，妞妞都会拍着巴掌说：“小宝，你好聪明啊。妞妞唱歌给你听。”很多时候，看着站在小宝面前满脸幸福的妞妞，我不知道为什么，她对这个给予不了她任何疼爱的哥哥，怎么会有那么大的热情。

妞妞已经读到了大班。我的女儿，她在认真地长大。

周末，妞妞建议我们带着她和小宝去动物园，常常带她出去，但几乎从不带小宝，除非是附近的公园。一直觉得，小宝眼里的世界是一样的，而带他出去，更会让他承受不公的目光，作为母亲，我不愿意那样。

这次，却依旧没有拗过妞妞，这个小孩子的心里似乎有一种巨大的能量，她总能说服我，让我顺从她的意图。

出发前，妞妞坚持帮小宝换了新衣服，把他原本干净的脸又仔细擦了一遍。小宝和妞妞的眉眼很像，不用分辨，就知道他们是兄妹。

7

初春的好天气，周末的动物园游人众多。小宝被放在轮椅中，妞妞坚持推着比她还高的轮椅，兴奋地指着四周告诉小宝，那是猴子，那是老虎，那是最漂亮的孔雀，那是会说话的小鸟……喋喋不休。一直以来，妞妞都是这样认真地带着小宝认识她眼里的世界，完全不去管小宝是否听得明白。

也许很少这样外出，小宝呆滞的脸上洋溢出一份灵动的光彩来。

走在草坪间，身边走过一对年轻的恋人，女孩回头看着小宝，对男友说："看，多可怜，他是个傻子。"

在那个瞬间，我的心猛然僵住了。这一直是我心底最脆弱的地方，为此，我宁肯让小宝安全地待在家里，而我更害怕的是妞妞面对这个现实，我从来没有想过要向妞妞解释小宝和其他孩子的不同，我不是个勇敢的母亲。

老公也僵住了，小宝对此却浑然不觉，他的幸福是他看不懂美好，也看不懂丑恶。我们只是一起看着妞妞。看着我们心爱的女儿，看着她忽然松开轮椅的扶手，走到那对恋人面前说："哥哥不是傻子，他是我的哥哥，是最好的哥哥。你不是个好阿姨。"

那是第一次，妞妞叫了小宝哥哥，而不是小宝。

在他们面前，妞妞那样小，小得需要把头仰得很高才能够和他们对视，可是她就那样坚定地骄傲地仰着她小小的头颅，不肯低下一分。

我走到女儿身边，扶住了她幼小的肩，我对那个女孩说："你必须向我的女儿道歉。"

女孩的脸一下子红了，好半天，小声说："小姑娘，对不起，阿姨错了。"

妞妞这才大方地摆摆手说："没关系。"然后转回身走到小宝面前，眼睛眨了眨，蹲下来系小宝脚上松开的鞋带。她胖胖的小手笨拙地、认真地系着。轮椅上的小宝忽然弯下身来，用并没有力气的手臂抱住妞妞，在她脸上亲了起来，口水沾满了两张小脸。

妞妞胡乱擦着脸。说："妈，你看小宝他亲我。"

我弯下身来，用手臂环住妞妞小小的身体。"妞妞，告诉妈妈，为什么那么爱哥哥？”

她看着我，奶声奶气地说：“因为没有哥哥就没有我呀？”

一把将妞妞抱入怀中，我丝毫不再怀疑此刻盈了满眼的泪，每一滴都是幸福的。原来妞妞已牢牢记住了我的话，因为小宝，妞妞从来到这个世界上，就学会了爱和感恩。小宝是没有智慧的，却把他所能表达的爱，全都给了最爱他的妹妹，包括一个沾满了口水的亲吻。他们是上天派下来疼爱对方的，更是上天赐给我的最珍贵的礼物，因为他们让我体验了做母亲的所有骄傲和幸福。

第四辑

人人都爱颜如玉

大周和小宝的战争事件

条约事件

很长一段时间，小宝对大周都充满了敌意。很长一段时间，我看着一大一小两个男人为难。大周刚刚过了 40 岁，不是个心智太成熟的男人，身心都还有许多纯真的孩子气。而小宝只有 10 岁，明明是个太小的孩子，却总认定自己是个大人了。在我决定和大周结婚之前，小宝就曾以大人的口吻对我说："妈，我需要和你谈谈。"

那天晚上谈话的结果是，他可以同意我嫁给那个男人，但是，他不会认他做爸爸。小宝说："他也不能管我，当然，我也不会管他，在这个家里，我们都是自由的。"

10 岁的孩子，他跟我要一种相对的自由，因为在他心里，不想接受一个介入我们生活的男人。这我可以理解，在此之前，我已带着他独自生活了六年。小宝不像别的单亲孩子，对很早失去的爸爸有渴望，相反，他心里充满防备。在稍稍懂事的时候，小宝冷不丁会对我说："妈，我觉得我不需要爸爸，你觉得呢？"

每次面对他这样的话，心里就会有许多苦涩，因为我觉得，他需要。他在渐渐长大，以一个男孩子的名义。许多东西，我已经给不了他。我知道他需要一个男人，像父亲那样爱他，像朋友那样理解他。而大周是个好男人，一个 40 岁还有着孩子气的男人，一个之前一直在捐助失学儿童的男人，我相信他必定有着一颗真诚善良的心。

小宝却不这样看。小宝说："妈妈，他看起来不是很成熟，他会辜负你的。"

对一个语言表达能力过于丰富，六岁就开始交小女朋友的男生，我找不到更多的话来反驳他。他一直认定自己已经长大，大到足以可以保护我。但他的确很小，真正该懂得的事情，他都还不懂得。

搬到新房子那天，小宝和大周之间有了一些约定，比如，大周不可以随便出入他的房间，不能动他的东西，包括电脑，游戏卡和玩具车。另外，不能过问他的事情。还有，不能以家长的身份去学校找他或者开家长会……

我想那些约定，小宝一定在心里反复想了很多遍，因为他说得非常快非常流利。大周在小宝对面坐着，很认真地听，一直到小宝住了口，他问："还有吗？"

小宝说："没有了。"

大周说："好吧，我都记下了，你说的这些，我会遵守，可是我也有条件需要你遵守。"

小宝想了想，说："说来听听。"并不果断地说好。小孩子有小孩子的狡猾。

大周笑，说："我就一个条件，你要好好学习，如果考试成绩下降，作为你的法定监护人之一，我有权没收你的游戏卡或者玩具车。因为你妈妈不会这样做。"

"不行！"小宝大叫。

"是交换条件，否则就互不遵守。"大周态度和蔼，始终笑眯眯。

小宝看我。我笑着说："小宝，做人要有所公平，大周的要求不过分。"

好半天，小宝才不情愿地说："好吧。"

足球事件

大周在客厅看足球赛事，小宝放学回来，鞋都没有换就跑进自己的屋里四下查看，检查好半天看不出什么端倪来，才回到客厅换鞋子放书包。抬头看到电视画面，下意识地凑了过来。

大周头都没抬。小宝眼睛盯着电视屏幕，盯了片刻，又看看大周，似乎觉得无趣，就溜回自己的房间写作业去了。大周不动声色地侧头看看小宝，狡黠地笑了。

我从厨房出来，正看到这一幕，问："搞什么名堂？"

"我在跟小宝斗智斗勇，"大周信心十足地说，"我就不信斗不过他。"

我微微叹气，这两个孩子。却又干涉不得，因为我知道这是个过程，只能任由他们斗。

隔些天，小宝生日，大周带了一个漂亮的足球回来，上面竟然有本市一些足球队员的签名。他将足球放在客厅中央，开始打扫卫生。

半小时后，小宝回来，人还未进门，一眼就看到了足球，门都不关就快步跑过来，一把把足球抱起来，忽然大声喊我："妈！妈！你在哪儿弄的？还有王凯的签名呢！"

大周支着拖把直起身："不是你妈，那是我的。"

小宝一愣，神情沮丧起来，不甘心地慢慢把球放下。又不舍得，放到一半停在那里，试探着问："那你在哪里弄到签名的？"

"这还不容易，我跟王凯是哥们儿，那孩子，还是我看着长大的呢。"

我也一愣，这些事，我也是不知道的。

小宝不甘心的眼神又放出光来，"那我能不能见见他？"说完，又心虚，恋恋不舍地把球放到一边，眼睛却还盯着不放。

"看你表现吧，考好了又不犯错误的话，我带你去见他。"

"是真的？"小宝的眼神在短短半分钟里亮了暗，暗了又亮。

"大人说话是算数的。"大周说。不再提足球的事。小宝的眼睛却再没离开过那只对他极具诱惑力的球，走路都不专心，写着作业忍不住偷跑到门边看。直到吃饭时，我祝小宝生日快乐，大周才说："小宝，那个足球送你当生日礼物了。"

小宝差点从凳子上跳起来，冲过去抱着球再没撒手。那晚，直到小宝睡着，我才从他怀里把球拿出来。盘问大周，才知道那些签名，是他守在人家训练基地守了好几天才求来的，眼睛一热。大周却是满脸得意地说："我吃的盐比他吃的饭都多，跟我斗。"

暴力事件

有时候，大周会陪着小宝在外面的空地上踢球。对大周的球技，小宝还是心悦诚服的，回来会对我说："大周还行，跑那么快，带球也好着呢。"

小宝跟着我叫他大周，叔叔都不肯叫。但他哪里知道，为了陪他踢球，大周空闲的时间就在家里练习带球，杯子都撞碎了好几只。

为了见偶像王凯，小宝努力了一段时间，某天拿着成绩单兴高采烈地跑回来跟大周讨说法。我想劝小宝，担心大周为难，大周却胸有成竹地带着小宝去了训练基地，他竟真的有本事说服名气不算小的那个球员和小宝拍了张照片。这之间费了多少口舌，我都想不清楚。

那以后，小宝对大周虽然没有亲近，但明显有了点崇拜。

那天早上，大周在卧室系领带，小宝忽然在楼下喊："脚踏车没气了，大周，你下来帮我一下。"

大周飞快跑下楼，衣服都没有穿好。我跟着下去，趁大周扛着自行车去外面的修车铺，故意问小宝："喊人家做什么，有事为什么不喊你妈。"

"他有力气啊。"小宝说，"这样的事情是要男人做的。"

我笑笑，不再追问他，小孩子没有意识到，他已经开始需要这样一个男人了。

晚上，小宝回来，一脸不高兴，书包一丢，人缩在沙发里不说话。问他，还是不说，好半天，才小声说，学校几个大男孩拦着他要钱，要挟说，不给明天就打他。我气愤，拿起电话要打给老师，却被大周制止，说："学校应该出面，但不一定是解决问题的最佳办法。小孩子的世界也有不公正，应该让小宝明白。或者还有更好的解决办法。"

第二天，大周要求接小宝，小宝想了想没有拒绝。

那天晚上，两个人笑着一同回来，进门，小宝对我说："大周可真棒，一把就把那个坏男生揪起来了，像抓小鸡一样，以后，他们不敢再欺负我了。"

"那还不够，"大周说，"以后你要跟着我跑步健身，你自己有了力气，别人才不敢欺负你，但你也不能欺负别人，明白吗？"

"明白。"小宝痛快地应着。

那天晚上，小宝要求大周陪他在电脑上打游戏，因为他终于知道对于游戏，大周是个高手。小宝又哪里知道，这个男人为了他，连最不感兴趣的事情都强迫自己专心去做，就比如打游戏。

以后，常常会听到小宝大声喊大周的名字。

小宝洗澡，会在浴室喊："大周，水太烫了，帮我弄一下。"慢慢地，小宝洗澡的时候，不再允许我进浴室，他开始像大男生一样介意男女有别。

小宝晚回来，会打电话说，找大周，然后说："大周，我回去晚，你要接我一下。"

小宝学校有球赛，他走之前说："大周，回头你去当我的拉拉队，别忘了带着那个足球。"

小宝生病打针，中间想去卫生间，喊："大周，我要去厕所，你背我。"

小宝回家，如果大周不在，他会皱眉头，问："大周去哪了，妈，他跟你说了吗？"直到得到肯定的答案，他才去写作业。

小宝开家长会，我刚好有事，他大度地说："算了算了，让大周去不是一样，你说话还不如大周有气派呢？"

……

慢慢，许多事，小宝开始不再需要我。

有天晚上，大周单位有宴会，回来很晚。中间，小宝打了两次电话，声音很不耐烦，说："大周，你也不看看几点了。"然后就挂了。自己却一直不睡。

终于在11点钟，大周被别人送了回来，喝多了，路都走不成，却一直在傻笑。进门指着小宝跟同事说："我，我儿子，漂亮吧，儿子，过来叫人啊，叫叔叔，要有礼貌，懂不懂……"

声音含糊，却很牛气，手一挥一挥的，颐指气使的样子。小宝一直皱着眉头，狠狠瞪他两眼，然后转向大周的同事，笑眯眯地叫叔叔。

客人走了，小宝照着躺在沙发上的大周踢了一脚，说："等明天再跟你算账。"

第二天，小宝醒得比大周早，进卧室把大周喊起来，拿了纸和笔过来，态度坚决地要大周写如下保证书：我每天晚上10点之前必须回家，并且从今以后绝不再喝醉。并且喝完酒绝不开车。然后要他签上名字。小宝拿了保证书仔细审阅半天，认真地贴在了墙上，说："男人说话要算数的，你说的。"

"算数算数。"大周不停地点头，像个被老师教导的虔诚的孩子，眼里却满是幸福。

小宝这才大度地说："这次原谅你了。"然后过去吃早饭。

吃过饭，大周换衣服，小宝穿好鞋子，我把书包递给他，他又像想起什么，对我说："妈，以后你不要伤害大周，因为我们需要他。"然后关上门走了。

我的心里有一股暖暖的潮潮的东西在冲漾。大周在卧室探出头问："这家伙说什么？"我没有理他，只是微笑看着他，用温暖的目光。

我知道大周赢了，但不是因为他吃的盐比小宝吃的饭多，而是因为，他付出了一个父亲对孩子能够付出的全部的爱。虽然至今，小宝也没有叫过他一声爸，可那并不重要，重要的是，他真的赢了。

爱是种子，心是土壤，大周用善良把爱种植在这个10岁孩子的心里，让它生根，发芽，慢慢地长成参天大树。

用他爱我的方式去爱他

我出生的时候，他已经40岁了，据说那时的他，不苟言笑横眉冷对，终日穿一身橄榄绿，是个优秀的作战科参谋长。据说他在我出生的那天，破例让司机带着他去医院接我回家，我的两个哥哥，都没有过这样的待遇。他说："女儿是上天赐给我的生命的惊喜，二十年后，逢年过节，有人送酒给我喝了。"

我真不知道是不是应该感到幸运，我是他多年来最想要的那个女儿，可他要我的目的，竟是为了二十年后免费的好酒，这样的惊喜，他也说得出口。

可是不管怎样，我是他的女儿了，并且一出生就让他破了一次例。然后被他抱着哄着动辄朝半空抛着，像是他最宝贝的玩具。妈说除了手枪和香烟，他最爱的就是我了。

一岁以后我开始坐在他的腿上吃饭，坐在他自行车的前面跟着他东奔西跑。而两个哥哥看到他永远都像老鼠见了猫。那时他只要在书房里坐下，就从早到晚地抽烟。妈那时也是个美丽温柔的女子，嫁了别人一定会被百般呵护，但却连阻止他抽烟都不敢说出口，实在不得已，她会讨好地求我去把他手中的烟拿下来，因为我是他最宠爱的人。他这个男人，官职不大脾气不小，根本不是个好丈夫。

我七岁的时候，他脱下了穿了三十年的军装，带着全家人从遥远的东北回到中原地区的家乡小城。脱下军装的他被分到一个不太好的单位任职，从那时候起到他退休，家里的生活就再也没有安宁过。他用部队上的严谨作风来面对这个变化多端的社会，他什么都看不惯就像个不服气的少年。那时候很多个夜晚他总是怒气冲冲地回来，把家里的桌子拍得"啪啪"响，他说怎么能这样，怎么能这样呢？如果有枪我就崩了他……妈在隔壁的卧室紧紧抱着睡眼蒙眬的我不敢说话，我记得那时候家里的窗子总是被石头打烂。我曾经因为害怕而大哭，他会拍着我的头说："别怕，丫头，天塌下来有你爸在呢。"

实话说我不怕天塌下来，我是怕他，他是那样不快乐，大量地酗酒抽烟，他越来越瘦了，我怕他根本就打不过他们。终于有一次，不知道为了什么他又把争端惹到了家里，那时两个哥哥都读了中学住在学校，妈在远一些的地方教书没有回来，被许多吵闹的人堵在家里的，只有他和我。他像头愤怒的狮子，在玻璃的破碎声中一把摸起了火炉边的火剪，他向外冲的时候，忽然一块石头飞进来擦着我的额头落在了地上，他转回身一把抱起我，下意识伸手抚摩我被擦破的额头。

我没有哭，只是因为疼眼泪不停地落了下来，他在我的眼泪中松开了手里的火剪，将我抱进了卧室有家具遮挡的一角，用身体牢牢护着我，任由外面的叫骂声和玻璃碎裂声一声声传过来，我能听到他把自己的手指关节握得直响，他忍耐着，充满屈辱地。直到警察来，才了结了那场冲突。

那天妈在黑暗中一直抱着我流泪，他一拳打在墙上，说："要不是为了小南，我会出去和他们拼命。"妈说："难得你还能为了小南。"他深深叹了口气抚摩我的脸，我看着他手背上流出的血，放声大哭。他已经是个 50 岁的男人了，怎么还能这样呢？我在心里开始恨他，因为心疼而愤愤地恨着。

终于，在我读中学那年，他被调到了离家 50 公里的地方工作，那是一个林场，他能管理的，只有满山的树木。因为交通不方便，50 公里的路，他只能自己骑着自行车去。妈生他的气，在他离开以后从来没有去看过他，我也生他的气，可我还是想念他，到了假期，催着让他回来，带我到他生活的地方去看看。50 公里，他带着我走了整整一天，其中有一半是蜿蜒的山路，难以想象，那个地方是怎样的荒芜，很少的几户人家，没有食堂，吃饭要自己做，买菜要到 5 公里以外的镇上。那天看着他破烂不堪的小屋我一次次忍着眼泪，因为他不喜欢我哭，他希望我像他一样坚强。

那样的日子，他一过便是八年。八年，寂寞和荒芜渐渐磨平了他性格中的棱角，他似乎变得心平气和起来，可是他依然骄傲，从来没有后悔当初所做的一切。然后我考上了大学，当时两个哥哥虽已工作，可微薄的薪水也只够负担自己的生活。数千元的学费对于他这样一个从来没有经济意识的男人来说，无疑是笔巨款，从来没有跟任何人借过任何东西的他，为了我的学费到处借钱，然后为了还钱、为了我的生活费，他以难以想象的毅力戒掉了抽了三十多年的烟。

戒烟没有让他长胖却让他更加消瘦了，他送我去学校，在同学年轻风光的父母面前，他苍老得让人难以相信他是我的父亲。可他还是那样骄傲，骄傲地在宿舍里指挥着我收拾自己的床铺，骄傲地说："这个城市，当初我来接兵的时候，还是个小破地方呢。"然后他像将军视察一样，背着手昂首挺胸地走过了整个校园，我挽着他的手臂，我是他最心爱的兵。

每年开学的时候，他坚持送我上火车。那个小站，快车只有两分钟的停靠时间，每次他都不顾列车员的阻拦，坚持跟我上去，帮我找到座位，然后在车门关闭前他一跃而下，莽撞得像个青年，惹得列车员一次次朝他直翻白眼，脾气那么不好的他，笑着好脾气地由着他们对他的白眼。只有为了我，他才能这样忍着。我贴在车窗玻璃上，看着他向后退去的已渐渐佝偻的身影，这个男人，都这么老了，还是那么固执，我拿他根本没有办法。

在我读大三那年，在交通发达到汽车可以一直开到他在的山顶的时候，他终于退休回到家里。为了适应退休的生活他种了花，买了鸟，可是他什么都没有照顾好，花总是没有开就死去，那些笼里的小鸟最后也都被他放了，他说讨厌它们女人啼哭一样的鸣叫。他更不喜欢看电视和报纸，上面的新闻越来越让他生气。他唯一的爱好是骑着自行车到处行走，那样不甘寂寞不服老。

彼时，我已经是个别人眼中出色的女子，年轻聪慧，还能写出漂亮的文章，可是每次他打电话，总是重复这样一句话：傻丫头，你从小就笨，在外面多长个心眼……他是这个世界上唯一说我笨的人，在他眼里我什么也不会、什么都不懂，永远像个长不大的孩子。虽然事实上，我真的已经长大了，不仅能够负担自己的生活，还能给他买他爱喝的各种名酒。

他看起来心满意足，因为在他最初的意愿里，想要个女儿无非是换日后的好酒。当然，女儿长大了还有一件事，就是恋爱。

告别大学我义无反顾地离开诸多繁华城市的诱惑回到了家乡的小城，我知道世界很大，可是没有什么地方能比家乡更诱惑我。回来的那年冬天，我遇上了他，他叫我小南，和父亲一模一样的口气。他们有同样的眼神和几乎同样的声音，我爱上了他，不顾他长我十岁、不顾他有妻有子。在那个漫长的冬天里，我只在意我的爱情，不管其他。

我却一直没有告诉父亲，一直瞒着他和妈，我知道不管他有多爱我，也不会容忍我做一个破坏别人家庭的第三者，他的善良、他的骄傲、他做人的原则都不允许。所以我小心翼翼地隐瞒着，可事情还是被用另外的方式摊开了。

我怎么都没有想到，他的妻子知道后没有找我而是找到了家里，妈焦急而慌乱地在电话里说："她来咱家了，正跟你爸闹呢。"等我明白过来，感觉到了心在飞速下坠，这是最坏的方式，我不知道固执而骄傲的父亲，怎样面对一个捍卫自己婚姻的女人对他心爱女儿的讨伐，他有生的六十多年，没有做过任何能够被别人指责的事，他永远义正词严，现在面对这样的现实，我不敢想他该如何安置他逐渐苍老的尊严。

心如霜寒，一路奔跑着回去，连车都忘了坐。等我在寒冷的风里大口大口地喘着气推开家门时，院子里却是出人意料的安静。妈站在门边，目光依旧充满忐忑，他却在花草中唯一存活的冬青树前，耐心地用剪刀修剪着它的枝叶。听到推门声他抬起头来，看着我气喘吁吁的样子责怪道："跑啥跑，大冷的天灌一肚子冷风，快进屋喝点热水。"语气平和，好像什么都没有发生。

我应着跟妈走进去，他还在那里剪着冬青的枝叶。我小声地问妈发生的事情，妈说："我放下电话时，你爸已经把她赶跑了，从来没见他那么不讲理过，说人家污蔑你，还说，我自己的女儿自己知道，谁都没她好，差点把人家气翻……丫头，你告诉妈，到底怎么回事……"

妈一边絮叨一边给我倒开水，我怔怔地站在那里，想象着妈说的情形，想象着一贯以讲道理为做人准则的他，怎样蛮不讲理地赶走了那个可怜的女人，为了他任性的女儿，他又一次破了例。我刚要说什么他走了进来，放下剪子拍了拍手看着我，慢慢地说："丫头，爸告诉你，有些东西，如果不是自己的，即使要来了，也不见得幸福。"

我和妈都怔住了，原来他是相信的，相信那个女人所说的话，而他最后的态度，却是如此。难道在他眼里，女儿所做的一切真的都是绝对正确吗?让一生明辨是非的他，缘由都不肯问一句，这样委屈自己的心性，委屈他一度看得比生命还重的骄傲。

我说不出一句话，再也忍不住大颗大颗的眼泪簌簌而下。

那天晚上，我给他打了电话说我们分手吧。我说："不管我有多爱你，也无法超越我爱他。""他是谁？"他疑惑地问。

我没有回答，这个答案，我自己知道就够了。慢慢放下电话，那一刻，心若无风的水面，异常平静。我想起他说过，我是上天赐给他的生命的惊喜，那么我怎么忍心让他一次次为我，委屈上天赐予他的生命的骄傲呢？有生之年，我一定会用他爱我的方式去爱他，不让他受一点点的委屈。

李暖暖和34个鸡蛋的温情邂逅

1

李暖暖从家里跑了。

李暖暖走之前拿着一张中国地图对他爸说:“我不会走出这张地图去,但你别打算在这张地图上找到我。”

李暖暖的爸丝毫没有被威胁到,笑眯眯地看着怒气冲天的女儿说:“暖暖,你要是能在这张地图找不到的地方生存下去,爸的家以后你来当。”

李暖暖翘翘的小鼻子都要气歪了,一把把地图抓起来,哼了一声,拎起她的小箱子就出了家门。李暖暖的妈追到门口,被她爸拉了回来。李暖暖的爸说:“让她走,23岁的大姑娘也该长翅膀了。不走我都想赶她走。”

这句话,站在门边等着她妈拽她回去的李暖暖听得清清楚楚,这句话,断绝了李暖暖最后的一点盼头,一咬牙,噔噔噔地下了楼。

李暖暖是跟她爸赌气走的,原因很简单,她已经快混完大学,马上就可以拿到毕业证了,理所当然地要求她有着显赫身份的爸,给她一份好工作。那份工作应该不累,不忙,不看别人脸色,被别人尊敬羡慕,而且收入高。

李暖暖的爸说:“你做梦吧。”

以前,李暖暖的爸不是太有时间管她,就算偶尔有个时间教育她几句,她也是听不进去的。这样家庭里的女孩子,优越感是天生的,因为这份优越,李暖暖从来就没有努力过,所有的心思都用在玩上。她爸曾经拍着桌子冲她吼:“李暖暖,你今天不努力学习,不用心做人,以后有你的苦头。”

李暖暖才不信那一套,虽然从小到大,她爸的确也没有用手中的权力宠过她，但她知道自己是他的女儿，这个身份就足够她享用一生了。却没想，最要紧的关头，她爸真的不管她，不仅不管，还不许任何人管。李暖暖虽然不怕她爸，可是别的人是怕的，包括她妈。所以李暖暖的如意算盘，就真的落空了。这让她相当受不了。李暖暖不止一次跟她爸说："如果你真不管我，我就去最贫困的地方教书，我在那里找个农村男人嫁了，这辈子都不回来。"

李暖暖她爸对女儿这样的威胁不屑一顾，根本不吃她那套。李暖暖没有办法，说出去的话泼出去的水，结果，自己把自己逼上了梁山。

当然，李暖暖去的地方，那张中国地图上当然找得到，虽然没有详细地写出名字，但至少是可以占据一个点的位置。在甘肃和青海交界的一个小地方。那也不是李暖暖盲目跑去的，学校早就动员他们这些应届毕业生去西部做志愿者，李暖暖只是一赌气报了名而已。

李暖暖就真的去了，上火车前，去邮局发了张明信片，寄给她爸，上面写：狠心的你。连爸都不叫。

2

三个月后，李暖暖才有了消息，打电话给我，说："李大强，给我寄两千块钱，快快快！"

我二话没说，去邮局给李暖暖，也就是我的堂妹寄了三千块钱，李暖暖不知道，她这一走三个月音讯皆无，快把她妈给急死了，如果不是她爸压制着，她妈早就去找她了。她一走，她妈就去了学校打听到了她的去处，回来就哭，结果倒是她爸，乐呵呵地说："好事好事，这才是我丫头。"为此，李暖暖公然指责他狠心，他都没有生气。

钱寄出去半个月，李暖暖竟然给我回了封信，一张欠条，两句话，说，"等借到一万，你去我家找那个狠心的老头要。"

这个丫头。简直让人没办法。可是她如果要钱，我还真不能不给，怎么她也叫了我23年的哥，而她一直生活得太优越，我几乎无法想象，在那种贫穷的环境下，她怎么生存？而且还已经坚持着生存了三个月。李暖暖没说什么时候回来。看样子，她是真的生她爸的气了。我给李暖暖打电话，让她无论如何跟家里联系，她说："放心吧，我会跟我妈要钱的。"

"老要钱算怎么回事？"我哄她，"不行就回来吧。"

"那怎么行?"李暖暖说，"我带毕业班呢。没事，我一跟我妈要钱，她就放心了。但是别跟李老头说啊，那老头，倔死了。"

我哭笑不得。其实李暖暖很像她爸，倔强，固执，当然，她还任性。

那次李暖暖没有和我多说几句话，因为电话费太贵，还叮嘱我，没事少给她打电话。这又让我意外，李暖暖什么时候节俭过?在那个遥远的山区里，有钱都花不出去，真不知道她搞什么名堂，我都怀疑她在搞鬼，怀疑她根本不在那里，而是躲在哪个城市里无所事事地花钱玩乐，只是她的通讯地址，却是确凿无疑的。

终于，在李暖暖她妈也就是我二婶的要求下，我决定趁着出差机会，背着李暖暖的爸去看看她。

3

可以想象我带的行李有多重，大包小包的包裹里，竟然还有果冻和巧克力，李暖暖的妈说，那是李暖暖最爱吃的，胜过爱吃饭。没办法，我就拖着几大袋子的零食上火车，下火车，转大巴，下大巴，再转小公交，结果还要步行三公里，才找到了李暖暖在信封上的地址。

是土路，刚刚下过雨，泥泞得根本抬不动脚，五月的天，我拎着 20 公斤重的零食，一个小时没有走完一公里，身上的衣服全湿了。而就在我决定扔掉那个装果冻的袋子时，碰到一个赶着毛驴车的男人，很热心地主动询问我来此的目的，听到我找李暖暖，二话没说就把我的人和东西全放在毛驴车上。

剩下的那二里路，他一直在跟我说李暖暖。他的地方口音很重，许多话我听不懂，但从他的表情里，我能感觉到他是在夸奖，或者是在感激李暖暖，恭敬地一口一个小李老师。我看着这个黑黑瘦瘦，一脸淳朴的男人，忍不住怀疑他说的小李老师，到底是不是李暖暖。

半个小时后，他将我带到了那个镇子，很小很小的镇子，只有一条街道，两旁的房子矮矮的旧旧的，走到那条街的尽头，转个弯，男人指着一个低矮围墙围起的院子说，那就是小李老师教书的学校。他憨憨地笑："我家那小子也在这个学校，是小李老师的学生。”

他领着我进去，朝着一排破旧的房子走过去，快走到时，我听到了电影中才有的古老的钟声。

下课了。

许多孩子跑出来，看到我，好奇地围过来。男人跟一个孩子说了什么，那个穿着补丁衣服的小男孩飞快地跑进一间教室，拉了一个女孩出来，一直将她拉到我面前，站住。

女孩穿简单的黑色纯棉T恤和黑色牛仔裤，乌黑的头发短短的整齐地贴在脸上。她抬起头来看我。那个瞬间，我看清了女孩的面容。我心疼了。

我的妹妹李暖暖，她黑了，瘦了，以前圆圆的脸瘦了一大圈，她还剪掉了一直最最喜欢的长头发。更让我陌生的是她衣服的颜色，以前的李暖暖，天天穿得怪异而艳丽，喜欢那些小首饰，曾经在一只耳朵戴过四个耳钉，为此差点被她爸赶出家门……而现在的她，素面朝天，只是一个极其简约的女子。

“李大强！”李暖暖在呆了片刻后大喊一声，一把就抱住了我。身边那些孩子不明所以，在我们拥抱的时候，哄笑着围在了一起。

等李暖暖终于从我怀里抬起头，我看到她哭了。

4

那天下午，李暖暖在镇子最好的一家饭店招待了我。说是最好，也只是有两层简易的小楼，一两个单间。

我们要了两荤两素四个菜，陪同我们的，还有她的三个学生。一个女孩两个男孩。李暖暖说，他们是班里最穷的孩子，可能只有春节的时候才能吃上肉。

因为那些瘦瘦小小的孩子，那顿饭，我几乎吃不下去。只陪她一起看孩子狼吞虎咽地吃着。我说再要两个菜，被李暖暖制止了，小声说：“我不想让他们知道别人可以生活得很优越，也不想让他们早早地为此自卑。”

那一刻，我看着这个从小任性刁蛮的妹妹，我发现她长大了，在最短的时间，以另外一种方式。这个贫穷的地方，将她完全改变了。改变得，我必须重新来认识。

吃过饭，她叮嘱几个孩子回家，然后，我们回了学校，李暖暖的宿舍。

李暖暖说，那是学校最好的一间房子，只有这间房子，窗子是玻璃的，玻璃是特意为她安的。墙壁显然粉刷过不久，不均匀的白色石灰覆盖不住曾经的许多污渍。一张小木床，铺着李暖暖带来的浅紫色的被单，外面挂了蚊帐。

“已经有蚊子了”，李暖暖说，“很多孩子家里，还没有蚊帐。”她说，“李大强，你知道还有这样贫穷的生活吗？”

我知道，虽然我没有去经历，但李暖暖不知道，曾经，她对此一无所知。她生活在另外一个世界里。而现在，她却停留在这样的生活里，这让我心疼。也让我突然决定了，带她走。

“暖暖，”我说，“反正也快半年了，你跟我回去。”

她摇头，很坚决地摇头，“不行，我答应了这些孩子，一定把他们送到中学。”

“一个人改变不了一个世界，你已经付出了……”

“大强，”李暖暖打断我，“你想听听我这几个月的经历吗？”

我看着她，点点头。

李暖暖说：“咱们去操场吧，省得开灯了。”

5

原本，李暖暖可以选择县上的中学，虽然县里也很穷。她是认真地在和她爸赌气，非要去个最穷的地方，以折磨自己来惩罚她爸——这样的心思，也只有她想得出来。结果，她就来了，但她还没放下行李就后悔了。她没见过这么穷的地方，在电视上都没见过。还有那么破的学校，那些教室的窗子，竟然冬天全部堵上，夏天全部敞开，根本没有玻璃。还有那些孩子，一个个都那么脏兮兮的，几乎每个孩子的衣服都不得体……

李暖暖当时就想走了，但是她没有走得掉，因为所有孩子的家长，竟然都在学校里等她，那些衣衫褴褛、形容卑微的家长，早早等在那里，是为了给她，一个愿意来教孩子们英语的老师鞠躬的，当那些乱蓬蓬的脑袋一齐低下去，李暖暖的脚就被定在了那里。有个花白头发的校长，趁机拿过了她的行李……

那天晚上，李暖暖根本没有睡，眼前总是出现那些乱蓬蓬低着的脑袋，她决定，就待一个星期。多一天都不待，不管去哪，一定要离开。

一个星期后，李暖暖没有走。两个星期后，李暖暖还没有走，然后，李暖暖就走不动了……

李暖暖的班里有32个学生，从她上课的第一天，第一排的第一个孩子，拿了一个鸡蛋给她，说是她妈让拿的。第二天，第一排第二个孩子也拿了一个鸡蛋给她，那是个羞涩的男孩，给她鸡蛋时脸红红的，不说话……结果32个孩子每天都轮流拿鸡蛋给她。她以为鸡蛋都是大人让拿过来的，直到有一天，在她收第34个鸡蛋的那天，那个羞涩的不说话的男孩的奶奶找到学校告状，说孙子偷家里的鸡蛋，她才知道了真相。为了留住她，那些孩子商定每天送她一个鸡蛋。那个叫路生的男孩，早早没有了父母，跟着年迈的奶奶相依为命。那天，她抱着那个脏兮兮的男孩放声大哭，在牛奶巧克力中长大的李暖暖，隐藏在心底23年的爱心，被34个鸡蛋彻底唤醒了。

李暖暖擦擦眼泪说："明天的课不上了，我要分果冻和巧克力给孩子们吃，好多孩子，从来没有吃过这些东西。"

我用手抹了把脸，潮潮的，不知道是不是眼泪。

6

那天晚上我和李暖暖都没有睡，我们在屋里分那些巧克力和果冻，她分得非常仔细，专注的样子很像个给孩子分食物的母亲。一个非常非常慈爱的母亲。一个非常非常善良的母亲。

第二天，李暖暖把我送到了车站。在车站，李暖暖一再叮嘱我回去要给她集资，越多越好，说："没钱东西也行，给什么要什么。"然后，依旧怨怨地说："跟我爸要，就说我需要20万赎身。"

我答应着，心里始终酸酸的。我知道有一天，李暖暖会离开那里，回到她曾经的生活中，可是回来的，已经不会再是曾经的李暖暖。就像她爸说："等到暖暖回来，我要给她开后门让她去她想去的地方，她最好能做个大官，做得比我还大……"

我把这话传给李暖暖，她呵呵地乐，说："这老头，我原谅他了。"

更暖的手，更好的爱

印象中，他该是个羞涩懂事的孩子，却怎么都没想到那天在课堂上，他会忽然一拍桌子指着旁边正窃窃私语的一个男生说："你他妈的浑蛋，不许你说她……"言语极为过分。

我和一班几十个同学同时怔住，然后迅速反应过来，"许莫，你给我站起来！"

他站起来，却依旧看那个男生，极愤怒的眼神。

"站到后面，"我说，"不要影响别的同学听课。"

他的唇动了动，似乎想说什么，在我凌厉的注视下又忍住了，抿着唇，赌气一样推开凳子走到了教室后面。心情原本不好，好好的课堂又出这样的事，我根本不想去过问缘由。

一直让许莫站了大半节课，心里犹自气恼着。他就那样倔强地站着，不看我也不看任何人，眼睛看着窗外，似乎比我更加愤怒。

下了课走到他面前，"许莫，我不想知道为了什么，写份检讨交过来，写不好以后不要来上课。"不给他任何说话的机会，转头愤愤地离开了教室。听到身后有男孩子起哄的声音，心里越发混乱，这些读了大学的孩子，很多时候真是不知好歹的。有时候仅有尊重也是不够。比如许莫的这种作为，也真出乎我的意料。

那天晚上，我呆坐在学校宿舍的桌前，无端地想起初见许莫的情形。

他是最后一个来报到的学生，穿旧的衣裤，边角都有了磨损的痕迹，短头发，偏瘦，黑黑的肤色，行李再简单不过，一只黑色的提包，那种包，城市里已经看不见。显然家境是极差的。

我接过他的通知书，说以后我是你的英语老师，也是你的辅导员。他低低地叫我一声老师，目光却并不闪躲，看着我，似乎有丝惊讶。我看了他的资料，许莫，来自陕北。农村的孩子读书晚，或者是复读过，21 岁了才考到这所大学。叮嘱他一些事项，他点头，不再说话，跟了负责的学生领取宿舍钥匙，走到转弯处，又回头看我一眼，或者是错觉，觉得他的目光，似是一种亲近的温情。

之后很少留意到他，他坐教室靠后一些的位置，似乎也不怎么爱讲话，一些日子后，许多学生会过去找我交谈，他都没有参加。偶尔可以看到他站在球场边看校队的学生打球。看到我，目光先是慌乱，继而便似是那种渴望的亲近，低低地叫一声老师，并不像大学里的学生，更像个小孩子。

和他较近的接触是举办秋季运动会时，因为要统一着装，学校收取服装费，都收过了，许莫没有交过来，负责的同学说："问他，他总说忘记带了。"我不是个对生活太迟钝的老师，立刻反应过来他是没有钱，便不动声色地替他垫付了，钱本来便不多。然后找了同宿舍的学生了解，才知道他生活的困难，每个月的生活费用不超 100 元，还是自己平时打工赚来的。心里有些难受，又顾及他的自尊，没有找他来过问。

谁知道开过了运动会，许莫竟将钱夹在教材里还我了。附了张纸条，只五个字：老师，谢谢您。我知道他的感谢是真心的。我让同学旁敲侧击地问他为什么不申请学校的补助，他让同学告诉我，他能负担自己，他是大人了，他不需要救助。

那以后，我会不经意地留意他，那个自尊心极强的农村孩子。许莫算是个好学生，也刻苦。忽然会犯这样的错，冷静下来，我猜想或许事出有因，但无论什么理由，我不能容忍一个已经成年的学生在公共场合这样放肆。他不应该。

许莫的检讨第二日便送了来，他放下，朝外走去。我在后面喊住他，他回头，看我。

"现在告诉我，为什么？"

许莫抿抿唇，不出声。我看着他，好半天，他小声说："他在背后说别人坏话。"

"谁值得你这样冲动？女孩子？"

许莫的唇又抿起来，倔强地，不肯再臣服的样子。

我摆了摆手让他走，既然不肯说，不问也罢，是允许有隐私有秘密的年龄了。只是，贫困的许莫，我想不出他会在这样的生活里，也为感情动了心？这样的年纪，感情，海誓山盟，地老天荒……心忽然就沉了下去。当初，也是这样的年纪，沈也许了我“执子之手与子偕老”的誓言，却不过十年，他当过去所有的承诺为虚无，一句话，没有爱了，便要我在一纸离婚协议上签下名字。

我不！

我们各自僵持，争吵，冷战，摔砸，家已经再不像家，可是我不肯放手。沈只当我是在拖延他，却不去想我根本是不想离开他。如此一边是感情的千疮百孔，一边是工作的繁杂忙碌。我知道为人师表这几个字的分量，所以不允许自己将生活的凌乱情绪带到课堂上，但强装的笑颜偶尔也有坚持不下的时候，因此有学生频繁问我，“老师，你好像不舒服？好像心情不太好？好像……”

我只能是笑，装着若无其事，心里希望他们都听话，真的懂事，不要再给我增添更多的烦扰。如果不是如此，也许我会采取其他方式，不会再让一个 22 岁的男子汉在这样的情形下站着，并写检讨。

那天的事，以检讨了结，我没有再提。到底许莫并不真的让我讨厌，谁知道只过了几天，许莫却又惹了事端来，他竟然用切纸刀划烂了一个女生的衣服袖子，好端端的衣服给人划得七零八落，那个漂亮女生并非心疼衣服，而是被他的举动吓得大哭，又跑不了，被许莫扯住不放……

重重推开宿舍的门，许莫正拿着那把刀子恨恨地切着桌面，我一把扯住他的衣服将他拽了起来，有给他两个耳光的冲动。许莫一抬头，眼神慌慌的，又突然泛出了温情，像看到亲人。我将他狠狠推开，“你是不是疯了？你到底想干什么？”

许莫的唇习惯地抿起来，不说话，低下头，手里却还紧紧握着那把刀子。愤怒中我伸手去夺，他一闪，我的手划到刀刃上，感觉一痛，血刷地流下来。

“老师。”许莫一把将刀子扔掉抓我的手，“老师我错了，我再不敢了。”

比我高半头的男生，弯下身来紧紧按着我流血的手，竟然呜呜地哭了。

看着他因为哭泣而抽搐的肩，心慢慢软了下来，颓然地坐在床边。许莫慌乱着拿了毛巾裹我的手指，我推开他的手。“许莫，我还是不想问你为什么，你是成年人了，可是我想问你为什么会这样做?男人欺负女人很可耻你知道吗?”

“我错了。”他擦眼泪，“我再也不会了，我发誓。”

发誓？心又是一疼，男人的誓言？

叹口气，“许莫，家里来送你读书不容易，好自为之吧。”忽然疲惫得什么都不想再说，站起来走出门去。许莫在后面喊了我一声，没有回头。那一刻，我不想再看见他。

那次，许莫被记了过，我没有替他求情，那是他为自己的过错付出的代价。

之后一段时间，许莫异常安静，更加听不到他的声音，操场边上也再看不到他的身影。偶尔在课堂上扫他一眼，目光一碰，他就飞快地躲开了，来不及靠近。我没有更多的心思过问他，沈已经将离婚起诉书交到了法庭。

周末的晚上，回去取衣服。虽然已经搬出来住，依旧将许多东西留在家中，按时回去拿。心里抱着奇迹般的幻想，想哪一天打开门，沈用曾经的温柔对我说:“亲爱的，你回来了？”

然，只是幻想。走出校门不远的路口，沈将我拦住了，手里提着一只箱子。

“回去拿衣服对吗？不用回去了，我把你的衣服带过来了，你还需要什么，我都可以给你送过来。或者我离开，什么都留给你，只要你肯……”

我不肯。心已经在类似的疼痛中渐渐麻木，意识却是清醒，我有多么不甘心，这个男人，十年的爱，他说不要就不要了，那么彻底。

他将箱子递向我手中。“我们都是成年人了，也都受过高等教育，理智点好吗？”

我不说话，拒绝接他手里的箱子，我只是平凡的女人，即使到了一百岁，也还在意真心付出过的感情。

这样来来回回地推拒着，顾不得是否有人走过有人驻足观看。他终于没了耐心，一把扯住我的胳膊，硬硬地将箱子塞给我。两人都赌了气，动作生硬起来，他一抬手，胳膊抵在我的下巴上，我踉跄着向后退去。

没看到这个时候许莫从哪里出现，他忽然就冲上来一把扯住了沈，用了那样大的力气将他狠狠掼到了地上。沈本能地跃起来揪住许莫，在我的震惊中，两人撕扯到了一起。围观的人乱糟糟的，有人开始拉架，我跟着手忙脚乱地去扯，却扯不动两个失去理智的男人中任何一个。只听到许莫愤怒地喊："让你打我老师，让你打我老师……"

心在许莫的喊声里缩成了一团，眼前的一幕就凌乱起来，当许多人七手八脚地将两人扯开时，沈的眼镜被打碎了，衣服也破了。而许莫，手背和嘴角都流了血，沈几乎比他健壮一倍，做过健身教练，许莫根本不是他的对手。我想去扯沈的衣服，也想去擦许莫嘴角的血，手僵在了半空，却被沈一把甩开。"咱们法庭上见吧。"他推开围观的人愤然离开。

人群慢慢走散，站在那里，身边只剩了许莫。他试探着，小声喊我，老师。

我抬头看他，心疼地拿了袖子擦他唇边的血。"许莫，你怎么在这里？"

他又抿住了唇。

"告诉老师。"我的手停留在他柔软的唇边，心里开始觉得疼痛。竟然是他来保护我，一个做我学生的男孩，一个我生命中路过的陌生人。以这种方式。

许莫慌起来，躲开我的手，抬起自己的手试图擦嘴边的血，却看到手背上的血，又匆忙放下了。

"你跟着我是吗？"不会是碰巧，我想，这个孩子到底想干什么？

好半天，我看着许莫，他不说话，我一直看。终于，他点点头，"对不起，我是。"许莫坦白，那天，因为那个调皮的男生说我更年期提前一样总是板着脸，他才在课堂上骂他；因为那个女生说我的老公不要我了，他就用刀子划人家的衣服；因为他看到沈打我，他才和沈拼命……而这一切不过是因为我像他那个为了有钱供他读书、早早嫁了人的姐姐，因为我曾给过他一套衣服的帮助，因为他知道我不快乐，所以他担心，常常跟着我……

于是在 2007 年 11 月 11 日，我结婚六周年的晚上，站在已经寒冷的街头，我就这样知道了世上还有另外的爱，还有许多的爱。我曾在刚才的某个瞬间里，以为他心里有极端的感情，以为他对我，有另外的想法。可一切不过这样简单，不过因为他爱我，在心里，当我是亲人是姐姐。所以拿了他那颗全部的心来疼我维护我保护我。

慢慢将许莫拥在怀里，抚摩着他毛茸茸的短发，轻轻唤他，弟。泪就暖暖地流下来。

三天后，我在离婚协议上签字，神情从容。沈用异样的目光看我。我笑笑，转身离开。这么长时间，我一直以为失去沈就失去了全部，现在我知道，这个世上，其实还有更暖的手，还有更好的爱。

孔雀那么骄傲

一

孔雀对我们说的第一句话是：你们谁知道动物园怎么走？

我们另外三个女生面面相觑，原本就不熟悉，又都家在外地，这样的问题，自然没有人回答得出。

不等回答，她又解释说："我想去看看孔雀，我还没见过真的孔雀呢。"

我先笑起来。那笑，是下意识的，我很小就见过孔雀了，那实在是动物园里的常见动物，她竟没有见过。我不由得回头打量她，这个来得最晚的新室友。

个子高高的女孩，清秀的眉目，衣衫略略粗糙但并不土气，有了读书读出的清雅气质，长发随意在后面束了一下。竟是我们四个女生中最好看的。

她们也在打量她，她这才想起作自我介绍："我叫孔雀，家是宝鸡的。"又补充："不在宝鸡城里，在农村。"

竟然如此坦白。然后她从很大的编织袋里拿出一床花团锦簇的被子，是那种俗气艳丽的。我听到谁偷笑了一下，但我心里却有些因为她的到来而欢喜，我喜欢她的坦白，还有她的名字。孔雀，怎么会取这样的名字呢？

随后大家又各自作了介绍，我们四个人，甜甜和苏洋也都是陕西人，只有我来自外省。

那天晚上，四个人中孔雀说话最多，都是对即将开始的大学生活和这个城市的问题，问来问去毫无掩饰自己的没有见过世面的好奇，即使没有人回答，也自顾自地说。

有点絮叨，但不烦人。

二

最初的相处倒是融洽，在彼此试探摸索理解的过程中，谁都保留几分，有几分客气。除了孔雀，对谁都不设防一样，想说什么便说，甚至没出三天，就找到了家在本市的同学问清楚了去动物园的路线，回到宿舍便迫不及待地询问，周末是否有人陪她去。

我本是要拒绝，动物园，全国的我都看遍了，实在没有兴趣。但苏洋和甜甜都先摇了头，苏洋说周末去亲戚家，甜甜的借口是晕车不想出去。

孔雀转身就央求我："秦澈，你陪我去好不好？我自己怕走丢了。"

我忽然就不忍心拒绝她，又看旁边，两个女孩子不动声色地笑，分明是有一丝不屑。于是果断点头说："好，我陪你。"

孔雀乐得大叫。

周末一大早，被孔雀硬拉起来，两个人出了我们读书的长安大学，走到文艺路南口，乘上二环一号线。公交车上，途经城市的繁华地段，孔雀四下观看，然后对我说："西安真好，跟电视上一样。"

"我来这里前，只去过一次宝鸡……"遗憾的口吻。

"以后，你兴许可以去全世界任何地方。"我安慰她。

她却很坚定地点头，"我爷爷也是这样说的，他说我以后一定有出息。"于是我知道了孔雀的名字是爷爷取的。爷爷曾经去过城里的动物园，看过一只开屏的孔雀，极美。当时她还在母亲腹中，爷爷便说："若是女孩，就叫孔雀，美着呢。"

我笑说："你果然很美。"

她又点头，"我是我们村里最好看的女孩了。从小就有人去说亲呢。"说完，自己先笑起来。

这个可爱的丫头。

动物园门口，看到票价的时候孔雀愣了一下，自语道："我怎么忘了还得买票？"

我飞快拿出钱包,“让我来。”

她立刻拒绝,“那怎么行?是我拉你来的,必须我买。”说着把手伸进包里去掏钱。

其实她不说我也知道,她的家境不会太好,是农村那种寻常家庭吧,祖祖辈辈都是农民,只有父亲在外打工,收入也不会太高,这几天,她去的是普通食堂,吃的自然也是廉价饭菜。我是真的想要买票,所以和她争起来。

孔雀最终没有争过我,把学生证给了我。依然笑着说:“是你跟我争的,我不欠你的情。”

很怕她计较,她这样说,我心里倒是舒服,拿着学生证过去买了票和纯净水。

三

那天,在等了近三个小时后,一只绿孔雀终于懒洋洋地开了屏。我松了一口气,真怕如果它还不开屏,孔雀会坚持等到动物园关门。她在那里大呼小叫,不停说好看,我在旁边拿出相机偷偷拍了她兴奋的样子。

过了几天,我把照片洗好给她,她吃惊地低头看着,半天没说话,我刚要喊她,然后就有一滴眼泪从她眼中滑到了照片上。

孔雀哭了,无声无息地,眼泪一滴一滴。我一时慌了手脚,不知做错了什么,好半天才敢小声喊她的名字。她抬起头来,擦擦眼泪,“要是爷爷看到得多高兴。”

“那寄回去给他看啊。”

她摇头,“爷爷不在了,去世两年了。”她抿抿嘴唇,深深叹息一声,“但是爷爷会看到的。他走的时候说他会一直在天上看着我。”她松开嘴唇,唇角微微上翘,是想微笑时的样子。

照片,孔雀寄回了家。过了些天,她收到家里寄过来的小包裹,两双做工精细的鞋垫。她给我一双。我说我不要,我没有垫鞋垫的习惯。她说:“这是我妈给你做的,我对她说了,在这里,你对我好,你带我去的动物园。”

我不再拒绝,默默收下了。那以后,我会在生活上有意无意地照顾孔雀—

些，周末坚决拉她出去改善生活，或者借口衣服买大了号送给她穿……总是怕她会心思敏感而拒绝，每次都有些小心翼翼。好在，孔雀从未让我尴尬过，我对她的好，她大大方方接受。反倒是苏洋和甜甜，察觉出我经济的宽裕和对孔雀的态度，渐渐和我有了微妙隔阂。但彼此真正的分歧，却是在大一下学期出现的。

四

那个周末，我拉了孔雀陪我去西大街的专卖店，买了一件耐克的上衣，新款，价格也高。对我买这些高价位的衣服和使用笔记本电脑、MP4、去影院看大片等消费行为，孔雀最初也咂舌，问我："你家是不是很有钱啊？"得到我确定答复后，就不再问了，之后反倒总是态度寻常地说："喜欢就买呗，反正有钱。"

那样的口气，并不是嘲讽更不是自卑。我知道大学里家境差别太大的学生是做不了朋友的，可我喜欢孔雀，不想因此失去她。但在孔雀的观念里，有钱就花没钱不花是正常事，她也并不因为我们的经济差距而疏远我，这让我有些感动。

那天买回衣服，刚把袋子丢到床上，忽然听孔雀大惊小怪地说："呀，苏洋，你的衣服跟秦澈刚买的那件一模一样，你们都好舍得啊，那么贵！"

我回头，就看见苏洋穿了一件耐克的上衣走进屋来，如孔雀所说，和我不曾拆封那件是一样的。我笑，开玩笑的口吻说："真是英雄所见略同，只怕我穿了不如你穿好看。"

没想到，苏洋的脸却一沉，竟然脱下衣服丢到床上，扯过另外一件外套，头也不回地走了出去。

我和孔雀都愣在那里，孔雀纳闷地说："她怎么了？"

我走过去把她丢下的衣服拿起来，明白过来，虽然衣服一样，但很明显，苏洋这件是仿版，该是在那些小外贸店淘来的，她定然认为我是故意要她难堪吧。

孔雀还在问："她到底咋了？"

我叹口气，把苏洋的衣服放回去，什么都没说，我那件衣服，也没有拆。

第二天下午下课回来，在门口，听见孔雀正跟苏洋解释，“秦澈真不是故意的，她不知道你买了，她又没看见……”

旁边甜甜打断她，“秦澈不就有俩钱，用得着你天天这么讨好她吗？”

孔雀立刻急了，“人家有钱怎么了？那钱又不是偷的，有钱还不让人家花？”

苏洋又顶回来，“你干脆给秦澈当丫头算了！”

我再也听不下去了，正要走进去替她抱不平，却听孔雀说：“秦澈真的对我好，你们不许说她！”

我的脚步就这样顿在门边，鼻子一酸，眼泪掉了下来。

五

一个宿舍，就这样划了帮派。我倒无所谓，孔雀却不喜欢这样，很多次试图让大家重新接近，却始终不行。她很伤心，我劝她，人和人之间不是谁都可以和谁靠近的。

她看着我，“我们村里人都很穷，但是都很亲，从来不这样。”

我不知道该对她说什么，心里有些伤感。反倒是她来安慰我，“没关系，不管怎样，我都会和你很好很好的，你对我好。”

我握住她的手，心里默默说：孔雀，有你，我不再需要更多朋友。

六

大二，孔雀恋爱了，男孩和她是老乡，很高很帅气，他们在一起很般配。孔雀喜欢那个男孩的原因很单纯，男孩的家，就住在县城她读高中的学校后面。他们在一起，可以用家乡话说一些彼此知道的话题。这让孔雀觉得幸福。

她要的幸福那么简单，所以容易得到，因此恋爱一帆风顺，无波无澜地直到大四。那年夏天的校园，一对对恋人悲伤着各自离散，愁绪布满校园的天空，只有孔雀和她心爱的男生，手牵手朝着同一个方向而去——他们家乡的方向，幸福的方向。

而我，形单影只回到武汉，继续寻找我的另一半。

分开的日子常有联系，似乎已经习惯了，不管买衣服还是买女子的饰物，我都会一买两件，一件自己留下，一件给孔雀。

她始终接受得大方，从来不疑我有施舍的成分。也会偶尔寄点家乡的小特产给我，我们的关系，因此得以温暖地延续。两年后，2008年秋天，孔雀给我寄了结婚请柬。我千里迢迢赶去，带着我终于寻到的中意男子，给她送了丰厚大礼。没错，我自小家境优越，父亲生意不小，从不曾为钱困顿，为此，我从小习惯了被排斥，少有朋友。而孔雀，这个和我家境相去甚远的女子，却始终给我姐妹般真诚的爱和担待，我自然要让我的姐妹嫁得风光。

做了新娘的孔雀，接受我的礼物，带着开屏般美丽大方的笑容。

随后，2009年元旦，我也嫁了。她因怀了宝宝没有过来，给我寄了一幅有半面墙壁大的十字绣，是两个年轻姣好的女子牵手站在湖边。里面有短签：你送我的丰厚大礼，多是父母所赐，你获得很轻易。我送你的十字绣，是我日日夜夜不停，一针一针绣了一年半，异常辛苦。所以，我们打平了。你给我的爱和我给你的一样多。

我看着，慢慢笑起来，终于笑出了眼泪。孔雀，原来你是那么骄傲。是因为骄傲吗？你从不曾仰望和嫉妒富有的我；是因为骄傲吗？你从不轻贱自己贫穷而单薄的生活；是因为骄傲吗？你定然要把所有的爱偿还，一点不欠。可是骄傲的孔雀你知道吗，你给我的，始终比我给你的多。

良家妇女张如玉

张如玉有句口头语：别欺负我，我可是良家妇女。

张如玉不过24岁，有张很看得过去的脸，在一年的大多时间里，穿着吊带的上衣或裙子。除非真的冷了，会在外面加上外套，薄一点或者厚一点的。即使到了寒冬，羽绒大衣里面，也不过是件吊带小背心。只这样的穿着看起来就很不良家。且因销售部门的工作性质，她常常出入各种酒场，虽然起先也是温柔推搪，但总扛不了席间几句话的激将，大多几分钟后就会抓起杯子来跟对方拼酒，却基本上总能把对方拼倒……总之，和概念上的良家妇女根本就是两码事。

而我去公司的第一天，便逢上她跟自己的顶头上司吵架。

那天我跟着领导去销售部报到，走到门前时，忽听到里面传出一个脆脆的女声，桌子也似乎被拍得"啪啪"响，"不就违反了点破纪律吗，我有业绩就成，别跟我这上纲上线的……"然后我听到这样一句话，"别欺负我，我可是良家妇女。"

领导笑起来，说："真没见过张如玉这样的良家妇女。"

我只笑笑没答话，遵守新人的处世规则，事事不了解，要少说话多做事。

然后领导推开门，迎面，我便看到一个女孩年轻精致的面容，眉目纤细，下巴尖尖，薄巧的唇，穿件桃红色小吊带背心，黑色绣了桃红色牡丹的牛仔裤，像个大二逃学的学生。

因为进去了陌生人，屋里安静下来，对面的女孩挑了挑眉毛瞥我一眼，转身走到一张桌旁兀自坐下。

几分钟后，我知道了她便是号称良家妇女的张如玉。多少是意外的，她这样年轻且好看。

我保持着平和的微笑先问候了她。她站起来，说："我姓张，张如玉，守身如玉的如玉。”说完拎起背包头也不回噔噔噔走了出去。

刚刚同她吵架的部门经理看着她的背影同领导诉苦，“你看她又这样。”

领导笑，“都知道她这样了，让着点呗，别欺负良家妇女。”

经理嘟哝，“还不知道是谁欺负谁，有这样的良家妇女吗？”

一屋子的人便笑起来。

那以后，便可以天天看到张如玉，刚过了五月的季节，早晚的气温也会低下来，她却每天不畏寒冷地穿着小吊带上衣四下招摇。除了外出处理业务，在办公室的许多时间她会同客户打电话，常常说着说着声音就大了起来，不管高兴还是不高兴，偶尔也会在电话里有争论，末了她总习惯地来一句，“别欺负我，我可是良家妇女。”

不知道这个小女子如此一句口头禅的由来，但说得频率是相当高的，以至于很多人都知道了，有时候她不在，有人打电话找她，甚至会说，良家妇女在不。

印记一般。

或者是早早领略了她的泼辣，私下里，我要自己警惕地和她保持着一定距离，持敬而远之的态度，想惹不起是躲得起的。所以一段日子下来，除了见面时必须的问候和工作中的一些小问题，我同她之间始终没有其他来往。她也似乎很不在乎这些，身边看起来亦没有亲密的同性朋友，来来往往独行侠一样。

但也慢慢知道了些关于张如玉的事情，她是三年前进公司的，中专学历，学过营销。父母很早离异，在单亲家庭中长大。性格略微有点怪异，脾气也不太好，很容易为了一些事跟别人争执。也爱违反公司这样那样的规定，单是着装的我行我素，最初她就跟领导争了很多次。说的话也是语不惊人死不休，一次竟然同主任说：“允许你们穿着棉袄腐败，就不能让我穿着吊带背心辛勤工作啊。”

一句话把年过半百的主任噎个半死。以后，索性由了她。在销售部，张如玉的工作业绩一直很好，私下，也有这样的说辞——因为她有张漂亮的脸蛋。

但这只是说辞，张如玉工作的努力是有目共睹的，很少有人像她那样，认真到会跟对方一次次吵架，结果她常常就把定单吵回来了。几十平方的屋里，我渐渐习惯了张如玉那种脆脆的得理不让人的声音，和她那句每次听了都会笑的口头禅。

夏天真正到来的时候，张如玉的吊带上衣越来越短了，短得走动时就可露出小小的绯红的肚脐。加上她极其细腻的浅棕色肌肤和性感的锁骨，这个小女子，好看得有时让我嫉妒。

没想到那次张如玉会自告奋勇同我一起去催账，二百公里外的一个小城市，钱也并不是很多，几万块，只是对方一直拖着不肯给，找出种种理由，当初的单是我签的，这样的结果很令我为难。她在会上知道了原委，不等别人说什么，站起来说："我同你去，什么大不了的，欠债不还还有理了。"

真是觉得感激她，说实话，有她同去我也觉得底气足一些，虽然事实上她比我还小了半岁。路上本想同她说句感谢的话，谁料她上车说了句"养好了精神好要钱"，闭上眼睛便睡了。很快就睡得东倒西歪起来。

三个小时后到达目的地，去酒店简单收拾过。就打车奔那家公司。

张如玉一直和颜悦色，说了很多好听的话，然后诚恳地邀请了晚餐。

晚饭去的人很多，年龄不一的各类男人，摆明了要将我和张如玉灌醉的架势。我很为难，从小便不适应酒精。张如玉却满不在乎地笑，看着他们将高高的玻璃杯倒满了白酒，不等人家说话，忽然抓起面前的一杯来喝下，然后拿过我前面的一杯再次一口喝下，说："我知道你们这边的规矩是谁先喝谁有发言权，那现在我说，今天晚上酒怎么喝都行，但钱一定得给，收了钱再说别的。"

两杯酒，大约有四两的样子，48度的白酒，张如玉的这一招让对面的几个男人瞠目结舌，她一直面不改色地看着他们。好半天，其中负责的胖胖的中年人对另外一个人说："你去拿支票。"

十分钟后，支票取了过来。张如玉拿起来看了看递到我手中说，收好。

我将支票放入包内，她便站起身来拉着我说："好了，咱们走。"不顾一屋子的大眼瞪小眼，拉着我朝外走去。在门边，听到后面的人抗议起来，"不是说了喝酒的嘛，一点信誉没有。"

张如玉笑着回过头，"是你们没有信誉在先。"说完径直扯了我的手臂走了出去。一直走到外面才开始大笑起来，一直笑，笑得蹲了下来。我担心她空腹喝下的两杯酒，以为她是醉了，弯下身来扶她。

张如玉摆手，仰起脸看着我说："我没事，就是觉得好笑。"

"你喝了那么多酒……"

"没关系。"她打断我，"我对酒精免疫，我妈说我是遗传了我爸。这点酒没事的，我就是想笑，你看看他们那样子，以为会赚多大便宜，结果晚饭还得自己买单。"

想起那一桌子的人和那桌丰盛的佳肴以及价格不菲的酒，我也笑了起来。她笑半天才说："走吧，咱俩吃饭去，这家公司以后你也不用联系了，没有信誉的合作伙伴不要也罢。"

我诚恳地点头。张如玉有值得我学习的地方，她比我早认识这个社会三年。

那天晚上，我和她在那个陌生城市的街头吃烤肉喝啤酒，我看着她喝，她依然还能一瓶瓶地喝下去，边喝酒边问我许多大学的事情，很仔细地问，充满了好奇。

我说，她便认真地听。说到什么，两个人也一起笑，后来她却慢悠悠地叹口气说："如果我爸不是那么没良心，我一定会读大学然后读研究生再读博士。"

我愣了一下，知道她想起了什么，便不再说下去，反倒是她很无所谓地说："这样也挺好，我 20 岁就能养我妈了，有时候也挺自豪的。"

灯光下我很近地看着她，那样年轻无瑕疵的面容，眼睛里，却不经意地露出些许和年龄不符合的沧桑来。而那天晚上，声称对酒精免疫的张如玉最后却喝得有点多了，我觉得她好像醉了，目光慢慢飘忽起来，语无伦次地说起她的母亲，母亲的漂亮，母亲对父亲的痴心，母亲的傻……边说边笑。

忽然觉得心酸，回住处的途中就刻意换了话题来说。想了想半开玩笑地问她，为什么总说自己是良家妇女。张如玉又不可自抑地笑起来，笑够了说："你知道不，我 20 岁的时候，妈妈有个同学给我介绍了一个警察，安排我们相亲。去的时候我穿了件黑色的吊带背心，我就是喜欢穿吊带背心，他看着我说，你这个样子不怎么像良家妇女……后来再去相亲，我先跟对方说，我是良家妇女……我不信没有好男人会爱上一个穿吊带背心的良家妇女。"

我再也忍不住笑起来。竟然是这样的典故，若她不说，我是如何也想不出来的。张如玉这样固执，只因为喜欢，在任何时候都纵容自己穿吊带的嗜好，并为此注解。忽然觉得她的纯真可爱，她所做的一切，包括她的任性不讲理，不过是不肯掩饰自己的个性而已。事实上她比我们都真实，她不懂得敷衍。

那次之后，对张如玉，我心里有了特殊的亲近，再听她说那句话，分明觉得可爱了。她却依然故我，并没有因为那次的同行和我靠近，依旧是有事就处理无事不过问。但有时候接了某个电话出去时，她会绕到我桌前说："良家妇女相亲去了。"

我会意地笑。看着她漂亮的小背影在门边消失。

张如玉受伤时我到公司已经快一年了。那天上班好半天，张如玉没有过来，亦没有人问，她贪睡，常常迟到。可那天一直到下班她也没有来，硬是旷了一上午班。下午再上班时，便得知她受伤的消息。说是胳膊和右肩被人用刀子刺伤了。

我慌忙跑去医院，在病房里找到她时，她的肩上和右胳膊都打了很厚的绷带，左手却拿着很大的一个苹果在吃，看到我，有些颓丧地抱怨："我妈刚走你又来，多烦人啊。"

我不顾她的抱怨，很是焦急地问她事情的原委。

她将苹果放下，"真是的，被你们打扰得一个苹果半小时了还没吃完。哪里有怎么回事，昨天晚上出去玩得晚了，在一个巷子里碰上流氓了，估计他也拿我当女流氓了。结果我跟他打了半天，妈的他手里有刀子，如果我也有刀他肯定打不过我，还没我高呢。"

"还打，你不会喊人不会跑啊。"我恨她说起来竟是扬扬得意的样子。

"跑什么跑，我跑了还能抓住他吗？最痛恨欺负良家妇女的人了。"她又想起什么，张大眼睛看着我，"报社刚才有人来采访我了，估计明天就会见报，以后我就有实有据了。现在你相信我是良家妇女了吧？"

我看着她，看着她因想象这样一件事端所带来的后果而满眼乱飞的幸福，幸福得像个拣了宝贝的孩子，似乎丝毫不觉伤口的疼痛。

"是的，"我说，"我相信了。大家都会相信你是良家妇女，以后就没有人敢欺负你了。"

后记：张如玉勇斗流氓的消息上了报纸，一个豆腐块大的小新闻。她将报道剪下放大贴在墙上，上面写了一行字：良家妇女的捍卫誓词。一个月后，张如玉康复，开始和处理那件事情的英俊小警察拍拖。她没说错，总会有好男人爱上穿吊带背心的良家妇女的。

良笙，不醉不归

A

两年前。秋天。

曾经的同室好友何若的生日，晚上，打电话给她，祝她在遥远的广州生日快乐。

刚说了两句，忽然听见她说了声，“喂，你干吗？”然后那边就换了陌生的声音，一个女孩子，娇滴滴地对着电话喊，“姐，姐，以后有空，我去北京找你啊。”

我说：“你谁啊？”

她说，“我良笙啊，以后你就认识了。我去找你喝酒……”

电话被何若拿回去，我猜测，大抵是抢了回去。何若说，“别答理她，又喝多了。”

我乐了！“谁呀那么爱喝？”

“良笙，我在广州认识的，画画的，小姑娘人不错，就是爱喝酒，赚点钱都让她喝了……”

我大笑。接触的同性中，各种爱好的都有，爱喝酒的，她算第一个。

从此记住良笙。

B

一年半前。春天。

晚上，何若忽然打来电话，说：“良笙去北京了，兴许会去找你，她走时要了你电话。”

“良笙。”我没有犹豫就想起她，“那个爱喝酒的小姑娘。她来出差？找我干吗？”

“她要去北京发展。”何若说，“为了一个男人，网恋。”

“她疯了，这年头，还真有投奔网上恋人的？”我诧异不已。

“都有发疯的那一段，拦不住她，让她去吧。兴许会去找你，如果觉得麻烦，就找借口推掉。”何若说，“多一事不如少一事吧。”

“知道了。”我应着挂电话，想那个良笙，喝酒不算，还执著于网恋。真是稀少。

之后的几天，有陌生号码的电话打进来，第一个念头会猜测，是不是良笙呢？然后犹豫着接还是不接。

已经不是对新鲜事物保持好奇和热情的青涩年纪，在生活中，我知道我世故了。

最后还是接了，想起她醉后叫的那声姐。可是，不是她，是业务电话。

过了段时间，就把这事忘了。

C

一年前。秋天。

可能很多人会喜欢北京的秋天，因为北京的红叶，因为天空慢慢地高远。

我只觉得萧瑟，北京的秋天风太大，偶尔有沙尘，并且我总是在秋天失恋。

周末躲在租住的小房子里看之前买来没有看的碟片。

电话响了好久，很执著。吵得烦，探身去摸过来按了接听键放到耳朵边。

“姐，我是良笙啊。我想见见你哦——”长长的尾音，我听出了醉意。

不知为什么，忽然很羡慕她，是啊，心情那么糟糕，本来可以去喝酒，可是不爱喝，也没有人喊我喝，只好闷在家里看碟。

因为这点羡慕吧，我立刻同意了，说：“你在哪儿？”

“我也不知道，一个酒吧。”她说，“你说你在哪，我写下来，找个出租车司机载我去就成。”

这倒是个办法，我把地址告诉了她。然后，我爬起来换了衣服下楼，在小区门口等她，担心她即使到了也找不准。

大约二十分钟，有辆出租车在门口停下，右边前门打开，一个女孩好像是滚了下来，却奇迹般站住了，然后，拉开后面的车门拽出一个大箱子。

女孩很娇小，箱子很大，在一起，形成鲜明的对比。

司机喊，车钱。

我赶快走过去，先试探问，良笙？

娇小的女孩摇晃一下身体转过头，白皙的小脸，精致的五官，脆生生地应了一句，哎。然后笑起来。

我给了司机钱，出租车开走了。良笙说："姐，谢谢你哦。"可就是那一刻，我忽然觉得不太对劲，她为什么提着那么大的箱子？

良笙立刻就给了我答案："姐，幸好北京还有你，我得在你这住一段时间。"

我目瞪口呆。她哪里是来找我喝酒，她简直是来赖上我。

可是她醉成这个样子，一个女孩子，我怎么拒绝她？

心一软，就收留了她。

D

十个月前。冬天。

良笙在我这里一住就是两个月。我之所以能容忍她赖了这么长时间，原因有三：第一，良笙失恋了。她投奔的网络中的男人，要的不是恋人，而是情人。她不肯，所以失恋。我们同病相怜。第二，良笙超级勤快，她的工作方式是在家里给杂志画插图，偶尔还接个设计的小活，所以时间很多。她来之后，小窝立刻整洁了。第三，她是典型的南方女子，会煲各种汤，不仅让失恋的我在北京最干燥的季节里没有憔悴，还被滋润得水嫩嫩的。

良笙收入尚可，经济上，并不依赖我。但是正如何若所说，她的钱，很多都用来买酒了。她的确爱喝，这一点，我见识了。如果在家吃饭，喝得倒不多，一小瓶喜力，我一劝，她就不再开第二瓶，如果去酒吧，肯定是不醉不归。

良笙去酒吧的频率是一周一到两次。喝完爱笑，发嗲。

"干吗老喝酒啊？"在她又一次喝醉醒来之后，我问她。

“喜欢呗。”她说，“你喜欢漂亮衣服，何若姐喜欢攒钱，我就喜欢喝酒，不行啊？”

“行。”我懒得多问。我只是想知道她什么时候走。我并不打算一直收留她，我喜欢一个人或者和一个男人待着。两个月，她已经待得够久了。

所以冬天过到一半的时候，我决定和她协商这个问题。

于是那天晚上，一边喝汤一边问她：“反正也和他分开了，为什么不回广州？”

她刚刚打开一瓶喜力，听我问，扭过头警惕地看着我：“你是不是要赶我走？”

“别那么敏感，”我装作若无其事，“你来北京是为了人，不是为了前途，回家多好。”

良笙摇头，“不，没待够。我开始来北京是为了他，现在不想走是因为我喜欢上北京了，北京真好啊，那么大气，冬天还下雪。想去看天安门就去看天安门……”

我打断她，“良笙，你别说你不打算走了。”

她点头，“我在这里赚钱比在广州还多。要不，”她仰起小脸看着我，“我付你一半房租吧。”

又一次，她让我目瞪口呆，她一定是喝酒喝得神志不太好了，怎么有点儿无赖呢？

但是咬了好几次牙，我没忍心翻脸把她赶走。

我没出息，说不出口。

3

半年前。春天。

春天真是好季节，我又恋爱了，心情像柳芽一样欣欣向荣。他知道我那次失恋的经历，很佩服地对我说：“见过很多失恋的女子，没见过越失恋越漂亮的。”

漂亮？好像不止一个人说，难道是良笙那些汤的缘故？可是汤再靓，我也必须狠下心让她走了。我恋爱了，需要私人空间。

不知道该怎么说，干脆将他带回去，回去前，给良笙打电话："多烧点汤哦，有客人。"

晚餐，良笙果然准备颇丰，看见我带回去的是个英俊男子，眼睛一亮："啊，这位兄台，我请你喝酒。"然后跑进卧室，抱出一箱喜力。

我的男子说："酒美菜香，太好了，"然后毫不客气地开酒瓶。

看着他们酒逢知己般，我竟不知怎么制止，只好呆呆地看着良笙一瓶一瓶喝得眼睛无限风情地眯起来，嗲嗲地说："哥啊，你跟我姐，你们好般配哦……"酒明明没多少，这表情，我怀疑是借点酒装的。可是这样的结果，依然让我感觉到自己的失算。

第二天，他对我说："你那个女朋友，叫什么来着，良笙，蛮可爱的。"

我更加下了决心，要把这个"蛮可爱"赶走，我要防患未然，以后他常来，他们这样喝下去，没准会出什么事儿呢。

不绕弯子了，直说。"我恋爱了，我们再住在一起，不方便，要不，良笙……"

"姐，别说了，我搬出去，这两天就搬，在网上发布租房信息了。"

心又一软，但立刻又硬起来，萍水相逢，我这样待她已经足够。

下

三个月前。夏天。

谈一个定单，谈来谈去却还是没有谈成。那个温州男人，矮矮胖胖的，很烦人，每次谈事情，非要上饭桌，一上饭桌，就非劝酒，好像喝不尽兴，合同就不会签。

第三次，他约在一家西餐馆。他说："听说那里有自酿的招牌啤酒，味道很不错的。"

硬着头皮过去，说了几句话，又开始劝酒，酒杯都快举到我脸上了。

小女子也不可辱，我推开他的手，强忍恼怒说："我真不会！"

"没关系，姐，我会，我替你喝。"

笑眯眯的一张小脸，是良笙。两个月前，她从我那里搬走，再没有回去，喝多的时候，会给我打电话。她经常喝多，所以经常打电话。

她说："姐，真巧，我和朋友在隔壁喝酒呢，听着声音像你。"

我转头看去，灯光下的男子面容恍惚。良笙小声说："是酒友，不是男友。"

真有她的。

然后良笙坐下来，依旧笑眯眯地对温州男人说："先生，我同你喝哦。"

温州男人喜出望外，"好，好。"杯子立刻转向良笙。良笙，她比我漂亮。

真没想到良笙那么能喝，虽然喝到第三杯时，她已经开始嗲嗲的了，但这更激发了温州男人的斗志。喝到第六杯的时候，良笙嗲嗲地问，"你跟我姐那定单，签不签嘛？"

喝到第九杯，温州男人说："签！"

良笙笑眯眯地说："先生，谢谢你哦。"一头就栽到了桌子上。

那天晚上，良笙吐得一塌糊涂——她爱喝，但真没什么酒量。

G

几天前。秋天。

我请良笙吃饭。

她说："请我喝酒吧。"

我应允，在上次，她替我喝酒的西餐馆。

那天晚上，她只喝了一点点，然后，讲起她喝酒的经历。

"我爸爱喝酒，我很小的时候，他就把我抱在腿上，一边喝酒一边哄我，后来，就用筷子沾一点让我舔。肯定最开始被辣哭过，但后来却觉得酒很香。小学的时候，有次偷喝我爸的酒，结果喝多了，被我妈打了一顿……中间很多年没喝，你想，一个小姑娘，上着学，哪能老喝酒啊？"她笑起来，"直到考上大学离开家，每年回家过年，才又跟我爸没事喝两杯。很奇怪，还是觉得酒很香。"

还真是天赋，我感慨，我还真没见过有女孩子真正爱喝酒的。

她不笑了，"真正贪杯，是因为三年前，我爸去世了，癌症。他才 50 岁。实在接受不了，好长时间不能去想，一想就睡不着觉，于是就喝酒。桌子上摆两个杯子，我喝一杯，替我爸喝一杯，每天都喝醉……就这样，借着酒，从他离开的绝望中走了出来。但是却真的喜欢上了喝酒，高兴或者不高兴的时候，有点酒，喝到微醉，挺美的……"

良笙的眼睛又眯起来，声音又开始有些嗲。

我同她碰一下瓶子，"良笙，今天晚上我陪你喝，我们不醉不归。"

青藤也有柔软的爱

倒霉的树

没见过像心亮那么笨、那么没有主见的女孩子，什么事情都要征求别人的意见，像那种必须要攀附着树木、无法独自生长的青藤。而曾经，我便是她攀附的那棵倒霉的树。

原因很简单，我们是老乡，都来自苏北那个不怎么有名的小县城。而且，她是我主动在新生堆里淘出来的。要知道，她既不和我同班，也不和我同宿舍。

那天，一个人来到千里之外的陌生城市，好不容易办完了入学手续，看着偌大热闹的校园，找到人来人往的宿舍楼，忽然心里有种前所未有的孤独，还有一点点不安。就是在那一刻，动了寻找老乡的念头。

没想到那么容易，第二天晚上，在公共水房就听到了我所熟悉的乡音。是个声音温柔的女孩，在跟别人询问着什么。等我扭头看时，她已端着水盆走出去了。一路追赶，却在我宿舍的隔壁门前，看她抬头看门牌号，足足看了三分钟，才伸手推门。

我笑了。这个笨丫头。只是那一刻，觉得她的笨是一种可爱。

敲门，里面沉默片刻，终于用普通话说了请进。走进去，那女孩一个人在，圆圆的苹果脸，刘海齐眉，眼睛也是圆圆的，带着略略不安的神情，“你，你找谁？”

我说明来意，试探问她：“家在苏北吧？”

她应了一声，说出一个地名。我大叫起来：“啊，我也是，咱们一个县城的，我家住东风路，你呢？”

“我、我家也是。”她结结巴巴，“东风路东、东头。”

我家在西头。我们两家隔了大概三公里的路程，因此读了不同的高中，因此之前不曾相识。却在离家千里之外的地方遇到了。

苹果脸的女孩就是心亮，她兴奋得语无伦次，似乎比我更加盼望着一个老乡的出现。她说：“你不知道，我都想买票回家了，一个人在这里谁都不认识，我快受不了了，这下好了。”

是啊，这下好了，那时候，我也这样想。于是当天晚上，我就厚着脸皮跟还不知道名字的室友说尽好话，把心亮调到了我们宿舍，用家乡话聊到半夜。

叫苦不迭

之后一段时间，自然是结伴同行，结伴上课、结伴回宿舍、结伴逛街，我们的课程安排相差无几，时间上也吻合。只是慢慢地，我发现我们之间的不和谐。她太爱问。好像口头语一样，苏可，咱还吃早饭吗?苏可，天凉了还能吃梨吗?苏可，这件衣服能送洗衣房吗? 掉不掉色? 苏可……

起初还是很有耐性，后来觉得她这样问是有问题的，是下意识的却又不能自控的。那天下午，待在宿舍，我看书，她收衣服，然后说：“苏可，你帮我摸摸这衣服干了没?”

是她挂在外面已经两天的毛衣，我突然觉得很烦，脱口说：“干不干你自己不会摸啊?”

“我摸过了。”她说，“但是我摸不出来，觉得干了，又好像没干。”

晕！怎么会有这样的人? 我一把把衣服扯过来，冲她嚷：“干了，再晒就糊了。”然后一把扔到她的床上。

她却不生气，把毛衣拿过来折叠，“我妈说了，我就是没有‘干感’。”

“你不光没有干感，你什么感觉都没有。”我干脆说，“你什么都要别人替你做主。”

她却丝毫不惭愧，仰起圆圆的小脸，又微微叹口气，“我就是这样的，在家里，什么事都问我妈，在学校，什么事都问老师，要么就问同学……现在要是没有你，我真不知道该怎么办。”

我目瞪口呆，然后叫苦不迭。

树对藤的敷衍

知道了心亮的这个“毛病”，对她的问题，我开始敷衍，比如，她再问我衣服是否干了的问题，我会头都不抬地随意摸一下，然后说干了。若是逛街选衣服，不管她穿哪件，我会说，还不错。她便欣然买下。

她从不自己分析，好像别人的意见永远是对的。

但有些事，却是不能如此敷衍她的。大一下学期，我选修了古典文学。只是我自己的爱好。心亮却作不出决定，反复问我：“那我呢？那我呢？”

“你喜欢什么？想学什么？”我耐着性子问她。

她想了半天，摇头，“我也不知道。”她继续纠缠我，“你就帮我选一门吧，你选啥都行。”

“王心亮，你不能事事都这样！有些事你总得自己处理，就算你真是一棵藤，别人也没有义务当你的树。”

是真的烦了，索性翻了个身背对着她看书。

她听出来我生气了，不再说话，过了一会儿，听见她打电话：“妈，我想选修一门专业课程，你说，我该学什么呀？”

依然背对她，我无奈地笑。她总会找到一棵树攀附上去，这是她作为藤的本能。

打完电话半个小时，感觉她拽我的衣服，“苏可，我那个了，肚子疼，要不要吃点芬必得？”

我彻底无奈了。

一棵新树

更麻烦的事却在后面，大二下学期的一天下午，课间。心亮忽然跑到教室找我，一脸的无措，没等我问，有些慌张地说：“那个谁，那个谁约我晚上去看电影，你说我去不去？”

那个谁，是他们班的一个男生。心亮说，那个谁对她挺有好感的。

那天下午，我和她分析她对那个男生的感觉，结果分析了一下午，无果。她竟然不知道到底是喜欢还是不喜欢，她竟然问我："你看呢？你觉得我喜欢他吗？"

最后就在这样毫无意义的分析中，心亮错过了约会时间。然后，那个男生发来了一条试探性的信息：是不是不方便去啊？

我看着信息，叹口气，拍拍心亮的肩，"算了，他不适合你。"

"你怎么知道？"

"因为，你需要一个说了算，很有主见，事事能替你拿定主意的男人，而不是和你商议。看来，他不了解你。"

心亮想了想，"啊，苏可，你说得真对。"随后释然。

然后时间不长，一个了解她的男孩出现了。体育系的男生，见是我们的老乡，在一次联谊会上和心亮认识的，随后轻而易举地将她追到了手。他的轻易在于他性格里那份果断和霸道，几乎没有给她犹豫的机会。

心亮说："苏可，你不知道他，什么都能拿主意，吃饭的时候都不用我点菜，他说什么，都是命令式的，苏可，他是不是有些霸道呀……"

微微嗔怪的口气，分明是一种幸福和炫耀。似是这个笨女孩的福气，碰到了适合她的人。从此我解放许多，那男生是接替我的新树，心亮飞快地攀附上去。

纠缠人的家伙，再见

之后，我也恋爱，大家各自忙碌，心亮偶尔也会来烦我，如果她和她的霸道男生闹点什么矛盾，我就成了最遭殃的那一个，不给她拿个主意，她绝不会放过我。一次次逼得我在他们之间周旋。她自己，是解决不了的。而我，却总是在最后的时候忍不下心彻底拒绝她。或者我根本没有拒绝的能力，她太不依不饶。

终于熬到毕业。心亮和男友一起回到家乡的城市，对于一棵藤，家乡无疑是最好的归宿，会有很多棵树供她依附。

我却留在了武汉。

分别的场面令我惭愧，她一直抱着我哭，我一直拍着她的背，嘴上安慰着她，心里却有种轻松的解脱感，我听见自己在说："心亮，你这个纠缠人的家伙，再见。"

半年后，心亮结婚了。她说，因为他想结婚。她还是那样，习惯沿着别人的轨迹走。

分开后，几乎每次，都是她打电话给我，依旧是家长里短。闲了，我也耐着性子听，若没有心情，就会敷衍几句挂断。她结婚，我没有回去，象征性地寄了份礼物。过年回去，原本打算去她的新家看看，又懒得出门，她邀请了我好几次，终究是找借口推掉了。

在我有意无意的疏远中，我们之间的关系也渐渐显得疏远了。然后，知道她怀孕了，又过一年，生了宝宝。想象着，她已成为一个越发寻常的小妇人了吧。

青藤也有柔软的爱

2008年秋天，我到深圳进修，三个月的时间，快结束的时候，小姨打来电话说，妈的身体出现异常，县城医院检查结果不确定，决定去市里再重新检查，问我能否回去一趟。

小姨说，妈不让她跟我说，但她不放心。

我正是要考试的时候，如果回去，三个月的进修就算白费了，不回，却是放不下心。情急之中，忽然想起了很久没有联系的心亮。

试探着，我打电话给她，听到我的声音，她开心不已。然后我问她市医院可有熟悉的人。并不太确定她能帮我什么，没想她问明白事情缘由，一口应承，说："放心吧，咱妈的事交给我了。"然后要了我们家的电话。

晚上，我打电话给小姨，让她和心亮先联系。小姨却说："你那个同学已经打过电话了，说好了明天开车来接你妈去检查。"

第二天，心亮真的开车去接了我爸妈，她一个人，开着车，将他们接到了市里。又和在医院工作的亲戚一起，陪着妈做了整整一上午的检查。中午，带爸妈吃完饭，拿了检查结果，买了药，送他们回家后给我打电话说："苏可，放心吧，咱妈没什么大事。你在外地，以后家里有什么事就交给我。"

是那种很确定的，大包大揽的口气。是我陌生的口气，记忆中的她，永远是在征求意见，作不了任何决定的。

妈也说："你那个同学，办事利落心肠又好，你可得好好谢谢人家。"

只是这个谢字，我却不知如何说出口。后来绕了一大圈，才故作轻松地说："心亮，你现在成熟了啊，也独立了，婚姻历练的吧？"

她笑，"哪有什么独立啊，他都快被我烦死了，又没办法。"她又想起什么，问，"那时候，你也快被我烦死了吧？"

半天，我没有回答。这样的时候，我不想撒谎。没错，那时候，她真的快把我烦死了。可是幸好，我没有冷漠地拒绝她对我的依赖。现在，我明白过来，那依赖，是她对我的信任。而一个女子的不独立，只是她的性格，她的爱和良善，从不缺乏。而在爱面前，她同样果断并勇于承担。只是当时，我只敷衍着她的依赖，把最美好的情感给忽略了。

我忽略了青藤虽然要攀附着其他植物才能生存，却也有它柔软的爱。